天地劫

方也真——著

三民書局

推薦序

共同編造出「臺灣特有種」的故事

黃震南
（《臺灣史上最有梗的臺灣史》作者）

由於《天地劫》這個故事，涉及了尋寶解謎的元素，我在這篇文章不便透露太多劇情甚至是場景；在此我著重談小說開場的舞臺就好。

故事開始不久，就大篇幅地描寫位於「王得祿墓」的奪寶大戰，這個橋段立刻引起了我的興趣。

王得祿，臺灣有清一代官爵最高的臺灣人，百年前全臺無人不知的名字，如今在一般通史性的史普書籍卻隻字不提了。當然，史普書籍受限於篇幅，內容必須精鍊取捨，像王得祿這樣官位雖高，但對於臺灣在歷史進程中沒有重大影響的人物，大多略去不談，無可厚非。

但是說故事的人，如果忘記王得祿，那真是暴殄天物，該當天打雷劈。

我故鄉就在王得祿墓園附近，我們當地人稱為「王大人墓」，從小就聽聞許多王得祿的傳說：一個蛇精轉世的少年惡霸，受到兄嫂的鼓勵而從軍對抗海寇蔡牽，入伍擔任舉旗手，扛著軍旗當衝刺先鋒，在敗退時因折回戰場揀拾兄嫂織給他的草鞋，誤打誤撞領著清軍反攻海寇而逆轉勝；消息傳回北京朝廷，又因為「一日平海寇、一日平山賊」的功績訛傳為「一日平山海」之無敵軍功，皇帝決意召見王得祿。王得祿面君時粗野無文，跪在階下想偷窺龍顏，抬頭斜視而冒犯皇上，皇上大怒喝令拖出去殺頭；王得祿被轟出皇宮後，同鄉林太監上奏皇上，曰「王得祿大戰蔡牽時額頭負傷，王得祿是想抬頭讓皇上看看他的傷處」，皇上才赦免王得祿；但赦免的消息尚未傳到王得祿耳裡，王得祿竟已畏罪吞金自殺。

鄉下耆老在大樹下，把上述故事加油添醋、繪聲繪影娓娓道來，加上搧風喝茶，足足可以講一個鐘頭。但這還是上半場，下半場還有一個鐘頭：

王得祿的棺柩從清國內地搬運返臺，由東石港上岸，一路橫抬，行經朴子時，街區若有屋牆擋道，見屋拆屋、見牆拆牆，官威凌人，間接也幫助朴子「都更」，其拓寬的道路便是如今朴子中正路。葬入如今位於嘉義六腳的墓地後，村莊雞犬不寧，墓前石人、馬、羊等雕刻半夜有生命，石人調戲婦女、馬羊到田裡吃作物，農民清早到田裡一看秧苗少一塊，往往氣得用鋤頭砍打石雕。村民用盡辦法，祭出「銅針黑狗血」法術想破王家「絲線吊銅鐘」的風水，石雕依然作祟。直到有一天村民半夜行經墓園，聽得守墓小鬼自言自語「只驚千兵萬馬踏，毋驚銅針黑狗血」，村民在墓園旁開道讓人車川流不息，村子才恢復寧靜。如果想當王家女婿的話，得看看自己是否與王得祿一樣身材魁梧：站在王得祿墓桌前的地上，不墊腳尖而能伸手摸到墓碑後頭的枕石，才算過關。

由於從小就在王得祿墓園玩耍，聽聞王得祿這些半真半假的傳說，當我看到《天地劫》開頭場景便選擇在此，我更確信值得期待這個故事。

果不其然，作者在文壇雖是初試啼聲，但故事場景的選擇與想像，都相當精彩，並未令人失望。今天有些標榜「本土」的故事創作，其實犯了一個致命的錯誤：他們只是把故事的場景設定在「臺灣」而已。許多創作者以為，只要故事出現幾個臺灣地名，主角去逛過夜市、進過幾棟知名建築，就是深植於本土的故事。

錯了。在看這類故事時，我們必須試想：把其他地名代入這故事舞臺，故事還成不成立？如果故事換個地名竟然沒有違和感，那就是虛的，號稱本土，卻是空殼。每個地方都有每個地方難以取代的特色，未能把這一點突顯出來，那就是作家的失職，地名將淪為用完即丟的免洗舞臺；這樣的「偽本土」作品若大量產出，讀者多看幾種便煩膩生厭，對於「本土文創」將是有弊無利。

傳統的武俠小說，大多描寫中國的壯麗江山、奇詭江湖，以臺灣為舞臺的作品，比例極少，目前出土作品以筆者收藏的《臺灣四大俠》為最早，後有一九七六年諸葛青雲寫的《石頭大俠》，十餘年前曾有出版社產出《諸羅奪寶》、《翎月情仇》等「臺灣武俠」書系，可惜難以為繼。武俠小說迷總感慨：都說武俠小說是「通俗文學」，其實武俠小說越來越難寫、越來越少讀者了，早就不算「通俗」！

然而，「武俠」是成人的童話、東方的奇幻小說、浪漫主義的最後一道防線，我堅信武俠不死，只是換一個面貌。我很高興見到《天地劫》嘗試著將尋寶、政治、古蹟、傳說、幫派等元素融合，創造出只能在臺灣發生的故事，為日後的創作者做了良好的示範。

自序

歷史的異想世界，再造一個神秘江湖

《天地劫》，絕對是一部從歷史深處迸發而生的狂想曲！

這是……

關於大航海時代的一段悠久歷史！

關於臺灣鄉野的一個民間傳說！

關於古老幫會的一場江湖浩劫！

關於神州大地的一樁千古懸案！

關於跨海環島的一場尋寶探險！

關於國家機密的一宗驚天秘辛！

臺灣，是座寶島。不管你要叫它大員、鯤島、蓬萊，還是福爾摩沙，隨你的意，但不論稱謂如何，都無法抹煞這座小島曾經擁有四百多年的歷史，當然，島嶼形成的時間自然不下四百年，但至少明顯記載人類活動的年歲就有近四百個春秋。有人說，區區一座彈丸之島，能有什麼歷史？偉大的美利堅合眾國，打從哥倫布發現新大陸，讓歐洲人廣為知曉之後，也不過才上演兩百多年的愛恨情仇，臺灣四百年歷史，再怎麼算也是美國的老前輩了！那麼，四百年究竟是個什麼概念呢？改幾個朝，換幾個代，經歷幾百場戰爭，還是發生多少回社會動亂？話說，每四秒鐘就有一位發展中國家的兒童死亡，四秒鐘便能歷經生死，變化何其之大！試想一下，悠悠四百年歲月，能發生多少故事？

人類對未知的世界，總是充滿好奇，滾滾長河的歷史中，總有一些被遺漏的小秘密，所以有人說，歷史就像一個漂亮的女孩子，就看你如何去裝扮她，而用來裝扮的梳妝寶盒，興許就是那些埋藏在歷史深處的「小秘密」，《天地劫》的故事發想，正是結合史實之外的鄉野傳奇，企盼打造一個屬於臺灣本地的寶島江湖。自從萌生了對歷史的瘋狂奇想，一開始便先創作了電影長片的劇本，故事完成後，又期望能再深入一些，於是又再擴寫，改編成長篇小說，才有了這部《天地劫》。

故事牽涉的範圍之廣，有歷史，有政治，有武俠，有幫會，有寶物，有古蹟，還有令人猜不透的解謎遊戲，自然也少不了懸疑推理。其中最艱難的其實是歷史層面，相關史料的蒐集可算是一大工程，不管正史、野史、奇聞、傳說……，全翻了個遍，就希望能挖掘出更多不為人知的「小秘密」，後來在茫茫史海中驚歎到，四百年臺灣史還真的滿有「事」的，怪不得當年連雅堂先生他老爹，花費兩金買了一部《臺灣府志》送給他，完後還扔下一句：「汝為臺灣人，不可不知臺灣事！」姑且不論在那之後，他嘔心瀝血完成的《臺灣通史》是否為道地的史實書籍，畢竟連老先生都自己表示過：「郢書燕說，猶存其名；晉乘楚杌，語多可採。」歷史除了可以知興替、明古今，我覺得最吸引人的，還是隱藏在歷史之中許多虛實難辨、解不開的謎，所以，在史料中的任何一條線索，都有可能成為故事創作的火花。秦皇漢武，唐宗宋祖，固然偉哉，但一府二鹿，南島風俗，亦不乏精彩，除了小清新的戲碼，也是有大格局的場面，仔細玩味，絕對帶趣！

本書取名「天地」，是因為故事裡的重要角色——「天地會」。這個曾經在歷史舞臺真實現身過的神秘幫會，在後世的記載中竟是眾說紛紜，流傳的故事也是真假難分，但可以肯定的是，我們對它的認知，絕對不能只有「反清復明」這句在當時大逆不道的口號而已。「拜天為地，拜地為母」，一個以天地為己任的組織，在歷史的壯闊波瀾中豈能缺它一角，即使丑角也好，配角也罷，更不論它是否只是個類似宗教的小圈圈團體，天地會的存在，足以讓我們對歷史生起一股亟欲探索尋奇的衝動了，況且天地會所流傳的豐功偉業，還很有可能是影響華人歷史的重大關鍵因素，只是他們的事蹟，大多被所謂更輝煌或是官方的歷史給掩藏起來，因而鮮為人知罷了！

由於天地會特殊的歷史背景，造就了《天地劫》的故事虛中見實，實中有虛，根據史料透露，寶島臺灣更是當年孕育天地會的重要舞臺，換言之，在臺灣島上曾經有個真正的「江湖」，這個江湖也許沒有壯麗山川，也許沒有奇門功派，但，有江湖就有恩怨，有恩怨就有情感，有情感就有故事，有故事就有看頭！

紅塵滾滾，世間的事物如虛幻泡影，本來就是真真假假，假假真真，史書上流傳的事蹟，也許就如同《紅樓夢》的賈寶玉夢遊太虛幻境，看見的那幅對聯：「假作真時真亦假，無為有處有還無。」不禁想問，在歷史課本裡，曾經背到腦袋快爆炸的那些個考試重點，和我們從五叔公、七嬸婆那兒聽到的故事，孰是真的歷史，假的現實？孰又是假的歷史，真的現實？不管如何，過去的歷史是真切的，是殘酷的，當然，偶爾也可以幽默，或是像《天地劫》一樣引人入迷的！

希望《天地劫》能帶給讀者對歷史的一個全新想像，更期待有朝一日，能和千千萬萬的看倌們，在大銀幕上江湖再見！

方也真

目次

第一章

懸

東洋甲螺

明朝天啟元年，西元一六二一年。

正是東北風席捲的十一月，冷風慄冽，天色陰鬱不定。十幾艘鼓著風的船隻，疾疾穿行過暗流藏伏的海灣，從日本方向，往南全速前進。

船上的武士神色緊繃，領航船的船頭甲板上，正豎著一幅繪有日本應神天皇的武裝肖像，身著鎧甲，手持長刀，面容透著一股肅殺之氣，完美詮釋著日本武士尊其為八幡戰神的稱號，圖幟下方直列著由漢字書寫的「八幡大菩薩」五個墨黑行體字，穆然磅礴的氣勢，似乎在向世人警示著，此乃威震東亞的八幡戰船，正是一隊令人避之唯恐不及的海盜艦隊！

船身中央的主桅杆上，隨風飄揚著一面旗幟，正頂在全船的至高處，獵獵作響，呼嘯不停的風吹旗擺聲，儼然把船頭前的八幡戰神旗的風采給壓過。這支頂風的旗幟是黑色的方形掛布，其上有著看似螺貝的橘紅色圖形，形似號角，鑲著金光閃閃的飾物，煞是搶眼。

海盜船隊的領頭者，穩穩站在螺貝旗幟下方，用望遠鏡看著遠方，年紀約莫不惑之年，卻是分外老成，留著兩撇八字鬍，身形高大壯碩，正是人稱東洋甲螺的海盜大頭目——顏思齊。

這些海盜們穿著日本的武士短褂，髮鬢邊沁著汗，焦灼地往前張探。突地，顏思齊瞇起眼睛，再湊近望遠鏡凝神專注，看了一會兒，在巨浪滔天的海勢中發現了一隊商船，回頭興奮大吼道：

「一官，通知艦隊，全速前進！」

顏思齊說著的正是道地的閩南話，跟身上的日本服飾顯得格格不入。

隨侍在側、站在甲板上的一位船隊副手，膚色略白，卻蓄著一臉落腮鬍，全身散發一副既文兼武的特殊氣息，正是小名喚作一官的鄭芝龍。鄭一官急忙敲打響鐘，拔下甲螺旗幟，左右揮舞得虎虎生風，喊道：

「快！全速前進！」

海盜們旋緊船舵，朝著商船接近，狂風襲捲之下，浪滔一陣一陣催逼著兩隊船隻。海盜們野心勃勃，揮舞著長刀，攀著纜繩，亟欲大開殺戒。商船們發現苗頭不對，竭力想將船隻行駛得更快，奈何船身沉重而難以加快速度，兩隊船在緊迫的北風催逼之下，交纏在一起。

「兄弟們，衝啊！」顏思齊大聲一吼。

眾海盜們迅速分頭列隊，跳幫登船，不難看出輕盈純熟的架勢和早已慣成習性的默契。海盜們舉著長刀東劈西砍，殺害商船上的船員，張狂地洗劫財物，一時船上哀鴻遍野，海盜們一洩連月來被日本德川幕府緊迫追殺的惡氣，被當作獵物的商船閃避不及，已被一湧而上的海盜圍捕殆盡。

站在八幡船上督戰的顏思齊，眼神突然變得深邃，似乎回想起數個月前，在日本的長崎和江戶之間，來回奔走，對德川幕府的腐敗統治，不斷怨埋心中，原想長居日本、棄盜從商的願望，早已破滅殆盡，剩下的只有江湖弟兄們賞臉尊稱的甲螺名號。

於是，在怨怒之下，顏思齊便廣交海陸豪傑，與結盟弟兄們私自密謀，一圖推翻德川幕府，企盼建造新局。

誰料到，原本以為計畫周詳的秘密行動，卻因奸細反叛，讓事跡敗露，德川幕府下達舉國追殺令，顏思齊無奈，在隨從鄭一官的建議下，只得領著手下們倉皇逃難，遠離德川幕府的緊逼追趕。

回憶至此，顏思齊不禁暗自苦吞漢兒淚，此時，突然耳邊傳來一聲叫喚：

「弟兄們，上最後一艘船！」

鄭一官粗獷的叫喊聲，喚醒了顏思齊的苦思冥憶，回到了現實。

鄭一官帶上一隊人馬，搜羅最後的商船，船上的人多已倒下身亡，卻只見一婦人傷勢嚴重，懷裡緊緊抱著一昏迷的孩童，嘴裡狂亂唸叨著令人費解的語言，鄭一官往前一躍，便疑惑道：

「怎麼會……有女人？難道……這不是商船？」

眼見婦人膚色略黑，耳上和頸上掛著串珠飾品，不同於中原女人的裝束，鄭一官用刀挑開婦人身旁的布蓋，底下全是金燦華麗的大箱子，手下們興奮地一湧而上，好奇開箱，在豔陽的照射下，箱子裡全是金光閃閃的珍貴珠寶。

鄭一官眼神銳利，盯著箱上雕刻的動物圖騰，形似一頭蒼狼，回頭扯下婦人頸上的項鍊說道：

「北方韃子？……快！快叫大頭目來！」

顏思齊聽到手下們呼喚，幾個縱躍來到貨箱前，先是一愣，來回審視著婦人的頸鏈與箱中的金銀珠寶。

鄭一官忍不住插嘴道：

「大兄，我追隨你這麼多年，從沒看過哪支船隊，載過這些東西，這都是無價之寶呀！」

顏思齊再看了一眼婦人，眼見她雖身負重傷，意識不甚清楚，卻仍刻意退縮一旁，不斷揮舞右臂，伸往後方揣摸掖藏，似乎想以身翼護著她身後的箱子，顏思齊隨即命令手下打開箱子。

婦人滿身是血，起身阻擋，海盜手下擊出一掌，婦人被一揮而倒，海盜們湊前開箱。

顏思齊伸手撈起幾把寶物，忽地，箱中散發出一絲溫潤的光芒，顏思齊瞪大雙眼，鄭一官急問道：

「大兄，怎麼了？」

顏思齊難掩興奮地道：

「一官，這些東西非同小可，絕對能讓我們東山再起！」

鄭一官掃了一眼眾人，蒼茫大海，浮浮蕩蕩，黃昏餘暉下難掩眾人經歷了一場暴亂後的疲憊，但更多的是被寶物迷惑的心神不定的眼神。

顏思齊深吸口氣，緩緩說道：

「長崎……我們是回不去了，好不容易躲開了德川，我們必須再找個地方重新開始。」

「如今，我們還有哪裡可以去？」鄭一官疑惑地問道。

顏思齊要來了海圖，手下兩人各執一端拉開海輿圖，顏思齊略一沉吟，伸手一指，指著圖上標示著葡萄牙文的福爾摩沙島，振臂一揮，海盜們迅捷抖擻地登船啟航，滿載著寶物，浩浩蕩蕩駛向了南方的一座小島……。

金貝錦匣

西元二〇一九年，初夏，炎暑之季。

一個夜裡，雷雨轟然作響，漫天閃電交錯而至，雨勢滂沱，一道又一道奪人的白光劃破天際，讓人心生惶迫之感。

南臺灣嘉義的郊區，一座壯觀的墓園，幅員遼闊，中心列著一排墓塚山丘，前有墓庭與墓埕，幾公頃的墓園裡，劃出一條長長的古道，通往丘形墓地，古道兩側列有矮石柱，柱頭刻著麟、鳳、獅、象左右相生的成對石雕，均由灰白相間的花崗石所砌成，很是壯觀。

墓址矗立在廣闊的丘原上，對比附近成片鄉野田園的平凡無奇，更顯露出雄偉壯麗的氣勢。墓碑前兩側，羅列著如階梯狀向外層層曲折伸出的矮牆，成環抱狀，似乎象徵著蔭庇子孫，古道兩旁的榕樹森森，盤根錯節，儼然已經有好幾十年的歷史，氣象一派莊嚴。

墓庭前的大墓埕，同樣設立兩兩成對的石象生。石象生是用大塊石材雕成，象徵帝王將相的威權地位，表現墓主生前的顯赫，隨附也有護衛之意，兩旁各列著形式對稱的石人、石獸，包括溫文儒雅的文官、挺拔威武的武將、以及立馬、臥羊、石虎等八座石雕，造型和雕刻手法各異其趣，雖有些古拙，型態卻是栩栩如生。

墓塚前方的墓碑以三塊石板合組而成，中央一塊上端弧形，碑楣雕刻二龍相向，中書「皇清」二字，其下刻著「誥授建威將軍晉加榮祿大夫歷任福建浙江提督二等子爵世襲贈伯爵太子太師賜謚果毅顯考王公」一長串的稱呼封號，足見墓主身分的尊貴。

墓前兩側立著一對石望大柱，石望柱約有六尺高，柱上雕有藻雲圖樣，最頂端刻著奔騰昂然的猛虎圖紋，正屬清朝一品官墓的形制，即便在漆暗的黑夜裡，仍在在可見當年清廷給予此墓主高規格的厚葬禮遇。

墓埕邊的入口處附近，架著新立不久，連塑膠包膜都還未拆下的國家古蹟標示牌，隱約看得到包膜內透著「王得祿將軍墓」的字樣，不遠處還有座臨時搭建的考古工作站，站裡的研究人員早已撤班，只剩下幾位身穿雨衣的守墓保全，正穿梭在雨夜裡來回巡視。

赫地，隨著一聲雷鳴，墓園兩旁的大榕樹叢，隱隱竄出樹葉喳喳作響的怪聲，守墓保全驚嚇之餘，緩緩抬頭，望向一片黑壓壓的樹林，腳步遲遲不敢動彈，其中比較膽大的一位，顫抖的手慢慢搖起手電筒，照向樹林，同時還倒吞了一口口水。

正當保全鼓起勇氣想往前一探，說時遲，那時快，兩位黑衣蒙面人迅捷地從樹叢左右垂繩降落，身手矯健，無聲地欺近保全身後，迅速出拳擊掌，劈倒了數名保全，力道之迅猛，在大雨不斷的滴落聲中，像是還能清楚聽到生硬戛然的拳風氣勢和刀掌響音，這般運氣為拳、化掌為刀的俐落功夫，似乎只在古時候的老派拳法中才能見得。面對如此勁頭架勢，眾保全回手不及，就連呼喊求救的時間都沒有，瞬間倒地昏迷。

不遠處，另有三名黑衣蒙面人，坐在百米外的吉普車上監視著墓園，蒙面罩遮住了大半張臉，只有凝重專注的眼神，炯炯往前直視，隨著前頭兩名黑衣人的確認手勢，吉普車上的黑衣人也突地動作，開車衝向墓園廣場，從車上擲出幾枚爆破彈。

墓埕上充當先鋒的，是名為萬天豹與萬天鷹的兩位同門師兄弟，兩人打了一個翻滾，接住從車上擲出的彈藥，將炸彈貼在墓陵兩旁的石望柱後，隨即躍上車。

負責駕駛的黑衣人名叫萬天龍，約莫四十五歲上下，眉宇間有剛銳之氣，眼神堅定，萬天龍接應了萬天豹、萬天鷹，立刻開車掉頭，脫離爆破範圍。

車上另一名黑衣人萬天虎，啟動彈藥開關，頓時轟隆巨響，石柱爆破，碩大的石柱硬生生被爆裂成碎石，散落各地。

不一會兒，石柱底口突然噴出大量水花，漫湧進整個墓園廣場，五位黑衣人緊盯著石柱口，不發一語，眼見水花漸弱，石柱現出一道缺口，隱隱有一條地道進往丘形墓地，五人揹負著奇特的裝備，涉過被水花淹沒不見底的墓埕，走往爆破口，準備探進墓園地室。

此時，遠處有幾座還亮著燈的貨櫃屋，那是緊急派來保護國家古蹟的特種警察的駐所。

萬天龍早探聽到此地有特派駐警的消息，見他氣定神閒，似乎已有準備，行進間瞥了一眼貨櫃屋的狀況，深知剛才的爆破聲必定驚動他們，便叮嚀伙伴們道：

「只有五分鐘的時間，快！」

一行人迅速探進墓穴，走道上散發一股夯土臭味，萬天豹一邊閃躲著墓穴頂壁的水滴，一邊說道：

「乾千年，濕萬年，不乾不濕就半年。大哥，你猜得真準，王家人還真的以水護穴！」

「以水灌室，是古人防止墓穴被氧化侵蝕的辦法，裡頭的陪葬物才能萬年不壞。」萬天龍回道。

五位黑衣人神色戒備，儘管時間緊迫，卻依然禁不住被墓穴兩側繪有繁複圖紋的壁面所吸引，圖案樣式雖顯斑駁，仍可想見當初墓穴完工時的氣派。

萬天龍突然發現眼前擋著一面朱漆鑲金門，忍不住暗道：

「果然是一品官的規格！」萬天龍舉手示意其他人留意。

四位伙伴萬天虎、萬天鳳、萬天豹、萬天鷹一齊上前，運氣於掌，使力出擊，震倒了朱漆鑲金門，頂壁不斷落下碎石塊。

萬天虎用掌勁撐住門板，使大門緩緩放倒，忽地，一陣惡味撲鼻而至，眼前暗黑的地面汩汩滲出流沙。

「有毒！」萬天龍緊迫著聲線低喊。

萬天豹、萬天鷹急拿出自備的鋼筋鐵板，眾人掩住口鼻，跳上鐵板，隔開毒流沙，一起直滑向前。眾人緩緩滑行至主棺墓穴，霍見金銀珠寶燦然奪目，整個墓穴充盈得燦然有光。

萬天龍無視周圍的寶藏，逕直往主棺旁的一只小木箱，瞄了幾眼，小心撬開，驚見一個鑲金的貝殼形錦匣！

萬天鳳從身上取出一張破舊的羊皮圖紙，翻開對照，紙上正繪有一模一樣的貝殼錦匣。

這只金貝錦匣，是約莫四個掌心大小的潤白貝殼，貝殼上的金色光芒是千萬年來海中的金沙自然貼附而成，其上飾有圓渾的珍珠，珍珠旁鑲嵌數顆罕有的寶石。萬天豹忍不住嘆服道：

「乾隆皇帝御賜的金貝錦匣，果然跟傳說中一模一樣！」

「光是這個錦匣，就價值連城了吧！」萬天鷹道。

「我們要的是錦匣裡的物事，那才是真正的價值連城！」萬天龍沉著地回道。

萬天龍將錦匣交給萬天豹，萬天豹仔細把錦匣裝進黑布袋，束好收進懷中。

一行人順著來路，再次滑行至墓穴入口，踏上地面正要離開，沒料到遠處的駐地特警趕來的速度，比他們估算的還要更快，而且還跟著一批後補保全。眼見這群守墓人員驅車蜂湧而至，尤其是特警的裝備，全是荷槍實彈，區區一個國家古蹟，竟派有如此火力之猛的保護，實在少見！

五位盜墓賊見狀，本想逃至一旁樹叢掩護，卻已被特警和保全們包圍。幾名特警衝上前圍捕，但見黑衣人身上並無槍械，身法卻玄秘不凡，面對特警們的棍棒槍械，這五名黑衣人運用巧妙的身姿一邊閃躲一邊撤離，一片混亂中，不意在黑衣人縱躍逃躲之間，裝有錦匣的布袋被摔飛至樹枝間。

萬天豹緊急回身，躲在樹叢後方，反手從身後亮出一雙匕首，細緻的刀鋒在一道閃電光照下，散發出微微的銀光，看得出刃柄和刀身一體成形，全由銅材所製，鋒刃上還刻有古樸的雲紋圖飾，萬天豹雙手緊握匕首，正準備躍身而出，卻被萬天龍架掌阻攔，萬天豹急道：

「大哥！他們人太多了！再不出手就逃不了了！」

萬天龍敏銳地掃視一圈，迅速做出命令，說道：

「天鳳、天豹，你們去把錦匣搶回來！天虎，你跟五弟去把車開過來，準備接應，剩下的人交給我對付！」

此時，保全隊長大寶，發現了樹上的不明盜竊物，便喊道：

「在樹上！快！快把那東西拿下來！」

兩名保全奮力爬上樹幹，樹幹承受了重量而左右搖晃，卡在樹枝間的布袋眼看著要墜落。

萬天鳳在一旁見情勢不利，隨即跨出一個吊馬虛步，從樹叢間飛身躍起，快速奔騰在樹影之間，輕盈的步伐就像踏在木樁陣上，恰似龍蛇飛舞，行進間，兩旁不斷衝出許多保全想要阻擋，只見萬天鳳雙掌合璧，一上一下，交叉迴旋，恰似一朵青蓮出泥，又像一隻蝴蝶展翅，看似輕柔，早已運氣於無形，氣若遊絲，隱藏掌中，忽地，雙掌使力，迅速向左右衝勁拍擊，眾保全禁不住如此內勁強襲，被掌力震飛出去，就連手上拿的護衛短棍，也被擊飛到遠方，萬天鳳幻影般的手勢，如同蝴蝶採蜜、暗刺點蕊，兩排保全不堪重創，皆被擊倒，就像一朵朵殘花凋謝般，紛紛墜地，哀鴻慘絕。

保全隊長大寶在遠處見了萬天鳳的蝴蝶掌法，驚嘆訝異之餘，還覺得有點面熟，但又有種說不出的似曾相識，一股古怪神秘的氣氛漸漸浮現在腦海中。

大寶正欲回神，眼皮一眨，萬天鳳已衝出手下的重圍，還沒來得及反應，萬天鳳又縱身騰躍，翻越過大寶的頭頂，雙手順勢伸向腰間，抽出兩支飛鏢，在空中轉身迴旋，猛力射出，直向爬在樹幹上的兩位保全飛去。

兩支飛鏢看似硬鐵所製，約可見其上略有鏽痕，上刻的紅花狀似一朵春梅，雕飾婉雅秀麗，顏色燦豔鮮紅，卻正是傷敵於無形的利器。

剎然間，只聽見幾聲慘叫，樹上的兩位保全中鏢摔下。

緊跟在後的萬天豹，在一旁趁機擲出套繩，捆住錦匣，拉回揣入懷中，萬天鳳和萬天豹隨即躍起，逃離墓園。

保全隊長大寶被黑衣人神鬼莫測的身手，嚇得有些腿軟，急喊道：

「快來幫忙啊……幫忙追啊！」

特警們迅速補齊更多彈藥，亂槍掃射萬天鳳和萬天豹逃逸的方向。

萬天鳳和萬天豹縱躍急閃，兩人藉著古道旁的榕樹遮掩身影，在樹叢間忽隱忽現，一身黑衣裝束在滂沱雨勢間更難以辨認。

無奈特警的強大火力未曾停歇，在竄逃之間，萬天豹的左胸不幸中彈，應聲倒下。

萬天鳳驚覺身後沒了萬天豹的聲響，一回頭見萬天豹按捺住傷口的疼痛倒在地上，遠方的保全逐步奔至，萬天鳳趕忙把伙伴拖至一旁掩蔽。萬天豹的槍傷猛湧出鮮血，急揮趕走萬天鳳說道：

「別管我，快走！」

此時，墓埕上的萬天龍正忙著對付另一群特警和保全，並未發現天鳳和天豹的危急困境。

只見萬天龍雙掌直伸，往前猛頂，使出一招硬板子的定金橋手，試圖阻擋十來個敵人的包圍環擊，眾保全合力前衝，力量之大，把萬天龍向後推了好幾米遠，不斷與地面磨擦的腳底板激得水花四濺，忽地，萬天龍雙腿使力下壓，一式坐馬定杆，停止了滑行，雙掌順勢使勁扭轉，一招充滿勁道的外膀手，橫掃掙脫了眾保全，趁著對方腳步未穩，萬天龍亮出虎爪，迅雷般地上勾下竄，架勢猶如猛虎下山、餓虎擒羊，不時又收爪化拳，來個袖裡衝槌，剛猛的力道，擊倒了多位保全，就連從側方襲來、訓練有素的特警，也被萬天龍迅速變幻的鶴嘴手，狠狠地啄傷了雙眼。

此時，保全隊長大寶正想轉奔回來幫忙，自認學過幾年武術的他，赫然間識出黑衣人所使的招式，心中暗自吶喊道：

「虎鶴雙形！難道是……南少林洪拳？」

大寶有點興奮，卻又有些疑惑，幾位黑衣人的功夫雖看似正統武術，但又藏著近乎失傳的古老招法，大寶想起剛才萬天鳳使出的幻影蝴蝶掌，既熟悉卻又陌生，這群黑衣盜墓賊神秘得令人心慌。

此時，持續應付眾人合力圍擊的萬天龍，背後卻正空著，另兩名特警見狀，又想從後方飛腿偷襲。

萬天龍耳骨一聳，驚覺脊梁後方傳來颯颯的奔跑聲，便丹田緊縮，雙掌運氣，全力朝前正向猛烈擊出，眼前的眾保全忽地被掌氣一轟而倒散。萬天龍頭也不回，左右雙臂立馬往後一擺，使出一記甩鞭拳，快速而剛猛，不斷擊在偷襲特警的腿上，雙拳密如雨，快似一掛鞭，幾乎不見拳頭的動影，力道又快又急，在特警的悽慘哀號中，隱約還能聽見腿骨被猛烈擊碎的輕脆聲，這正是古洪拳法中頗令敵手難以招架的勁道剛性，萬天龍如疾風幻影般的連續速攻，更恰似一串炮仗，在雨陣中不絕迴響！

而在此刻，躲在樹叢邊的萬天鳳，正焦急地張望前方。

眼見萬天龍終於擺脫眾敵手的糾纏，躍上萬天鷹和萬天虎前來接應的吉普車，卻又立刻被前來支援的特警猛烈的槍彈阻攔，吉普車前進不得，只好轉向，繞著圈子閃躲。

樹叢邊，萬天豹硬撐著身子，微弱地說道：

「我……我走不了了，別管我，你快走！」接著口吐鮮血，渾身抽搐。

萬天鳳眼見著萬天豹氣息漸弱，卻束手無策，蒙面罩外的雙眸泛著淚光，將萬天豹緩緩放倒，幾個跳躍到了樹梢，吹聲暗號示意萬天龍注意，朝遠方的吉普車猛力擲去裝有錦匣的布袋。

萬天龍貼在吉普車後座，即時接住了錦匣，伏低著身形閃躲槍林彈雨，仔細注意到了萬天鳳的神情有異，萬天鳳滿臉悲憤，似有殉身之意。

「糟！不好！天鷹，快調回頭！」萬天龍緊張地喊道。

「大哥！不能停呀！再回頭就走不了了！」萬天鷹在槍聲陣陣中吼道。

萬天鳳在樹叢邊守著萬天豹，直到萬天豹停止抽搐全身軟倒，將萬天豹的雙眼闔上，難掩悲悽，渾身散發著怒氣，隻身跨步走向敵陣。

特警們原本全力攻擊著吉普車，一見狀，紛紛轉向，改朝著萬天鳳開槍。

萬天鳳提氣快速行進，陣陣怒火讓她的黑衣裝束鼓滿真氣，雙腳騰空躍起，順勢抽出腰間所有飛鏢，擺在胸前，雙手交叉提氣，轉身迴旋，迅速射出八支鏢，飛鏢破空竄往不同方向，猶如八朵紅花在雨中繽紛旋舞，精準射中特警發射的每發子彈，鏗鏘有聲，一時星火四濺，空氣中還瀰漫著鐵鏽的氣味。

萬天鳳跳上樹幹，雙掌運氣，震斷大把樹枝，樹枝狂飛四散，眾敵手們紛紛被這夾帶內勁的樹枝震垮壓傷。

萬天鳳站在制高點，不發一語卻心中悲痛，不住震碎身邊的樹枝，手勢翻騰的疾風幻影，又再次化掌為蝶，恰似蝶現花間志氣昂，穿林禦敵月無光，樹枝似乎也化作一支支的飛鏢，破空朝著低處的敵陣還有槍林彈雨襲去。

此時，怒火盛發的萬天鳳，卻忽略了暗處的一名小保全，悄無聲息地射出一針麻醉槍，擊中萬天鳳後肩。

萬天鳳上身一震，忍痛拔出麻醉針，竭力支撐，眼神逐漸迷濛，全身發軟，從高處樹梢摔落樹叢，黑色的頭巾隨之被掠過的枝枒挑起，一頭秀麗的長髮隨著萬天鳳落墜的姿勢，在濕氣瀰漫的夜雨中揚起美麗的弧度。

萬天鳳墜地，徹底昏迷。

遠方的萬天龍、萬天虎、萬天鷹正反向逃離。

萬天龍在吉普車後座，注視著陵墓旁萬天鳳的一舉一動，眼睜睜看著伙伴遇劫，萬天龍壓抑著滿腔的憤怒與哀傷，逐漸消失在道路盡頭。

被樹枝壓傷的特警們仍倒地不起，射出麻醉槍的保全小心翼翼地上前，查看倒地昏迷的萬天鳳，萬天鳳的黑衣裝束在未停歇的雨勢侵襲下，透顯出曼妙的曲線，保全扯下萬天鳳的蒙面罩，驚訝於她冷豔的氣質與容貌，白皙的臉上，還帶著幾道被樹枝刮過的血痕。

小保全奔向隊長大寶仔細回報道：

「報告隊長，是個女盜賊，已經昏迷了，但還有生命跡象，疑似失竊的文物，被其他三名同伙帶走了。」

隊長大寶走近，在萬天鳳身上搜出一張羊皮圖紙，紙上畫著一個金色貝殼的圖案。

雨勢逐漸轉弱，曙光熹微，大寶示意將這不知來歷的黑衣女子押解上車。

耗盡力氣一整晚，接替了兩班保全，就連派駐支援的特警伙伴們都被打得落花流水，失竊物依然被盜不知去向，而回想起來，黑衣人又著實無意殺害他們，大寶此時也是丈二金剛、摸不著頭腦，這群玄秘的黑衣人究竟所為何來，使用的武器又是如此罕見，武功看來似是洪家拳法，但許多套路又似是而非。

此墓可是被政府特別列為國寶等級的古蹟，卻在接手後才幾日不到的時間，出了一個摸不著底細的大差錯，大寶滿心懊惱惶惑，苦惱著究竟要如何將這起燙手的大紕漏跟上級交代。

盜寶奇案

臺北市最繁華的市中心地帶，臺北車站前車水馬龍，大清早正準備忙著上班的群眾，人來人往，絡繹不絕。

車道上，偶時出現掛有競選標語的車輛，甚至還會聽到廣播聲放響不絕，距離明年的總統大選還有半年多的時間，就連正式提名的候選人都還未知，卻見各政黨的組織提前鼓動造勢，一股緊張氣息不由地瀰漫開來，此等情景，著實少見。

而在車站不遠處，穿過高樓大廈旁的小路，才過幾條街口，突然變得僻靜下來，似乎全然聽不見大馬路上的那些喧囂。在小路底端，直直面對臺北車站正門的，是一棟古希臘神廟式的西洋古典建築。建築門外一排宏偉的多利亞柱下，站立著許多荷槍實彈的警察，不時左右察看，一副非常嚴肅的神情，透著一絲詭異不安的氣氛。

成排巨大柱子的上方，架著一塊左右對稱傾斜的三角山牆，牆上雕著華麗的花葉紋飾，山牆頂部還倒蓋著一座鑲瓦漸層的羅馬式圓頂，一股莊嚴神聖的氣勢傾瀉而下，山牆下方清楚地嵌著用大理石精工雕刻的「國家文物局」五個大字。

原本是日治時期為紀念總督兒玉源太郎及民政長官後藤新平，所設計建造的標誌性建築，如今已成為掌管臺灣國家文物古蹟的中心重鎮。

突然，一群職員穿梭在守門警察身邊，跑進跑出，似乎正忙著什麼要事。職員群裡，一位身形嬌小的女子，穿著一襲花褶短裙，在人群中加快腳步，走到了最前方，綁著一頭俐落馬尾，清新秀麗的瓜子小臉上，隨時都漾著淺淺酒窩，淡雅的妝容還透著一絲玲瓏可愛的氣息，正是國家文物局裡最精明幹練的助理員余曉川。

余曉川站在大廳中央，抬頭仰望，半透明的羅馬圓頂在陽光照射下，透過彩繪的玻璃天窗，投射出炫麗奪目的濃密光彩，一派高貴華麗的氣氛，卻和余曉川一臉沉重憂慮的神情不太對搭。余曉川緩緩轉頭，又看往三樓中央的局長辦公室方向，長嘆了一口氣。

早些時候，正當余曉川前往國家文物局的路途中，文物局長江坤就接到了緊急通知，提前匆匆趕來。

文物局的三樓廊道旁，一間擺放著許多古物複製品的辦公室，文物局長江坤背對著門口，雙臂交疊胸前，微胖的身材靠坐在辦公桌邊，一動也不動，看似憨厚福相的圓臉，卻擰緊雙眉，眼睛緊盯著牆板上掛著繪有金色貝殼的羊皮圖紙，羊皮紙的麂革很明顯帶有年歲的痕跡，髒腐陳舊，其上的圖文雖已不甚明朗，但仍依稀可見是一個貝殼形狀、且華麗非凡的物品。

江坤神情凝重，拿下羊皮圖紙，緩緩捲起輕握在手中，轉身邁步門外，暗自沉思琢磨。

局長辦公室另一頭的議事廳，已聚集若干人員，一看就是高階主管級的長官，他們圍繞在一張大器的長型會議桌前，看著技術人員們搬來好幾臺很不一般的精密機器。

「長官，這些是待會兒開會要用到的。」技術人員們架設完機器便離去。

主管們覺得有些奇怪，只見機器螢幕上閃爍著模糊的畫面，不知所以，面面相覷，但也沒人敢動手操作，只是虛聲討論著。

「這什麼呀？」

「這東西要怎麼弄啊？」

「誰知道啊？」

「發生這麼大的事，我們連個資料都還沒拿到，光搬來這些東西幹什麼？」

「我看這玩意兒……整個文物局裡只有那個死阿宅會玩吧？」

大伙正議論紛紛，螢幕上嗶的一聲，突然出現一個即時視訊的人頭畫面，還傳出聲響：

「嘿，各位長官，我阿南啦！你們已經到啦！老闆還沒到吧，你們等等我，等等我啊！我在電梯了，就快到了……快到了呀！」

不一會兒，只見阿南匆匆跑進議事廳，關掉即時視訊，衝到會議桌前。見他頂著一頭蓬鬆濃密的黑髮，下巴還留著參差不齊的鬍渣，套著一件明顯沒有熨燙過、皺巴巴的襯衫，一手推著黑框眼鏡，鏡片上有著霧濛濛的油汙，讓人看不清楚他的眼神，但當他一見到這堆熟悉的玩意兒時，手腳迅捷地同步操作起眼前的數臺機器，處理著繁複的資訊，主管們在一旁看得眼花撩亂，但從他一臉興奮的神情，竟像是在把弄玩具一般輕鬆，真令人詫異！阿南一邊操控電腦，指著螢幕，向大家解說道：

「各位長官你們看，這是我剛剛請南部同仁幫我裝設的『飛梭電眼』。」

「飛梭電眼？」

主管們發現螢幕上顯現的，正是南臺灣嘉義的王得祿將軍墓的即時畫面，跟著阿南的電腦操控，像是一臺搖控飛行器，帶領大家如同親臨墓穴探秘一般。

「『飛梭電眼』就是我自己新發明的玩意兒啊，噓……聽說就連軍隊都還沒有這個設備喔！其實它就是一顆會飛的小小蒼蠅頭，也是可以隨意操控的遠端監視器，我現在叫它飛哪，你們就看到哪，三百六十度，上下左右全無死角，現在它就是我的SNG即時連線特派記者，怎麼樣，厲害吧！」

「好好好，別顯擺了，趕快開始吧！」

主管們雖然不想聽阿南的自播吹噓，但面對這高科技的新玩意兒，還是感到新奇。

「咳咳……相信各位長官聽到昨天半夜的消息，肯定睡不安穩了，對吧？我也和大家一樣沒有睡好，但是是因為……哈哈，我昨晚睡前喝了三杯咖啡，所以一直沒有睡好啊，呵呵呵……」

眾主管瞪眼覷著阿南，沒人想回應這不合時宜的冷笑話。

阿南環視了一下，又推了推眼鏡說道：

「呃……我只是想放鬆大家的情緒，輕鬆點，輕鬆點嘛！」

阿南操控著飛行器，跟著螢幕的即時動向，一轉正經地解說案情道：

「數個小時前，在夜裡被劫盜的地方，正是局裡日前接管的『王得祿將軍墓』。王得祿是臺灣清朝時期最高階的將官，生前官封太子太保，死後還追贈一品伯爵，他的墓是目前全臺灣最大的官家墓園，墓園本身加上地底的文物，保守估計，價值超過上億元，但在過去，這個墓一直是王家的後人自行管理，直到文物局協助保管之前，從沒有發生任何偷盜案例。至於這次，根據現場狀況分析，這群黑衣人……恐怕不是一般的盜墓賊……」

阿南像在打電玩一樣，輕輕挪動搖桿，不停變換各個視角，大伙發現墓穴內部果然看不出什麼明顯的劫盜痕跡。

此時，局長江坤突然悄悄走進議事廳，低沉的嗓子問道：

「不是一般的盜墓賊？」

眾人轉過身來，發現是江坤局長，紛紛挺起身子，正襟危坐。

阿南愣住一下，順著局長的疑問，突然切換視窗，即時螢幕瞬間斷訊，畫面出現一幅貝殼形狀的錦匣圖，一邊說明道：

「這五個神秘的黑衣人，他們清楚整個墓地的構造，破解了所有機關，竟然什麼都沒偷，就只拿了這樣東西。」

阿南一邊說著，還學著知名漫畫裡的名偵探柯南推了一下眼鏡，又接著分析說：

「而且，據現場的保安人員描述，這群蒙面黑衣人不帶槍械，炸開墓穴出口後竟然是用武功、短刀、還有……飛鏢。對！就是飛鏢，這也太奇怪了！所以……我阿南，覺得他們的來歷一定不單純。」阿南撩撥一下頭髮，擺著耍帥的姿勢說著。

眉頭緊蹙的江坤，無意理會阿南刻意的搞笑。

此時，江坤局長的助理余曉川，匆忙走來，輕叩著門邊，靈巧地現身在議事廳門口，用清亮但刻意不打擾眾人的音量說道：

「局長，他們來了。」

江坤局長一聽，神色凝重，對著其他的主管人員說道：

「你們都先出去忙吧！」

眾人轉身快步出門後，剩下的只有江坤、文物局副局長，和站在電腦旁不敢輕舉妄動的阿南，江坤不發一語，場面有些冷肅，不一會兒，只見兩位神情緊繃的政府高層官員，在曉川的引領下，走進了議事廳。

兩位官員一來，不打招呼，逕自坐下來，示意阿南再播放一次被盜將軍墓的所有畫面。解說中阿南結結巴巴，硬著頭皮面對政府官員臉上越來越勃發的怒氣。突然，其中一位官員怒拍桌子，質問道：

「江局長！在你眼下竟出了這樣的事！」

「長官，事出突然，按現在調查的情形來看，恐怕不是這麼簡單的案子……」江坤趕忙回道。

「廢話！這還用你說！江局長，你要知道，上頭可是花了不少力氣，才把這塊寶墓劃歸給你們文物局，你別忘了，前不久在立法院，我們動員了多少委員，好不容易才通過這個法案，這才多久的時間，竟然……竟然就被盜了！實話告訴你，上頭給了我們很大的壓力，他非常重視這個案子，希望你能給出令人滿意的交代！」官員硬生生截斷江坤的話回道。

「是……是是！我們一定會傾盡全力。」江坤拿出手巾，擦了擦額上的汗，連聲應道。

另一位官員忍不住再發怒道：

「盡全力？我聽說昨晚……你們文物局的保安隊傷得可真慘啊，就連國家派給你們的特警部隊都被打得七零八落，對方到底是何方神聖？用了什麼招術？我們這麼大批的保安人員，竟奈何不了區區五個黑衣人？」

阿南眼見江坤局長被對方口沫橫飛地指著罵得鼻子灰頭土臉，怯生生地插嘴道：

「長……長官，可是，他們並不是一般的盜墓賊啊！」

「你……你以為你是誰啊？胡說些什麼？」官員瞪向阿南斥責道。

阿南急忙指向簡報畫面上的羊皮圖紙，一邊用電腦精密的畫面放大分析解釋道：

「長官，這五個神秘的黑衣人，大費周章進了墓穴，裡頭原來有這麼多寶物，他們卻一樣也沒動，單單偷走了這個，可見是衝著這個貝殼……？哎呀……我也不知道這是什麼，反正就是衝著這個東西來的！」

官員拿下眼鏡，仔細地看了一眼問道：

「所以……這是個什麼東西？」

阿南焦慮地看一眼江坤局長，江坤微微地擺擺頭，阿南只好說道：

「這個……這個我們還在調查……」

「說了半天，你們連丟了什麼東西都不知道，要你們文物局是幹什麼用的？」官員再度大吼怒罵。

此時，一旁的文物局副局長，眼見政府官員的怒氣不減反增，想辦法要緩和氣氛，便插話說道：

「長官，這個地下墓穴……我們以前也沒實際探勘過，裡頭有這麼多奇珍異寶，我們原來也都不清楚，再多給我們一點時間，一定查得出來！我們已經派出了考古隊的所有菁英，現在只要……」

官員不耐煩地截斷副局長的說話，便道：

「好了，夠了，該怎麼樣你們自己看著辦，上頭要的就是一個答案！」

另一個官員鄭重嚴峻地提醒著：

「江局長，不管丟了什麼，可都是國家文物，無論如何一定要把它找回來，至於這群盜墓賊，必須要全數捉拿歸案，今天我來的目的，就是要告訴你，上頭只給你們七天的時間，到時候沒個結果……」一邊說話，一邊緊盯著江坤繼續說道：「總得要有人為此事負責！」

官員一前一後起身離開，走到門口時，突然轉身說：

「喔！對了，還有件事……」

眾人心上一涼，只聽道：

「上頭決定把這件案子列為國家機密，除了必要的查辦程序，任何單位都不得插手，凡是知情和經手的人都不准透露此事，你們文物局也必須嚴謹保密，為了表示對這件案子的重視，上頭已經跟國安局聯繫過了，國安局會派人來協助你們的。」

「國安局？怎麼派到了國安局？這不過就是件文物失竊的案子，跟國安局……扯不上什麼關係吧？怎麼會派他們來插手呢？我看我們文物局自己來處理……」副局長驚詫問道。

官員無視副局長的說話，一邊走向議事廳大門，一邊放話道：

「七天！七天之內，給我全力破案！」

「國安局……？」江坤暗自疑惑著，並急忙示意曉川為兩位官員送行。

兩位官員走後，阿南提議重新查看墓園外圍僅有的幾支監視器，試圖放大疑犯的樣貌，副局長也在一旁幫忙把現場拍到的照片重新羅列，查找可疑的蛛絲馬跡，江坤局長再重複仔細地左右翻檢手上的羊皮圖紙，總覺得這張圖紙跟這群黑衣人一樣來歷不凡，大有蹊蹺。

正當大家亂無頭緒時，電話聲突然響起，接線人員透過對講機傳話道：

「局長，總統府來電。」

眾人驀然安靜，瞪大眼睛看向局長，鴉雀無聲。江坤接過電話，清了清喉嚨，持起聽筒說道：

「我是文物局長，江坤。」

話筒那方傳來堅定的聲音：

「江局長，代我轉述的官員應該已經表達得很清楚了。你應該知道……王得祿將軍墓是多麼重要的國家古蹟，我把它交給你們文物局，是因為信得過你，希望你們能做好該做的事，否則，好自為之吧！」

索。

江坤沒有回話的機會，掛上總統府的來電後，頹然地坐倒在辦公椅上，憂心忡忡地思索。

「局長你說話呀，到底怎麼了？」副局長禁不住插話問道。

江坤等了一會兒，才有氣無力地答道：

「上頭要我們馬上搞定這個案子……」

「拜託，七天耶，局長？你怎麼不再跟他們商量一下？只給我們七天時間，這簡直是強人所難嘛！」副局長一副非常緊張的模樣。

「七天已經是給我們最大的限度了！我在想……明年就要總統大選了，各政黨的初選最近也準備要啟動，任何一件事都會是風吹草動。你也知道，黨內那幾位大老為了爭取提名，都已經鬥成什麼樣了，政府怎麼可能讓這種負面新聞再去影響選舉呢，你以為上頭還會給我們那麼多時間嗎？」

「要不……請教一下秦教授怎麼樣，再怎麼說他也是業界的老前輩，還是我們文物局的老局長，正好他現在被請去總統府當顧問，說不定他有什麼想法？而且聽說他和總統的交情不錯，也許可以幫我們說說話，求個情，也不是不行啊！」

「你傻呀，上頭就是希望這事越少人知道越好，最好是在沒人發現的情況下，趕緊破案，安然度過，否則事情一搞大，影響到大選的情勢，我們文物局扛得起嗎？」

「這……？唉，真是倒楣到家了，怎麼會在這關鍵時刻出這種事呢？」副局長一臉無奈，接著又看向阿南說道：「阿南，快！我看你用最快的速度寫一份報告，先送交上去！」

「啊？又是我？」阿南禁不住抱怨。

「廢話，我們的緊急報告哪一份不是你寫的！昨晚不是喝了三杯咖啡嗎？精神不是正好著嗎？還不快抓緊時間！」副局長說完，還白了阿南一眼。

阿南煩躁地把頭髮再度揉亂，一邊收拾桌面文件和電腦，一邊應道：

「是……是是。」

此時，曉川拿著一堆資料和物件，像一陣風似的衝進辦公室，興奮喊道：

「局長！有新消息了！」

「說！」江坤略一振奮。

曉川條理分明，清晰地敘述著：

「昨晚那五名入侵墓園的蒙面黑衣人，除了特警隊擊斃了一名之外，被活捉的那一位，仍在昏迷當中，我已經讓保安隊將這些人的特徵送往刑事局緝查鑑定，但是……全都查不到任何案底。」

「全部查無案底？那……昏迷的盜賊，狀況如何？」江坤驚訝地問。

「醫生說，他中了麻醉槍後，頭部劇烈撞擊地面，何時能醒過來，完全無法預料，現在扣押在我們的保安隊看管。對了……報告上說，被活捉的這個盜賊是個女的！」曉川回道。

曉川抽出資料夾的內袋文件，一張萬天鳳昏躺著的照片，少了蒙面罩，終於露出了真面目，照片中，萬天鳳雖然呈現昏迷軟弱的狀態，但其秀麗的長髮，白皙的皮膚與抿緊的紅唇，以及被雨打透後全身玲瓏有致的曲線，令人難以移開視線。

阿南禁不住搶過照片，仔細打量，眼神呆滯，嘴巴微微張開，目瞪口呆了良久，說道：

「哇，看來……這位睡美人，一定就是我們查出真相的重要線索了！」

「沒錯，吩咐讓保安隊多加人手，嚴加看管，還有，找來其他科的醫生共同會診，盡快讓她恢復意識！喔，對了，要記得保密！」副局長接著話說。

阿南還是盯著照片目不轉睛，曉川翻了一個大白眼，硬是把照片搶了回來說道：

「拿來！有什麼好看的！不就是一個昏倒的女人嗎，需要看那麼久？」

「就看一眼嘛，這麼重要的線索，當然……當然要好好研究啊！」阿南嘀咕道。

江坤轉頭正視著曉川，嚴峻地問道：「鑑定組那邊，有什麼發現？」

「局長，這五個黑衣人真的很神秘，好像從歷史故事中走出來的人，來無影去無蹤。鑑定組在現場勘查的結果，除了被盜墓賊破壞的石望柱，墓園的其他地方，包括地室裡的所有文物，看上去似乎沒有被破壞和偷盜的痕跡，也沒留下什麼線索。不過……倒是在現場負傷的保全身上，發現了特別的東西。」

曉川一邊回應，小心打開證物盒，拿出一排燦紅的梅花瓣狀飛鏢，分別遞給了局長、副局長，一邊繼續說道：

「除了那張羊皮圖之外，這是盜墓賊留在現場的唯一物證，聽保安隊長說，他們使鏢之厲害，連子彈都擋得下來！現場的保安人員和特警，有不少人都是被這飛鏢所傷。」

「現在這年代竟然還有人用飛鏢當武器？嗯……這飛鏢看起來頗有歷史，進行過文物比對了嗎？」副局長邊看邊問道。

「都比對過了，沒有任何符合或類似的文物，所以我們也不知道這東西到底是什麼來歷。」曉川回道。

副局長仔細端詳著紅花鏢，一邊掂著飛鏢沉重的重量，一邊凝視讚嘆著這飛鏢的精巧與細緻，其上的紅花雕飾宛若鮮豔的梅花，每一片花瓣的刻紋都柔婉巧妙，但飛鏢的鏢鋒又是如此銳利迅猛，便暗自說道：

「不會吧，連我們的國家檔案庫都找不到，這到底是哪裡來的神秘武器？」

「鑑定報告顯示，這飛鏢表面是鍍金材質，但內部卻是一種水火不侵的金屬成分，而且成分非常複雜，用儀器探測的結果，這些金屬……年代最少都有三百年。」曉川繼續補充。

「三百年？鑑定組沒搞錯吧？三百年的東西都可以當文物展覽了，這群賊冒這麼大風險來盜墓偷寶，還帶上比這墓更古老的古董來當武器？你以為拍武俠片啊？」副局長瞪大眼睛地說。

「副局長，我早就說過了啊，就因為這案子有太多匪夷所思的謎團，所以才說這個盜墓案不單純啊！」阿南推著眼鏡，難得中肯地插嘴。

「看來，光靠這些線索，是很難查出真相了。」曉川接話道。

曉川一邊說話，阿南又偷偷拿起萬天鳳的照片，癡癡地觀看著。

副局長焦急地覷了他們一眼，說道：

「曉川、阿南，這案子你們可要全力追查啊，七天之後還查不出個結果的話，我們都要回家喝西北風了！」

「當然啊！當然很想努力啊，但是要查清真相，總要有個頭緒啊，現在什麼可追尋的線索都沒有，昏迷的黑衣人也沒醒來，我們現在……」曉川正著急地說著。

一直在旁沉思的江坤局長，自接過證物飛鏢之後更是若有所思，曉川和阿南的爭論聲彷彿都沒有在局長關心的範圍裡。

這飛鏢，總是有種似曾相識的感覺，江坤一邊凝視著飛鏢，一邊竭力在記憶深處搜索，是什麼時候看過這物事？還是……是什麼時候聽說過這神秘的玩意兒……？突地，江坤脫口而出道：

「紅花鏢！」

「呼！局長……你突然說話嚇死我啦，你說什麼……什麼鏢？」阿南被嚇了好大一跳。

「紅花鏢！沒錯，是紅花鏢！」江坤帶著撥開迷霧的振奮感，繼續喃喃自語。

「紅花鏢？」副局長湊到局長身邊問道。

「局長，你見過這東西？」曉川驚訝問道。

江坤回過身來，站定說道：

「沒見過，但我倒是聽說過，曾有個朋友告訴我，三百多年前，鄭成功家族統治臺灣時，有個神秘的江湖組織，就是用這紅花鏢當作獨門武器！這飛鏢……這紅花……原來紅花鏢是長這個模樣！不過……我聽說這飛鏢早已失傳了。」

阿南和曉川面面相覷，聽到什麼江湖組織、獨門武器，還聽到了鄭氏王朝，這根本是在演古墓奇兵了吧！這麼文明的現代，怎麼還有這麼多傳說、這麼多秘密一一應驗在眼前啊！

「真是三百多年？我怎麼從沒聽說過這樣東西，等等！局長，如果這飛鏢真已經失傳三百多年，怎麼現在又突然出現了呢？」副局長疑惑地問道。

江坤沉思，沒有回話，又拿出手巾擦了擦汗，略顯肥胖的身材在今早的折騰下被汗水浸濕了領口、袖口，金邊眼鏡不住地從鼻梁滑落，他撥好額前的油頭瀏海，頓了一頓，這才一字一句慢慢地說道：

「看來，現在只有一個人能幫我們解開真相了。」

曉川禁不住抬頭，按捺不住期待又興奮的情緒問道：

「局長，你……你說的該不會是……他吧？」

江坤局長篤定地點了點頭。

曉川清亮的聲音忍不住高了八度，一頭俏麗的馬尾隨之左右跳躍了起來，繼續追問：

「那……他……現在在哪裡呢？」

第二章

謎

擎天山崗

時近午後，陽光斜照的霞彩，盡灑在繁鬧的臺北城。

「噠噠噠……噠噠噠……」

一陣螺旋槳的速轉聲呼嘯而過，一臺直升機快速穿梭在臺北盆地的上空，正飛往陽明山方向。

江坤局長倚靠在直升機的窗邊，俯瞰著喧囂繁華的大都會，兩眼似乎失了聚焦，臉上沒有半點笑容，眉宇之間更多了一股憂慮。曉川坐在一旁，不時地引頸探望，嘴角的酒窩情不自禁又漾了起來，似乎正期待著什麼。而少了杯咖啡的下午茶時間，阿南只能不停地側倒在曉川肩上，昏昏欲睡。

江坤一行人坐在直升機上，飛掠過市立美術館、士林官邸、故宮博物院，來到了大屯火山群，直見硫磺氣從地底噴出，正緩緩低飛的直升機，艙內隱約還聞得到些許的硫磺味，曉川輕輕揮了揮手，想趕走嗆鼻的惡氣，阿南也被濃嗆的味道驚醒，江坤仍倚在窗旁，無動於衷，像什麼事都沒發生似的。直升機奔著不遠處的擎天山崗飛去，只見山上沒有高大的樹木，反倒綿延成一整座青青草坡，江坤呆看著山崗上的大草原，兩眼放空，卻不見內心的思緒，早已繁亂無章。

此時，直升機已逐漸飛進山中繁密的聚落群，遠方幾座閃亮的黃瓦屋頂，突然吸引了江坤的注意，眼神朝前聚焦，終於振奮了起來，成排的典雅建築，一派中國古風氣息，正是臺北市海拔最高學府：文化大學。江坤看著校園內來來往往的學生，暗想道，此行雖是為了重大任務而前來，內心期待著能再看到許久不見的老友，但又總覺得有什麼不甚尋常的事物，於無形之中伏宕而來。

直升機緩緩降落在草坪，刮起一陣陣的旋風及塵沙，草坪上候著的是校長及幾位職員。一行人陸續下了機，空氣中仍若有若無的瀰漫著硫磺的氣味。

校長急忙上前迎接：

「局長好，中午接到您的緊急電話，但是李教授似乎還有事要忙，所以……」

江坤截斷他的話，擺了擺手了然於心的說道：

「我了解我了解，都這麼多年朋友了，我知道他的習性。」

「是啊，他是個很棒的人才，有想法，也很有衝勁，但……就是他的古怪習性，有時真的令人難以捉摸呀！」校長尷尬地說著，還不時搔著頭髮，有點不好意思。

「他啊，確實如此！但在古物研究這塊領域，他絕對是出類拔萃的佼佼者！難得他願意待在這，貴校可算是撿到一塊寶了！」

「是是！那……江局長，到底什麼事這麼緊急，需要您親自跑一趟？」

「喔……是上頭交辦的一些公務，需要馬上處理。」江坤拿出手巾抹了抹鼻樑上的汗，隨口推託道。

曉川站在後頭湊近聽著，臉上漾著的酒窩更加明顯，不禁又回想起多年前，校長口中那位李教授的模樣。

那時，曉川還只是個對古文物研究略有興趣的入門者，正報名參加一年一度的東亞古文物研討會時，見到當時甫從研究所畢業的李玉才，被眾多學者及記者們團團圍繞，他機敏熱情地介紹古文物的來歷及出處，身形碩長，有著一對英朗的劍眉和挺直的鼻子，說起話來條理分明，不時還會露出頑皮的笑容與戲謔的眼神，朗率的模樣在曉川心裡紮了根，一路追尋著李玉才研究的諸多論文。越深入了解他，越是被這位不可多得的年輕才俊深深吸引。

李玉才面對未知的事物，總能天馬行空的揣測，更神奇的是，這些天馬行空的想像其實也常是其來有自，所以大多能一語中的。關於古文物研究，李玉才的所學太淵博，那時看他略一沉思，就能清楚明晰地推測出各個文物的來歷，令曉川佩服得五體投地，就是這麼一個睿智俊朗的李玉才，讓曉川一見傾心，毫不猶豫地踏入了古文物研究的領域。當年，也正是因為李玉才曾在國家文物局效力，曉川才想追隨他，考進了文物局工作，卻沒想到當時李玉才恰巧離開文物局，隱遁他方了。

文化大學校長領著江坤一行人穿過校園迴廊，來到古文物學院，校長一邊跟學院的辦公人員打聲招呼，一邊繼續介紹著：

「這時間……李教授應該正在講課，就在最後一間教室。」

一行人到了走廊盡頭，站在教室門外，探望教室內，竟然空無一人。

校長連忙緊張地推開了門，目瞪口呆喊道：

「人呢？這是怎麼回事……」

江坤雖然心急，但卻忍不住地走進寂靜的教室繞了一圈，饒富興味的看著擺設在教室兩側的文物模型，每一樣模型都仿得逼真寫實，可以看出李玉才不僅有文物研究的能力，更有文物複製的藝術天分。

江坤又看向黑板上還未被擦掉的字跡，似乎有點熟悉。

此時，曉川突然發現黑板旁邊貼著一張速寫畫，背景畫著層層山巒，中間一個大湖泊，湖上有艘船，下寫著一行字：「同學們，今日……夢幻湖見！」

「咦？你們看……這裡有張畫！」曉川連忙叫喊。

「唉……這個李教授，他又來了！」校長鬆了口氣，嘆道。

江坤見到了紙畫，不禁會心一笑，這李玉才，就是這麼地不按牌理出牌，不知道他的學生們跟不跟得上他充沛的靈動力和冒險犯難的精神啊！

校長再領著眾人，來到校園後門，順著門外高丘上滿布青苔的石階走去。

校長正要提醒著眾人留心腳步，阿南就心浮氣躁地滑了一跤。

順著石階，一路上是鬱鬱綠樹，成群的校園建築早已遠離在眾人腦後。

一行人越是走著，越心生疑惑，眼前一片盡是叢林野地，不見人煙，但仍乖乖地隨著校長繼續跋涉，來到了校園北方的深山，大伙兒有點狼狽地穿過一片雜草樹叢，猛然抬頭，發現不遠處的低窪地，竟是一個如夢境般的湖泊，湖泊上蔓延著一排排蔥白色的水韭，白煙裊裊，朗朗天光倒映在湖面上，湖上圈圈的漣漪泛著天空中的日光雲影，更顯得沉鬱深邃。

忽然聽到遠方一個高亢的吆喝聲：

「快，立桿，起帆……風信！戰船出航！」

眾人的眼光順著吆喝聲望過去，隱約見到一叢水草旁，站著一個俊朗的身影，在湖畔邊晴豔的日光照耀下，挽著袖子、捲著褲管，賣力地和一群學生拉著麻繩，拖著一艘頗巨大的古戰艦模型。

江坤原要張口出聲喊住他，卻見李玉才突然在水岸邊迅速奔跑，一邊微笑著吩咐學生幫忙，眼見他沿著船漂行的路線，在湖畔小步慢跑，還一邊熱情地講課，說道：

「看清楚了！這艘就是戎克船，當年鄭成功就是率領這種戰艦，擊敗歐洲最強的荷蘭艦隊。鄭家船艦，商戰兩用，船身長三十米、寬六．七米、高三米……船上可裝載三十六門大炮……」

江坤一行人急忙快步滑下山坡，撥開一叢又一叢蔓生的雜草，走到湖岸，偷偷湊近李玉才身邊，一起跟著學生聽他講課。

過於專注的李玉才，似乎還未發現江坤等人趁機潛入的身影。

曉川終於再度看到李玉才，內心興奮又激動，目不轉睛地緊盯著，一邊聽到阿南喃喃的讚嘆：

「哇，這樣也能上課……真是絕了！」

曉川正聽著，心情略一沉，怯怯地向江坤局長問道：

「局長，聽說他已經退隱多年，還會願意幫我們嗎？」

「放心，我有辦法！」江坤滿是信心地沉穩回答。

兩名學生在夢幻湖的岸邊攤開一幅卷軸，高高舉起，李玉才面向其他學生，指著卷軸和湖岸邊的模型船，說道：

「看！這是收藏在日本平戶松浦史料博物館的『唐船圖卷』，其中一幅就是目前全世界僅存的臺灣古戰艦圖！這艘船就是照著十七世紀的原圖重新複製，你們看，船身每個地方，結構、尺寸、造型、材質，全按照當年的造船技術精心仿製……這是三百多年來，第一艘鄭氏時代的仿古戰船……巧奪天工呀！」

學生正驚奇地來回看著卷軸畫，一邊對照審視著湖中的模型船，突然間，吹起一陣強風，船艦模型東搖西晃，拉著船繩的學生無法控制，便緊急喊道：

「教授！起風了！船……船……拉不動了！」

李玉才急忙奔向湖岸邊，和學生一起拉住船繩，一邊大喊道：

「快，大家拉緊了，拉到岸邊固定好！」

「教授，不行呀，風太大了，船要翻了！」學生努力撐著船，接二連三地喊著。

眼見船快要翻沒，學生們一個個重心不穩，跌坐在水岸邊，李玉才趕忙扶起學生。

突然，就在船身即將傾倒的瞬間，李玉才縱身跳下湖泊，雙手撐起船身，頭部卻沉入水中。

李玉才這個突如其來的危險舉動，讓江坤等人和學生們都非常緊張。

「……李玉才！」

「……教授！」

大伙兒緊盯著湖面，發現毫無動靜，眾人屏息著，不敢呼吸。過了好一會兒，李玉才猛然從水裡探出頭，嘴裡吐出一道水柱，正好噴到走往岸邊蹲下來一臉擔心的校長臉上！

李玉才抓了抓狼狽的前額頭髮，開朗地招呼道：

「啊，哎呀，是校長啊？」

校長抹掉臉上的水痕，對李玉才如此鬼靈精怪的行徑，又讚嘆又無奈，硬是擠出個笑臉，說道：

「哈！李教授，你真是令人驚奇啊！有貴客來訪，找你的！」

「貴客？」

李玉才疑惑地轉向一看，見到多年不見的好友江坤也蹲在一旁，微笑著對他揮了揮手，便訝異地喊了一聲：

「江坤？」

天地再現

古文物學院的頂樓，走廊盡頭的一間研究室，看起來像是個鮮少人造訪的神秘園地。

李玉才領著江坤一行人，招呼大家來到個人專屬的研究小天地，這間研究室不大，約莫五坪左右的大小，李玉才和江坤等人擠在這小空間裡頭，得各自移開椅子上堆疊著的書本，或是找個角落站著。

江坤看了一圈在牆上掛著的證書，以及隨意黏貼在壁面上的剪報，問候道：「玉才，多年不見，最近還好嗎？」

李玉才找了條毛巾，一邊隨性地擦著頭髮，停頓了一會才說道：

「好不好，不也都一樣嗎！這麼多年了，坤哥你可一點也沒變啊！一眼就認出你了！」

李玉才披著毛巾，轉頭朝著曉川和阿南微笑著問道：

「喔？這兩位是……？」

曉川不禁臉頰紅了起來，阿南奇怪地覷了曉川一眼，心裡嘀咕著，平常大方幹練的余曉川，今天是怎麼一回事呀？

江坤急忙伸手介紹著：

「他們都是文物局的人，我的助理余曉川，還有負責電腦資訊的高手阿南。」

李玉才再次微笑著對曉川、阿南點點頭，一面與江坤寒暄，轉身拿茶給曉川和阿南，曉川接過茶後，目不轉睛地盯著李玉才，阿南在一旁忍不住推了曉川一把，曉川才稍覺回神。

江坤又瞄了一圈研究室裡雜亂的書籍，並隨手檢視著散落一桌學生繳交的報告，禁不住說道：

「唉，玉才啊，你滿肚子的學問，光用來應付這幫學生，你這不屈才了嗎？還不如再回來文物局大展身手，我們局裡成天那麼多事，煩著呢！」

「煩？進入國家文物局，可是你一輩子的夢想啊，好不容易當上了文物局長，你這是夢想成真，好事啊！」李玉才整理了一下桌面，一邊應道。

「唉，就怕好事、壞事一塊來呀！」江坤放下熱茶，嘆道。

李玉才突然放下手邊整理書籍和報告的動作，機敏地抬眼盯著江坤，問道：

「是不是遇上什麼事了？這麼多年沒見到你，又帶著文物局的助理……」

「玉才，我就直說了吧，我這回遇上大麻煩了！」

江坤朗率回應著，一邊和阿南要來文件，伸手把盜墓案相關的資料放在李玉才桌上，朝李玉才的方向推了過去。

李玉才盯著江坤，遲疑地打開了文件，迅速看了看之後，禁不住驚訝地喊道：

「什麼？王得祿墓……被盜了？」

「玉才，這件事你一定得幫忙！」江坤堅定地望著李玉才。

「我……我離開文物局這麼多年了，這事，我恐怕幫不上什麼忙吧？」李玉才嘴上推辭著，但眼神卻迅速又瞄了一遍文件，看起來似是挺關心的。

「先給你看一樣東西……」江坤迅速接了話，一邊示意阿南將公事箱平放桌面，從裡面拿出紅花鏢遞給李玉才，李玉才疑惑地接過飛鏢，一見到上刻的豔紅色梅花瓣圖形，禁不住驚奇地說出：「這……這是紅花鏢！」

「玉才，這真是傳說中的那玩意兒嗎？實話告訴你吧，這正是盜墓賊在王得祿墓留下來的證物！」江坤慎重說道。

「金鏢紅花，力無虛發！傳說中的紅花鏢……竟重現江湖？」李玉才舉起紅花鏢，專注地凝視著，喃喃自語道。

江坤將右手搭上了李玉才的肩膀，加重力量，堅定地說：

「玉才，只有你認識這種紅花鏢，也只有你懂得這個鏢的來歷，這件盜墓案，你非幫不可啊！」

李玉才用手掂著紅花鏢的重量，皺眉深思，總覺得其中有什麼不尋常的隱情，事隔三百多年，鄭氏時代的紅花鏢如今再度出現、王得祿墓又突然被劫盜，這其中一定暗伏著秘密，有什麼人事物鬼鬼祟祟地進行著不可告人的事情。

李玉才從深思中回神，抬頭對上江坤堅定的眼神，李玉才輕輕閉眼，深吸了口氣，手握著紅花鏢，緩緩走向了一面書櫃旁的牆壁，原來這兒還有一道不顯眼的暗門，李玉才推了一下表面看似牆壁的門板，門板隨著按壓的力道而彈開，現出了裡頭的一方空間，正是一間儲藏密室，李玉才回頭朝著曉川和阿南招招手，示意大家跟進來。

眾人進入一間堆滿更多文物、書籍的房間，李玉才一手緊急地清空桌上所有雜物，打開木桌側邊一個暗櫃，拿出一本看似年代久遠的羊皮小冊子，封面印刻著看似螃蟹的一隻螯爪，李玉才緩緩解開冊子外的紅頭綁繩，仔細地翻頁查看。

江坤站在一旁發現冊子內頁竟然是綢緞編製的絹布書，心中不禁充滿讚嘆和好奇。

李玉才舉著紅花鏢，不斷對照冊子上的圖文，嘴裡暗唸著：

「萬代香火興漢土，千葉紅花護廟堂……香花堂？」

「什麼香花堂？玉才，這東西到底什麼來歷，這幫人到底想幹什麼？」江坤急插話道。

「難道……這群盜賊是香花堂的傳人？」李玉才還在暗暗思索，一邊說道。

「香花堂?局長，該不會就是你說的那個江湖上的神秘組織吧?」曉川在一旁問道。

李玉才沒心思注意旁人的疑惑，還在心中推敲琢磨，一邊繼續自言說道：

「照理說，香花堂應該已經在江湖上消失三百多年了，難道……難道傳說是真的?」

「玉才，你在說什麼?你說清楚點，到底什麼傳說?」江坤突然急躁了起來。

李玉才轉頭看了看儲藏密室的某個牆櫃，伸手在櫃中深處不斷撈尋，終於找出了一張泛黃的圖卷，攤開一看，圖卷上畫有一艘海船，海船的甲板上站著一名手持長刀的勇士，船桿上豎著一支畫有螺殼形狀的旗幟。

李玉才拿著圖卷向江坤問道：

「坤哥，還記得這張圖嗎?」

「東洋甲螺!」江坤驚訝地點點頭。

「東洋甲螺……是顏思齊嗎?」曉川思索了一下，靈光乍現插話說道。

「你真厲害!沒錯，就是顏思齊!」李玉才朝著曉川微笑著點了點頭。

曉川靦著小酒窩，有點害羞地對李玉才回笑了一下。

「顏思齊……明朝末年稱霸東亞海域的商盜集團首領，他的海盜集團勢力龐大，令人無法想像，日本、臺灣、呂宋、麻六甲，包括中國的東南沿海，全都在他的掌控之中，他們一面掠奪在海上來往的商船，一面又與各國政府貿易通商，擁有數不盡的金銀財寶，富可敵國，這支旗幟就是他們的標誌，人稱東洋甲螺！但人紅是非多，顏思齊得罪了當時日本的德川幕府，便開始大逃亡，傳說當年他出亡日本時，在中國東海，意外遇到了流亡海外的蒙古王宮後裔的船隊，他們搶劫了蒙古王族後裔從北漠帶出的一批無價之寶，最後逃到了臺灣南部躲避藏身，在當地駐紮開墾，便一直留在臺灣。」

李玉才豪邁地一口氣道出有關這幅圖卷過往的歷史，眾人瞬間變成小學生似的，聽著李教授的精彩講課。

尤其是曉川一副充滿愛慕敬佩的神情，溢於言表。

「那……請問這個顏思齊跟我們的盜墓案有什麼關係啊？」阿南突然疑惑地發問。

曉川轉頭瞪了阿南一眼，似乎在埋怨阿南打斷了自己正沉浸在李玉才解讀的情緒。

李玉才對著阿南微笑一下，繼續說道：

「逃到臺灣不久後，顏思齊就病逝了，身家財寶就落到了二當家鄭芝龍的手上，幾年之後，鄭芝龍決定放棄臺灣，率領手下歸順南明王朝，但後來，眼見南明朝廷即將覆滅，沒想到他又轉而投降清廷，到北京當官去了，這批無價之寶就又落到了他的兒子鄭成功手裡！鄭成功一心只想反清復明，為了尋找反攻基地，他帶著鄭家艦隊，趕走當時統治臺灣的荷蘭人，重新佔領臺灣全島，鄭成功一直把這批無價之寶視為復國基金，為了穩固基業，還偷偷成立一個地下組織：天地會，命令他們在臺灣島上找到一個永久的藏寶地，把寶物就地埋藏……」

話語間，李玉才又順勢舉起紅花鏢，對著眾人緩緩說道：

「而香花堂……就是當時天地會裡一個最秘密的分舵，他們終身只有一個使命……誓死守護復國寶藏！」

眾人一聽完李玉才的獨家解密，全都愣住了！

江坤緊皺眉頭，內心憂慮地暗想，這麼懸的案子，到底是有多複雜，我只有七天的時間可以破案啊！

曉川更加一臉驚奇又崇拜的神情，癡癡望著李玉才。

阿南在一旁呆張著嘴，眨了眨眼，一副不可置信的樣子說道：

「天……天……天地會？我沒聽錯吧？真的是天地會？現在真的還存在嗎？真是太神奇了，天呀！這兩天，我到底經歷了什麼事啊！」

將門史話

李玉才個人研究室的儲藏密室，空間狹窄，又矮又暗，還有一股陳年舊物的霉味，一群人也因為空間太過逼仄而先後出了密室。

回到了研究室，江坤不發一語，內心的思緒卻更加暗潮洶湧，好多疑慮一時還理不清。阿南卻呆站一旁，還傻愣在方才驚訝的餘波當中。

曉川則是貼心地一邊幫李玉才確認儲藏密室的門板有沒有關好，一邊好奇問道：

「所以昨天那群盜墓賊真的是天地會的傳人？那他們盜王將軍的墓到底是為了什麼？」

「難道是為了什麼寶藏嗎？」阿南接著話說道。

「不，王將軍的墓裡根本就沒有什麼寶藏！」李玉才一臉認真說道。

「啊……？」眾人被李玉才的話震驚了一下。

「可是我們考古隊明明就挖出一堆珠寶古器啊！」阿南好奇回道。

「那只不過是王將軍的陪葬品，位封一品的將官，有些珠寶美器也不算什麼！但昨天那群盜墓賊如果真是香花堂的傳人，我猜……他們盜王將軍的墓，一定有更特別的目的！那些陪葬品在他們眼裡根本就不是回事，對吧？」李玉才一邊推敲著，一邊盯著江坤等人的眼神以尋求更多線索，又問道：「所以，他們盜墓究竟得手了什麼物事？」

曉川立刻點頭如搗蒜，俏麗的馬尾在肩背上跳躍，回道：

「哇，猜得這麼準！他們闖進墓穴真的什麼都沒拿，就只偷了這樣東西。」

曉川從平放在桌上的辦公箱裡拿出繪有貝殼圖形的羊皮圖紙，小心翼翼地攤開在李玉才面前。

「金貝錦匣！」李玉才仔細看了一眼，瞪大眼睛喊道。

「什麼？玉才，這……這就是傳說中的金貝錦匣？」深思中的江坤禁不住驚呼道。

「這東西叫金貝錦匣？那是什麼啊？」阿南、曉川對看了一眼，摸不著頭緒。

李玉才拿起羊皮圖紙仔細檢視，撫觸著紙上陳舊的絨起，一字一句說道：

「這個金貝錦匣，是當年清朝的乾隆皇帝賜給王得祿將軍的，也是王將軍生前的心愛之物，裡面裝的肯定是非常重要的東西，如果我沒猜錯的話，這裡頭的東西應該就是……」

「……藏寶圖？是當年鄭成功寶藏的下落？」江坤禁不住搶話，李玉才聽了，會心地點頭回應。

「什麼？藏寶圖？哇，現在都什麼年代了，真還有藏寶圖？」阿南抓了抓頭，又遲疑了一下，繼續說：「等等！不對呀，如果是鄭氏時期的藏寶圖，那怎麼又會在清朝將軍的墓裡呢？」

「是啊！而且，假如天地會的香花堂，他們本身就是護寶使者，還有必要去偷自己的藏寶圖嗎？難道連他們自己也不知道寶藏藏在哪裡嗎？」曉川也明快地接話問道。

「說對了，唯一的解釋就是他們確實不知道寶藏藏在哪裡！」李玉才點頭說道。

「怎麼可能呀？自己守護的寶藏，自己都不知道藏在哪？」曉川存疑地問道。

「其實……最早的時候，香花堂是知道寶藏的真實去處的，但過了上百年之後，香花堂的後代傳人，就變成只守護著這個藏寶圖了。」

「為什麼會這樣？」曉川緊接著問道。

「這全是一個人造成的！」

江坤看了李玉才一眼，想了想，難以置信地說道：

「玉才，你說的莫非是嘉慶皇帝？但是……那不只是個民間傳說而已嗎？」

「傳說傳說，說了又傳，傳了又說，真真假假，又有誰能分得清呢！」李玉才鄭重回應。

「局長，你們說的傳說該不會是……嘉慶君遊臺灣吧？啊，不是啊，我還是弄不懂，嘉慶君又如何讓鄭氏時代的藏寶圖，變到一個清朝將軍的墓裡呢？」阿南一臉疑惑地問道。

江坤搭著阿南的肩膀，緩緩解釋道：

「阿南，我這麼說吧，民間傳說嘉慶還在當皇子時，曾秘密渡海來到臺灣，人們都以為他是為了遊歷山水、微服私訪。其實，他是奉了乾隆皇帝的密旨前來，來臺的目的只有一個，就是為了尋找當年鄭芝龍降清之後，被鄭成功帶走的這批復國寶藏！」

「嗯！就因為是奉了密旨前來，所以正史文獻上才找不到任何嘉慶來臺灣的官方記載。」李玉才點頭附和著江坤的解說。

「不會吧？那，你又是怎麼知道的？」曉川質疑道。

李玉才再次拿起剛才那本畫有蟹螯圖樣的羊皮小冊子，慎重說道：

「就因為這本冊子……稗官野史，有的時候也別有用處！這本手記就是當年王得祿將軍府的貼身管家……李紅蟳傳下來的！」

「噗！李紅蟳？這什麼怪人啊！怎麼取這麼好笑的名字！」阿南嗤笑了一聲。

曉川沒搭理阿南，腦中飛快地理解著李玉才所述的前後脈絡，問道：

「那這本手記怎麼會在你這裡呢？」

「因為這個『怪人』李紅蟳……就是我高祖父！」李玉才轉頭看向阿南，微笑說道。

阿南自知嘴快說錯了話，羞愧地抓了抓頭。

李玉才拿起手記，輕撫一下書封，思緒似乎回到了從前，一邊踱著步，緩緩說道：

「誰也想不到，區區一個將軍府的管家，竟然把這段隱藏在歷史背後的傳說給記載下來。當年嘉慶來到臺灣，選中了土生土長的王得祿將軍當他的隨身護衛，因為王得祿世居臺灣，對臺灣地勢非常了解，嘉慶便傳達了乾隆皇帝的旨意，命令王得祿秘密行事，王得祿窮盡一生都在為清朝皇帝搜尋復國寶藏的下落，從此官運亨通，一路加官晉爵！」

「喔……難怪！王得祿能成為清朝時代全臺灣官階最高、地位最顯赫的人物，不是沒有道理的！」阿南有點恍然大悟地說道。

李玉才拍了拍阿南的肩，眼神嘉勉阿南終於敏銳地抓到了重點。

「哇……李紅蟳是你高祖父，又是王得祿的管家，那你不就也是將軍府的人了嗎？難怪局長說這案子一定非你幫忙不可！」曉川帶著羞紅又崇拜的神情，輕聲地對李玉才說道。

李玉才微微一聳肩，皺眉地看了江坤一眼，江坤心虛地咳了幾聲，但也給了李玉才一個了然於心的眼神。

曉川繼續思索了一會，突然問出了這段故事的不合理處：

「等等，讓我想想，所以說……當時王得祿將軍和香花堂的人確實交過手，也真的搶到了藏寶圖！但是，為什麼藏寶圖最後會埋在他的墓裡，而不是交到清朝皇帝的手裡呢？」

江坤輕輕拿起桌上的金貝錦匣圖，一邊看著，一邊推敲道：

「也許是王得祿自己想要私藏藏寶圖，又或許是來不及上報朝廷，他就死了，所以不知情的王家人，就把這個裝有藏寶圖的金貝錦匣當作陪葬物，一塊給埋了！」

「嗯，你們局長說的沒錯！但其實……香花堂的傳人始終都知道藏寶圖就在王將軍的墓裡。」李玉才點點頭，接話說道。

「啊？那他們當時再搶回來不就好了嗎？為何要等到現在偷偷去盜墓呢？」阿南一口氣乾了全部的茶，急忙說道。

「香花堂的任務是守護寶藏，有什麼方法能比藏寶圖埋在地底下更安全呢！香花堂只要世世代代守護著它，確保不被人偷走就行了！」李玉才回道。

「喔……我又懂了！」阿南又再次恍然大悟地說道。

「你又懂什麼了？」曉川問道。

「難怪王將軍的墓這麼多年來都平安無事，原來是有免費的保全啊！」阿南說道。

江坤神情突然變得沉重，坐下椅子，摸著腦袋，想起這樁離奇盜墓案的關鍵所在，緩緩說道：

「玉才，如果照你說的，這天地會的香花堂既然一代傳一代，一直秘密守護藏寶圖，都傳了幾百年了，怎麼偏偏到現在，又突然要偷回藏寶圖呢？」

眾人看向了李玉才。李玉才卻低下了頭，突然沉默了！

過了許久，他才緩緩說出一句：

「至於這個……我們就不得而知了！」

江坤聽了李玉才的回答，有點失落，李玉才見了便趕緊說道：

「但我們唯一能確定的，就是連清朝皇子都親自出馬，可見這批寶藏絕對不一般！如今的香花堂肯定知道這批寶藏的價值。」

「玉才，你是說……他們之所以冒險盜墓，偷取藏寶圖，就是想重新拿回寶藏？」

「很有可能！如果他們真想挖寶，這寶藏裡頭一定有什麼非常重要、而且非拿到不可的東西！」

「是什麼東西？」曉川問道。

李玉才眼神凝思，深吸一口氣，堅定地看著大家，說道：

「想要找出真相，只有一個辦法……奪回金貝錦匣！」

上清明珠

黃昏時分，夕陽西沉，暮色初起。

四周的景致從遠方的橙橘色，漸次渲染成一片紫紅，絢麗的雲彩多變又詭譎。

在蒼然的夜色襲來之前，直升機緩緩從文化大學起飛，沿著原來的航線準備返回國家文物局。

直升機的座艙裡多了一位新乘客，李玉才低俯著身子，一手緊握紅花鏢，凝視深思著。

江坤留心到李玉才不太尋常的神情，便從西裝內的暗袋緩緩掏出一個小錦包，說道：

「玉才，要不是有你，我真不知道還能找誰幫忙。來，老朋友好久沒見了，有個東西送給你……」

江坤小心翼翼地從錦包裡拿出一塊絳紅色的細紗巾，那紗巾柔若纖雲，薄如蠶絲，清透可見到裡頭的物件，李玉才側頭斜瞄著，有點疑惑又好奇，見江坤撩開紗巾，有如紅色的煙霧冉升一般，從中拎起一條鍊子緩緩垂下，正中央還嵌著一粒碧綠耀眼的玉珠子。

「這……這是唐朝貢品……上清珠？」李玉才仔細看了一眼，低聲驚呼。

「嗯！外頭還鑲著一圈鎏金景泰藍！」江坤手指著玉珠，微微點頭說道。

這上清珠相傳是由西域出土傳入中國，在唐朝時是上等的宮廷寶物，珠體本身並不大，但通體隱約看得出散發著微微的青光，古有辟邪通仙之意，傳到今天也是罕有之珍，尤其江坤手中的這顆珠子，還是後代藝術加工過的精品，一圈閃亮的鎏金銅胎細環，柔美的掐絲線條鑲嵌在珠上，金絲槽邊燒了一層古樸的藍釉，透著點滄桑感，和珠子本身的碧綠既相融又互襯，一眼看去，貴氣中還藏帶著低調的溫潤，加上明代宮廷密傳的燒青琺瑯絕技加持，無疑是個價值不斐的古寶。

李玉才伸手接過珠鍊，仔細審視了許久，才緩緩道出一句：

「『美人贈我鴛鴦襦，何以報之上清珠！』坤哥，你從哪弄來這麼寶貴的東西？」

「這個……你就不用管了，我知道你對這東西最感興趣，為了研究這些古物，你可沒少下工夫呀！」江坤故意岔開話題。

「無功不受祿，這麼貴重的東西，你還是自己留著吧！」李玉才伸手推辭地說。

「唉，你只要幫我把眼下這樁案子搞定就行了！好了，別看了……戴上吧，戴在身上，你愛看多久就看多久！」江坤側著身，毫不猶豫地幫李玉才戴上了上清珠項鍊，圓潤的碧色珠玉襯著寶藍的鑲邊裝飾，跟斯文挺拔的李玉才很是相稱。

李玉才難以推卻老朋友的盛情，看了江坤一眼，低頭嘆道：

「要不是事關王得祿將軍，我實在不想再過問這些事了！」

「唉，我知道，五年前發生那件事之後，就把你逼得退隱江湖，不理這些俗事了！」

「五年前？發生……發生了什麼事呀？」一直在旁關注一切的曉川怯怯地問。

「想當年玉才可是文物局的風雲人物、頂梁支柱啊！不過，唉……」江坤欲言又止。

「到底什麼事啊？」曉川再繼續問到。阿南也好奇地探頭觀看。

「沒事！都過去了，沒事，沒事！」李玉才刻意撇開頭，不願繼續談論這個話題。

面對曉川的關心，李玉才禁不住黯然，轉頭望向直升機下方的景色，臺北城如此繁華，所有的建築物在腳下一覽無遺，高速公路與高架橋穿梭來去，城市的五光十色與燈紅酒綠，李玉才已多少年無心再留意這些風景了？日復一日的，自從他從文物局離開後，就把自己埋首於教學研究中，生活裡只剩下一堆古器文物與學生們。

但不變的是，李玉才始終記得五年前的那座山崖，正是臺灣東北角的陡峭岩岸……

臺灣處於地震帶，幾次板塊推擠後，部分的古地層漸次隆起，來回推敲研究幾次之後，李玉才帶著文物局的伙伴們興沖沖地前往東北角探勘。

那天，好幾臺挖土機正在挖掘山崖邊的考古現場，天色已經昏暗，濕濕涼涼的天氣裡還飄著霧氣般的小雨。

李玉才和小綾正站在山崖邊的挖掘洞口，江坤當時也在，只見他戴著白手套，頸上還掛著一臺單眼相機。

李玉才依稀記得當時的溫度、天色的明暗、現場每個人的聲音，還有女朋友小綾戴著遮陽帽，一身樸素的考古裝扮，真誠地望著他的眼睛。小綾當時喊著他，說著天色要暗了，雨勢要變大了，李玉才回頭跟小綾說再等一下，挖土機就快要挖到些什麼了，李玉才可不想錯過什麼驚奇的發現。小綾把已開挖過、散置在地上標明座標的標記物收起，一邊再跟玉才提醒說，得停了，今天到這兒吧？李玉才給了她一個笑容，安撫小綾，放心，就快好了。

沒想到就在下一刻，挖土機真的挖到了，灰頭土臉的江坤抹去了臉上的雨水，開心地大叫，立刻拿起相機拍攝挖掘洞口露出的出土文物，興奮地和李玉才擊掌。

兩人跑下洞窟，輕輕撥著土，拿起出土文物交換審視⋯⋯

「如果那時沒有急著跑下洞窟，如果那時我就讓挖土機停下來，如果當時⋯⋯」

李玉才難以停止思緒，想起那轟然的幾道閃電，迅猛又突然，讓人心神俱散，像要警告誰，又像要懲罰誰。

伴隨著雷電聲，李玉才從挖掘洞口爬出來，正要攀回地面時，卻眼睜睜地看著一道閃電擊中了岩岸，離小綾那麼近，小綾當時身邊空無一人，她啞然摔倒的時候，她大叫著玉才的時候，卻沒有人可以救她……

李玉才在直升機上痛苦地閉上了眼睛，好多年刻意不願再去想起的往事，卻又顯現在腦海裡，他記得自己痛苦又奮力地衝去了岩岸邊，他的眼裡只剩下還飄盪在空中的遮陽帽，還有滂沱大雨中，迷迷茫茫、怒浪拍擊的大海，吞噬了他的摯愛。

直升機的槳翼轟然旋轉，李玉才感覺到自己也正在下墜，恍惚間，江坤拍了拍李玉才，喊道：

「嘿……嘿……玉才，在想什麼呢？」

李玉才猛一回神，被直升機外最後轉瞬即逝的絢麗彩霞閃到了眼睛，眨了下眼，說道：

「喔？沒什麼！我……我是在想……那群香花堂的盜墓賊，搶走了錦匣，下一步會做什麼呢？」

第三章

攻

三角湧道

時近入夜，華燈初起，昏暗的暮色瀰漫在北臺灣三峽的老街區。

三峽，一個古稱三角湧的小村落，地處臺北盆地西南隅，環山面河，緊臨三條溪流交會之所，物產豐碩，尤其在清朝之後，大批中國移民渡海來臺，原本到此定居的多是福建泉州人，後期又遷來許多福建漳州和廣東等多地籍民，社會組成更趨複雜，這群辛苦渡海的新移民們，展現剽悍性格，為求生存空間，捍衛自身利益，經常火拚械鬥。更有不少人做起生意當靠山，成立商家行會，其中茶葉、染布業、樟腦業，彼此暗中較勁，逐漸地，使三角湧一帶成為一個隱形的戰場，而幾百年前的三峽古道正是行商爭來鬥往的大本營。

如今，三峽老街上仍舊商號林立、並列而行，夾雜著東洋元素的牆飾雕窗和招牌商標，嵌飾在歐洲式的巴洛克建築之上，拱廊下卻又立著成排漢族風的閩南式木板隔門，處處可見歲月殘痕的斑駁，可想見數百年來，不論歷經多少政權更迭，始終瀰漫著多元族群相爭奪利的風雲戾氣。一座看似平靜的小山村，竟是個久經滄桑的爭伐之地，在古時，還流傳一句有關北臺灣的閩南語俗諺：

「北投燃土炭，鶯歌燒碗盤，大溪滷豆乾，三峽出鱸鰻！」

「鱸鰻」的閩南語諧音正是「流氓」之意，可見此地看似古樸的風情還藏有一股兇悍之氣。如今的三角湧雖已逐漸蛻變成一個觀光勝地，但這僅僅止於表面而已，其實暗地裡，通條的老街巷道仍是個九流三教、龍蛇雜處之地。

此時，夜幕低垂，老街上的攤商們正準備打烊休息，褪去了遊客的喧囂，只剩街口的祖師廟門前仍有零星的信徒正行禮膜拜。忽地，一股刺耳的電流聲竄出微響，典雅的紅磚廊柱下，緩緩亮起橘黃的街燈，夜晚的昏黃朦朧，比起白晝的亮麗華美，更多了一絲幽古氣息。

不遠處，只見老街上其中一間商鋪的騎樓下，突然亮起一盞紅紙燈籠，忽明忽暗地閃爍著，和古街上靜謐的氣氛顯得有點突兀，還襯著些許詭異。

騎樓內是一家老式茶行，門楣上掛著一塊破舊牌匾，上刻著「日月興茶莊」，牌匾的木頭有著明顯剝落腐蝕的舊痕，看上去至少也有上百年的歷史。牌匾正下方，只見幾片板門虛掩著，門內空無一人，有點漆暗，還不時地往廊道外頭散發出一股股茶葉的清香。

茶莊內廳裡，拐角處的暗牆後邊，還隱藏著一間密室，密室的空間不大，卻井然有序地擺放著許多罕見的器物，只見牆桌上供奉著一尊老僧泥像，像身被一塊布巾包覆著，壁面及天花板都有長年被煙氣燻過的焦黑感，泥像正上方有一塊小木牌，上用蒼勁有力的筆勢寫著「香花堂」，左右兩側各掛著兩幅赭紅的垂聯，右聯是「天下結萬姓」，左聯是「地上落紅花」，密室的兩側壁面還吊掛著幾樣古老的兵器，有木棍、大刀，也有長槍，更有一箱又一箱的紅花鏢。

臨近深夜，距昨晚那場惡鬥不過一天的光景，依舊是個漫著涼意的夜晚，一樣的天氣，一樣的空間，萬天龍、萬天鷹、萬天虎三人，卻永遠地失去了好兄弟萬天豹。三人各拿著一炷香，對著桌上的老僧泥像參拜，莊嚴的空間裡，三人沉默肅穆、噙著淚水虔誠地祝禱：

「祖師爺在上，弟子萬天龍定竭盡全力，完成使命！」萬天龍居中跪下，默默唸禱著。

待萬天龍說畢後，萬天鷹就在泥像旁立上一塊神主牌，牌上寫著死去的弟兄名字：萬天豹。萬天龍凝視著神主牌，撇頭再看一眼老僧泥像，似乎想起什麼，便紅了眼眶。

憶起十幾年前從祖輩手中接下香花堂主的重位，一心只想顧守著國姓爺鄭成功傳下的絕密任務，從沒想過有任何一位弟兄會在自己眼前離開，天生就是個性情中人的萬天龍，面對兄弟始終義字當先，此時不禁悲從中來，似乎還生了點怨氣。

萬天龍強忍悲慟，突然伸手從泥像後方的暗屜裡拿出一只木盒，取出一根「紅花棍」，紅花棍是由漢地罕見的胭脂木細雕而成，棍身長九．九寸，通體包覆著深暗的棗紅色，質地堅密，色澤清瑩，上還刻有九朵綻放芯蕊的精雕花飾，一朵一朵互串相連，看似群花飛舞，這支紅花棍是歷代香花堂主的象徵信物，傳承數百年之久，卻不見有絲毫毀損，還保有一絲難得的光滑。

萬天龍低頭輕撫著紅花棍，愧疚地自語說道：

「天地幫眾之大，難道……唯獨我們香花堂的子弟如此孤獨？天豹，大哥對不住你……」

「大哥，你別這樣，這不是你的錯呀……」二弟萬天虎在一旁扶著萬天龍的肩，極力撫慰著。

「天虎……如今堂裡的香火只剩我們幾個了，就你們還是我當年一個一個求請而來，才肯入堂結拜，其他幫眾的弟兄們，根本不知香花堂的重任，也不願身陷其中，沒人肯再插花入堂，又有誰能了解我們的辛酸？」

「大哥……」

「『香花傳蕊，私授單會，千秋萬世，秘守朝業』，這祖上傳下的規矩，是否錯了呢？」

「大哥，你……你放心，香花堂不還有我們在嗎？」萬天虎激動地說道。

「當年天地會裡其它分堂分舵的同門弟兄，現今多已離散，以洪門之姿、公益之行走向社會，而我們香花堂的存在卻絕秘不能外傳，苦守著百年來不為人知的秘密，他們可又知道我們背負的使命才是真正的大業……」
萬天虎、萬天鷹聽了萬天龍的感慨言辭，似乎心有同感，但一時又不知該說什麼。
萬天龍見兩位兄弟低頭不語，便深嘆一口氣：
「唉，罷了！現在不是想這些的時候！」
萬天龍再對著萬天豹的神主牌啞聲說道：「天豹，你安心去吧！」
萬天虎和萬天鷹分別在牌位前的小香灰爐中，各插上一支紅花鏢，凝視著神主牌位，哽著聲音一起說道：
「兄弟，安心去吧！」
三人起身後，萬天龍便從懷中小心地拿出金貝錦匣，匣上的珠光金氣，頓時散射在昏暗的密室裡，就連萬天龍黝黑的皮膚，也被照出一片光澤，萬天龍瞇著雙眼，輕輕撫摸了一下錦匣，激動嘆道：
「三百年了，終於把你找出來了！」
「大哥，現在打算怎麼處理它？」萬天鷹問道。
萬天龍沉思一會，便回道：
「寶藏的事先擱著，當務之急，是要先救回你三姐！」

「嗯！大哥，我都準備好了，明天一早就動身！」萬天虎挺身向前，急著說道。

萬天龍眉頭一皺，堅定地說：

「不，今晚就走！今晚就把天鳳給救出來！我不想再失去任何一位伙伴了！」

萬天龍仔細把錦匣收進一個黑布袋，慎重地交給么弟萬天鷹：

「天鷹，這錦匣一定要保護好，記住，要分秒不離，千萬不能落入他人之手！時間緊迫，把傢伙備好，今晚子時，準時動身！」

夜闖劫囚

此時，江坤一行人終於回到了臺北市區，江坤領著李玉才來到文物局，當年日夜相守的老地方就在眼前，李玉才提著沉重的腳步，緩緩邁向文物局大門的石梯，一股恰似近鄉情怯的心境油然生起，面對既熟悉又害怕的情景，頓時五味雜陳，有點不知所措。

頗了解李玉才的江坤，則在一旁刻意轉移話題，試圖突破纏擾李玉才多年的心魔，說道：

「玉才，過去的事，就別想那麼多了！眼下最要緊的可是時間不等人呀！我想……王得祿將軍若是在天有靈，也正等著你幫他破案呢，走吧！」

江坤輕拉著李玉才走上樓，吩咐曉川開啟議事廳，準備全力研究這起難搞的盜墓奇案，看來這伙人馬今晚篤定要通宵竟夜了。

而在一旁的保安大樓，同樣也沒閒著，一派燈火通明。

昨日，萬天鳳從醫院被移送到保安大樓的看管室之後，依然昏迷不醒，手臂上打著的點滴維持著她的身體所需，萬天鳳披散著柔軟的長髮，蒼白的臉上，一雙秀麗的柳月眉卻仍緊擰著。此刻已近夜半時分，看管室內負責看守萬天鳳的執勤保安人員已盹盹欲睡。

突然，保安大樓的高處牆外，迅速降下三叢黑衣人影，萬天龍領著兩位弟兄用繩索垂降在大樓的窗外暗中探望，確認樓內的狀況，發現看管室的門外走廊有兩名執勤保安員，萬天龍悄無聲息地推開廊道窗戶，與天虎、天鷹成功潛入保安大樓，迅速地搶進了走廊角落，盯著看管室門外的保全。

三人踮扶著腳步，以輕盈的身法迅速潛伏快進，行進間，天虎、天鷹拿出沾有迷魂藥的手巾，倏地從身背後緊緊捂住保安口鼻，兩名保安奮力掙扎一會，便昏厥過去，三人輕聲推門而入，確認病床上萬天鳳的身影，同時，房內原有的另兩名保安，突然被嚇醒：

「你們……你們是什麼人，要幹什麼？」

兩名保安準備掏出腰間的電擊棒，猛不其然地被三人迅速欺近，幾下崩拳出手，就被制伏昏倒在地，萬天龍扯下蒙面罩，仔細看著床上昏迷不醒的萬天鳳。

「天鳳……天鳳……」萬天龍擔憂地叫喚著。

「大哥，她好像頭部受傷了，看來一時是叫不醒的！」萬天虎看了看周圍的醫療設備，判斷著說道。

「昏迷不醒……昏迷不醒？驚厥醒睡，三陽五會……百會穴！」萬天龍稍微按捺心神，仔細尋思著。

「對，大哥，百會一通，元神必聰！」萬天虎振奮說道。

萬天龍立即示意萬天鷹從隨身攜帶的行囊中拿出藥瓶、藥針，萬天虎輕輕把萬天鳳扶起坐好，萬天龍來到天鳳背後，盤腿交坐，準備替天鳳運氣治療。

「薑乳！」萬天龍低聲說道。

萬天鷹迅速遞上一支白瓷小藥瓶，倒出幾滴濃稠的薑乳汁在萬天龍雙手的指頭上，萬天龍輕彈在萬天鳳左右兩側太陽穴，萬天鳳突然微微地動了一動眼皮。

「厲針！」萬天龍緊盯著萬天鳳的神情，伸手再說道。

萬天龍從萬天鷹手中拿過藥針，聚精會神，輕刺在萬天鳳頭頂的百會穴，一邊用另一掌運氣灌其肩背。

百會穴是人體所有陽經匯聚之處，行經督脈，總制諸陽，是為一身之宗，百神所會，此時的萬天鳳沉昏迷厥，手足脈絡不得暢行，萬天龍唯有使出這招激陽逼經，再灌行真氣，此法雖異常冒險，卻也是迫不得已的緊急策略。這般奇特的古派療法，其實是古時候天地會眾為了秘密起事，對付敵人時，在重重危險的武鬥搏攻下，保衛自家弟兄而研發出的急救奇方，更是個秘不外傳的絕技，但也唯有習武之人才經得起如此強大的經流之氣灌注體內，萬天鳳雖在香花堂排行老三，但其內功卻遠高於眾人之上，萬天龍深知此事，才敢大膽使出獨門絕技，全力搶救萬天鳳。

不一會兒，萬天龍以全勁的掌力將真氣傳注於萬天鳳，只見萬天鳳的百會穴位正緩緩放著血水，頭頂冒煙，全身出汗，鬢髮邊沁出了點點汗珠，萬天龍再稍微運勁，輕轉幾下針頭，猛然拔起。

忽地，萬天鳳眼睛一睜，乍然驚醒！

「天鳳……」萬天龍驚喜喊道。

萬天鳳猶自迷茫疑惑，緩緩轉頭，張望四周環境，有點訝異地細聲問道：

「大哥！二哥！五弟！這……這是哪裡？」

萬天龍扶手撐起萬天鳳，讓她坐定後，解釋說道：

「先別慌，你醒來就好了，其他的回頭再說吧，把衣服換上，先出去要緊！」

萬天虎、萬天鷹收拾好物品，迅速貼身探頭到門外，查看門外情勢。

萬天鳳起身，剛要換上裝束，身上的一條儀器感應線隨著動作而脫落，倏地，萬天鳳身旁的儀器亮起了紅燈，樓內警鈴大響。

「大哥，不好！」萬天虎急道。

萬天鳳隨即換好衣服。萬天龍鎮定說道：

「準備好傢伙，見機行事，衝出去！」

香花堂四人迅捷地擺好陣式，貼著廊道牆壁疾行，準備隨時應付突如其來的襲擊。

此時，保安隊長大寶正匆忙地帶領眾多保全陸續趕到。

同一時間，警示訊號也傳回至隔壁不遠的文物局議事廳。

這夜半裡的乍聲鈴響，著實驚擾了江坤、李玉才等人正沉浸在探索案情的思緒。

國安風暴

已是盜墓案發生的第三日了，天空的雲層依然厚重，遠方隱隱傳來閃電雷聲，空氣中悶著一種窒熱的氣息，月亮在雲層後稍微地透出一點亮光。天色灰敗的凌晨，文物局的議事廳內卻還亮著燈，李玉才、江坤、曉川、阿南等人，正聚精會神地交換檢視資料。

此時，曉川的手機鈴聲劃破了寂靜，曉川看了一眼手機螢幕，神色緊張，凝重地說道：「局長，保安大樓出狀況了！」

「什麼？」

「那個昏迷的女盜賊被人劫走了！」

「啊，你說什麼？劫走？難道又是香花堂那幫人？」

「不太可能吧！如果是的話，那他們也太厲害了？」阿南一副不可置信的樣子。

「他們應該還沒跑遠……曉川，快確認保安隊的狀況。其他人都留在這別動，我出去看看！」江坤驚愕之餘，倉促地交代完話，便快步離去。

李玉才放下手中資料，走向窗邊探往保安大樓的方向，眉頭深鎖，暗自沉思。緊臨文物局的保安大樓，此刻已危機四伏，眼看一場惡鬥一觸即發。

萬天龍、萬天虎、萬天鳳、萬天鷹剛趕至窗邊，右側走廊卻已逼近了一群保安人員，香花堂四人眼見不可能一起從窗邊逃脫，轉身至左側的逃生樓梯迅速閃躲。

保安人員見狀，便快步追上，萬天虎從行囊拿出兩排紅花鏢遞給萬天鳳，萬天鳳點頭接鏢後，轉個步伐迅速射出，雖撐著虛弱的身軀，仍然不減出鏢的威力，飛鏢好似夾藏著一股真氣，擊破空中的細微塵埃，鏢風迅如電，旋姿散如花，眼看數支紅花鏢一時竄飛在廊道間，倏忽而過，突地聽見幾聲慘叫，果然緩下了保安人員的追趕，香花堂四人趁機一路狂奔下樓，終於逃至一樓門口處。

保安隊長大寶在後頭窮追不捨，心想上回已經丟失了古蹟的寶物，這次可不能連人也丟了！

大寶一邊喊聲威嚇，一邊拚命追逐，跑在最後頭的萬天鷹一個急轉彎，只顧及懷中的錦匣，卻不慎絆了一跤，仆倒在門外廣場上，把錦匣給摔了出來。

隊長大寶看見錦匣，眼神一亮，心生振奮，想要衝出奪回錦匣，猛朝萬天鷹的方向開了幾槍。

萬天虎見狀，即時跳出，往地上扔出一枚散霧煙炮，一陣濃嗆的白煙，阻擋了大寶的視線。萬天鷹趁機回頭撿回錦匣。

大哥萬天龍在一旁見錦匣掉落，心生驚慌，一手扶起萬天鷹，一手護著錦匣，趁著煙霧未散盡，準備轉身脫逃。

此時，煙霧深處的槍聲彈響仍此起彼落，香花堂四人只得往外找尋隱蔽處。

突然間，廣場外出現幾道刺眼的強燈光束，四處散射，晃亂了香花堂的逃脫路線，萬天龍微遮著額頭下的模糊視線，仔細抬頭遙望，只見不遠處一排車輛猛然地直面開來，毫無煞停之意，數臺車輛在廣場前同時緊急甩尾繞圈，車門順勢大開，忽地蹦出一群身穿黑色西裝的奇特人士，身手極度俐落，讓人有點反應不及，跳車幾個翻滾後，便同步朝著香花堂一行人開槍。

後有保安大隊追趕，前有莫名的西裝人士阻攔，面臨雙面夾擊的香花堂必須迅速做出決定，只見萬天龍晃了一眼廣場旁的草叢，呼聲喊道：「快！進草叢！」

眾保安們在後頭狼狽地穿過煙霧追趕出來，看見眼前一群陌生的開槍人士，好是驚訝，保安人員被煙霧燻得眼睛發疼，不住地嗆咳，一邊愣問隊長大寶：

「隊長，那些是什麼人呀？身手這麼俐落，好像比我們還厲害……」

「少廢話，還不快去追！」大寶急喊道。

香花堂一行人逃進草叢，跳上早已藏匿好的吉普車，引擎聲響轟然大作，萬天虎緊握方向盤，踩踏油門，猛然開車衝出，眾保安與西裝人士跳閃一旁，對著逃逸的吉普車頻頻開槍，萬天鳳躲在車窗柱旁，又射出一支支的紅花鏢。

廣場上，一名壯碩的黑西裝男子好似鎮定，從後車廂緩緩拿出了一把看似高科技的長槍，架在另一位伙伴的肩上，瞇著眼，朝吉普車瞄準發射，忽地，一枚近似隱形的迷你訊號彈射出，一下就貼到了吉普車的車尾。

不一會兒，眾人眼見著吉普車揚長而去。

「快，快呀……還不快追上去！」大寶在一旁催促著部下。

「不用追了，他們跑不掉的！」一個低沉穩重的嗓音，突然出現在大寶耳邊。

大寶緩緩轉頭，覷著眼前這位陌生的奇特男子，身形高大壯碩，留著小平頭，下巴還蓄著濃密的鬍渣子，左側臉上還有一道深刻的刀疤。

大寶疑惑地喝聲問道：

「你們是什麼人，知道這什麼地方嗎？竟敢擅闖文物局！」

陌生男子毫無反應，瞇起雙眼直盯著吉普車遠去的方向，若有所思，過一會才再回頭，一瞥不屑的眼光看著大寶緩緩說道：「國安局特勤隊……彭少安。」

「啊？國……國安局……特勤隊？」大寶訝然，神情呆滯，低頭自語著。

還未回過神的大寶，猛一轉頭，發現江坤局長已匆忙趕了過來，正站在自己身後。

江坤望著四周，看著方才一陣打鬥過後的戰場，像是有點絕望，掉落一地的彈殼好似還冒著熾熱的微煙，江坤不發一語，緩緩走出廣場，步向文物局外的圍牆邊，頓失聚焦的眼神，只見圍牆上硬生生散亂地插著一支支還露出半截的紅花鏢，身邊的眾人待在原地不敢妄動，江坤的腦海突然一片空白，時間也彷彿瞬間凝結。

折騰了大半宿，天終於破曉，文物局的門庭前，幾位保全人員，正在收拾昨夜裡與香花堂激戰的凌亂場地。

赫然，窗邊傳來一聲輕脆的玻璃碎裂音，伴隨陣陣的怒罵聲，保全人員相覷一眼，縮著頭繼續清理，不敢理會。

「何大寶，這群賊在你手裡已經逃走兩回……兩回了！你是怎麼辦事的，文物局請你們來是幹什麼用的？」

「局長，我……」

文物局長江坤已忍不住心中憤氣，猛力摔了一只杯子，劈頭蓋臉就對著保全隊長大寶不斷痛罵，難得見到一向溫文和氣的江坤，竟如此大發雷霆，可想他的內心已是快承受不住更多的差池了！

議事廳內，眾人不敢多語，眼看著大寶被江坤的怒火燒得快抬不起頭來。

此時，國安局的特勤隊長彭少安，大剌剌地領著手下走進會廳，排成一列站在桌邊，面無表情，嚴肅地盯著。

李玉才坐在一旁，鎮定地翻看一本資料，看得入神，曉川盡量不引起眾人注意，悄悄地向前遞上一杯水，李玉才卻無動於衷，仍將精神專注在手中的資料簿上。

江坤還想繼續痛罵大寶的疏失，突然，一句沉穩的插嘴在旁應道：

「江局長請放心，那些人是跑不掉的。」正是彭少安在一旁發了聲。

江坤將彭少安從頭到腳看了一眼，瞇著眼盯著彭少安胸前的徽章，正色回應道：

「你們國安局……非要插手這件事嗎？」

「江局長，這是長官下達的命令，我們只是奉命行事，再說了，就憑你們的能力……」

彭少安氣定神閒地回應，邊說邊看了一眼保安隊長大寶，接著說道：「想面對那群盜賊，恐怕也難以招架。我已經在他們車上裝了最新的追蹤器，就是跑到天涯海角，他們也逃不出我的手掌心！」

彭少安向右擺了個手勢，江坤轉頭看了彭少安帶來的特勤幹員，幹員們在一旁動作迅速，已架好自備的許多高科技器材，運用衛星定位系統，一步步查出追蹤器的位置，並用電腦投影播放，眾人的眼神紛紛被畫面吸引過去，好奇地緊緊盯著，唯有李玉才神態自若，不動如山，繼續低頭研究手中資料。

隨著衛星畫面逐漸清晰，特勤幹員報告道：

「隊長，找到了，追蹤器的位置十分鐘前停在……三峽老街！」

「三峽老街？好，用衛星探測……定點追蹤！」彭少安振奮地命令著。

幹員們繼續操作電腦，遙控著衛星雷達轉向，聚焦在三峽老街，電腦螢幕的衛星空照圖逐格拉進，清楚地看到一間百年茶莊，再移近放大，螢幕顯示著斗大的木匾招牌：「日月興茶莊」。

「日月興茶莊？」阿南推著眼鏡湊在電腦螢幕旁檢視，大喊著。

「嗯，看來這個『日月興』就是他們的賊窩了，通知下去，鎖定三峽日月興，準備直搗賊窩！」彭少安充滿自信地說道。

「慢著，你們就打算這樣直接攻進去？」江坤攔道。

「我們沒有多少時間了！怎麼？依江局長的意思，還得先打通電話告訴他們，我們要去登門拜訪嗎？」彭少安帶著揶揄的語氣回道。

彭少安頗為不屑地看著江坤，似乎想掌控住整起盜墓案的查辦主軸。

此時，坐在一旁的李玉才，雖然眼神始終專注在手中的資料，其實一直暗中觀察著身旁發生的一切，當然包括方才曉川貼心遞來的那杯水。眼見江坤被彭少安逼問得答不出話來，李玉才喝了一口水，對曉川微微點頭道謝，起身對著彭少安，沉穩地說道：

「打電話就不必了！這群盜賊的身分非同尋常，都是經過特殊訓練的，他們的身手也絕對不輸你們特勤隊，若是這麼直接攻進去，恐怕兩敗俱傷，能不能找回失竊的文物，就更難說了！」

彭少安愣了一下，打量著李玉才，發現李玉才雖然一表斯文，但身形竟和自己不相上下，開口問道：「你是誰呀？」

李玉才正想著如何輕描淡寫地交代自己，曉川倒是幫李玉才詳細介紹了一番：

「他可是鼎鼎有名的李玉才教授，是個絕頂天才！對古文物的了解是全臺灣，不對，應該說是全亞洲最厲害的！他非常熟悉這幫盜賊的來歷，是我們江局長請回來協助查案的。」

彭少安看著眼前這位英俊挺拔的年輕教授，眉宇中帶著智慧，一股沉穩平靜的氣質，卻不像個只躲在書房裡悶頭研究的學者，倒像是長時間在外實地研究、勇於嘗試挑戰的冒險家。彭少安打量了李玉才之後，清清喉嚨說道：

「李教授？嗯，我是……」

彭少安正準備介紹著自己，話音未落，李玉才毫不猶豫地接上他的話：

「國安局特勤隊，第三小隊隊長彭少安。歷經三任總統府特勤部的護衛官，八年前為了保護當時的副總統，在選舉會場遭民眾襲擊，以肉身護駕，結果在臉上留下一道刀疤，因為救駕有功，被極力賞識，所以一路擔任過的職務，全是總統和副總統最親近的貼身護衛。半年前，才轉任國安局的特勤教練……」

彭少安聽見李玉才竟把自己的過往講述地如此詳盡，有點傻了眼。

「別緊張，剛才看過國安局傳來的檔案了！當然我知道，這些檔案只是你們的簡介而已，你們真正的實力和底細可是國家機密，是吧？不過既然要合作，就得要更深入地了解彼此，你說是嗎？」李玉才的話刻意帶點尖酸，似乎有意要壓壓彭少安進門後那副自以為是的氣焰。

李玉才見到彭少安好像真被嚇得一愣，便趕緊解釋道：「喔，沒事，我沒別的意思！彭隊長，我絕對相信你們的專業能力，我想說的是，這次我們遇到的對手非同小可，希望大家能夠齊心，一起找出案子的真相。」

聽完李玉才的話，彭少安還是有點不悅，看了一眼眾人，強忍住正要盛發的怒氣，深吸口氣說道：

「那……李教授，你說說，這幫人到底什麼來歷？」

「天地會的秘密分舵──香花堂！」

「哼，別說笑了！什麼天地會、什麼堂的？你以為拍電影啊？不就是一群盜墓偷寶的小賊嗎？」

「你錯了！他們可不是小賊，千萬不可大意！」

阿南在一旁聽了，忍不住舉手插話說道：

「沒錯，我贊同！他們肯定不是什麼小賊，他們的飛鏢連子彈都能擋下來，飛鏢耶，是飛鏢耶……他們肯定還有──」

「你閉嘴！」彭少安阻止了阿南說話，他天生粗獷的嗓音和口氣震懾了阿南，阿南愣了一下，嚇得不敢開口。

「好，既然你是教授，我姑且信你，我就當作他們真是什麼天地會的人。那你說，現在不直接趁亂逮住他們，又該怎麼辦？」彭少安疑惑地質問李玉才。

「我熟悉他們的想法，不如先派幾個人進去茶莊，查探虛實，分散他們的注意力，到時你們見機行事，再攻進去，趁機奪回失竊的文物錦匣！」李玉才縝密地回道。

「不錯啊玉才，這招也許行得通！好，玉才，就照你的計畫辦，馬上行動！」江坤在旁擊掌，興奮說道。

彭少安停頓片刻，雖然心懷不滿，但沉吟想了想，最後還是抬頭對著手下幹員們說道：

「吩咐下去，先派一組人到三峽老街暗中布屬人力，一定要把整條街團團包圍，讓他們插翅難飛！」

隨著彭少安的指示，幹員們迅速收起了科技裝備，開始分派人力，準備動身之時，李玉才突然喊道：

「慢著！」

眾人被李玉才的急喊聲嚇了一跳，紛紛轉頭看向李玉才，不知為何緣故。

「要進入茶莊查探虛實，我們還需要一個人！」李玉才緩緩道來。

「什麼人？」江坤急問道。

「蒼鶴武館，方九鳴！」

蒼鶴武館

眼見時間分分秒秒的逼近七天之限，江坤心中難掩不安，但也只能仰仗著足智多謀的李玉才，和半路橫生的國安局幹員，希望能儘快尋回失竊寶物。

時節雖已入夏，但臺北盆地上卻瀰漫陣陣涼意，似乎還籠罩著一股初春殘留下來的微微寒氣，遲遲未散。

這日白天，國安局幹員們和部分保全留守在文物局，靠著衛星時刻盯著三峽日月興茶莊的動靜。李玉才一行人則遠從北臺灣出發，以最快的速度，疾馳趕赴南臺灣的大穀倉：雲嘉南平原。

只見一片片的青綠田園，齊刷地直插著剛播種不久的稻苗，空氣中彷彿飄散著樸實古拙的芬芳。

初升的東曦，溫暖和煦，惠風習習，花紅草綠，在這裡，終於感受到生意盎然的風光。

李玉才領著眾人來到雲林境內的一座小鎮，鎮上的街道攤商林立，穿越街道，一行人改以徒步行走，走過一片蒼綠的農田，行經田埂，轉個巷弄進去之後，不遠處，便見一座傳統閩南式的四合院矗立在田野之間。李玉才嘴角微微上揚，興奮地快步疾行，走往四合院的大宅門前，宅內的百年榕樹，枝頭都生到了門外的瓦簷下方，微風一吹，樹梢便輕輕刮掃門楣上的牌匾，匾上掛著瀟灑飄逸的四個大字：「蒼鶴武館」。

眾人跟在李玉才身後探頭探腦，曉川最是好奇，將武館的門面看了又看，便問道：

「玉才哥，我們來這蒼鶴武館到底要做什麼？」

李玉才倒是沒有注意到曉川已經悄悄地改變了稱呼，耐心回答道：

「當年守護王得祿將軍府的有一文一武，文的是我們李家祖先李紅蟳，擔任王將軍的府院大管家，而武的就是這家人的祖先方世蒼，他是當年王將軍府的護院侍衛，跟香花堂打過不少交道，比我還了解香花堂的規矩，王將軍死後，方家祖先就轉到民間開設武館，傳到今天，少說也有一百多年的歷史了！」

「原來這武館跟王得祿將軍也有這麼深的淵源……」曉川自語道。

這間蒼鶴武館雖在偏遠的田野，卻是個少有的四進三院的大宅，不難看出百年前曾經擁有的繁華。

李玉才發現大門半開，便握起鋥亮的門鈸輕輕一推，悄然進院，眼前卻只有一扇窄小的影壁牆，眾人隨著李玉才的步伐前行，好奇地四處探望，曉川則緊緊跟在李玉才身後，亦步亦趨。眼前的牆門雖小，但延入窄口之後，倒是別有洞天，一方淨爽的庭院，約莫三十坪大小，兩側有幾株瘦勁的喬松，和幾座種著白茶花的雅緻盆栽。頭前的廳堂是木造建築，梁柱大器端整，淡雅的裝飾，不見其特別之處，唯一引人注目的，是堂門前擺放著一隻碩大的白鶴雕塑，約莫七尺多高，引頸展翅，欲有遨翔之意，頗具仙骨之風，鶴身琢工細緻，連翅上的羽毛線條都清晰可見，眾人圍繞著白鶴，定睛細瞧，看得入神。

此鶴便是蒼鶴武館的鎮館之寶，佇守在此，似乎向賓客宣告著，武館所傳習的武術正是威震八閩的「縱鶴拳」！

方家人自清朝中葉，便世代習武，先祖起初是在福建閩地發展，傳到方世蒼這一代則輾轉來到臺灣定居，其高強的武藝被王得祿將軍相中，選為貼身的護府侍衛，曾跟隨王將軍追尋鄭成功留下的復國寶藏，和香花堂交手不下數百回，不知積累多少江湖恩怨，幾乎成為世仇，後為淡出這解不開的是非煩擾，便在此開設武館，傳習本宗武術「縱鶴拳」。

武館創設之初，便極具神秘色彩，武林中人更稱其「暗館」，因為在古時候此拳法不輕易示人、亦不輕傳，套路難得，功力深強，其心法更為奧妙，欲求精髓，唯有入門拜師，方得傳藝。

李玉才邊走著，邊和大伙說著方家人的過往，阿南聽得津津有味，便模仿白鶴亮翅的姿勢，隨意想像地擺個幾招拳路耍著玩。

忽然，遠方傳來陣陣鏗鏘有力的喊聲，此起彼落，聽似教習打拳的響音，李玉才急忙步入廳堂，卻不見任何人影，再穿越後門，來到次進的院落，竟是一個更為大器的庭院，庭埕上有著一群武師正在練武過招，威猛的陣勢，讓李玉才身後的江坤等人大為驚奇，連身懷武技的彭少安也看得入迷。

只見武師們不斷震擺雙臂，相互對擊，恰似群鶴展翅揮舞，卻又各懷異趣，有的勢如狂濤、猶波浪起浮；有的出手帶風、疾如閃電；有的握拳下衝、如巨杵撞鐘。眾人正驚嘆之際，最靠近李玉才身旁的一名武師，忽地朝敵手擺動雙臂，使出一招鶴肢刁手，兩掌銳利如刀、指尖似鋼，攻向敵手胸前，招架的武師被強大的掌勢和指勁應聲擊倒，摔了老遠，衝著李玉才撞來，所幸彭少安眼明手快，及時伸手挽住李玉才，向後拉了好幾步，方才躲過這意外的襲擊。

李玉才回過神來，心想如此強勁的內力，若無高深的功底，是使不出來的，看似輕柔地甩臂，卻蘊藏著制敵的殺勁，可見縱鶴拳法神秘莫測、玄妙多變的厲害。

武師們相互對擊的震臂手法，正是縱鶴拳術特有的拳架：五形鶴肢手。

五形鶴肢手是以五形五象為宗，採金、木、水、火、土，運天地五行之氣入其掌臂，如鶴翅出擊，振臂疾行，武師們各異其趣的拳路，正呼應了五形鶴手的靈活技法：

「水形手起浪，火形手帶風，土形手見殺，金形手成圓，木形手攻尖。」

方家的縱鶴拳，實脫胎自中國閩南的一種形意拳，惟專攻鶴形，自成一路，採內家拳術，以柔克剛，以靜制動，後發展出獨特的縱身鶴法，以縱勁為要，威猛難防，素有「一羽化千力」的威名，因此武師們運用五行生形、以形衍意的獨特密技，其奧義之處由此可見，和聞名天下的太極拳所謂「四兩撥千斤」更有異曲同工之妙。

李玉才被彭少安救起的同時，曉川也第一時間衝了過來，扶起李玉才，溫柔地關切。

眾人驚悸之餘，李玉才拍拍身子示意沒事，起身探頭一望，往正廳看去，可見一對太師椅方方正正的擺在內廳中央，彷彿平常武館的老師傅就坐在那兒盯著庭院的徒弟們練拳似的。此時，就在院落前方，一位帶頭教習的武師，看上去臉型瘦削，約莫近四十歲，黝黑堅毅的臉龐，在轉身後突然撇見到了李玉才，手上的拳勢線條頓時柔和了起來，驚喜地招呼一聲：「玉才？你怎麼來了？」

帶頭的這名武師，正是蒼鶴武館的首席武師方永厲，也是李玉才的總角之交。

李、方兩家的先祖，同為王得祿將軍的府院人馬，百年下來，兩家人便自然地成為要好的世交。

方永厲興奮地朝李玉才走來，李玉才也笑著搭上了方永厲的手，順勢抱了一下：

「永厲，許久不見！爺爺在嗎？」

「爺爺在裡面呢，快進來吧！」方永厲領著大家一邊往裡頭走，一邊說道。

一行人走進傳統格局的大廳堂，只見一名鶴髮蒼蒼，還留著條髮辮子的老師傅正背對著，捻香參拜先祖的宗師牌位，老師傅雖已是滿頭白髮，但背影依舊挺拔硬朗，待老師傅參拜完畢，李玉才便招呼了一聲：「爺爺！」

「欸呀，是玉才！」老師傅轉過身，驚喜答道。

李玉才口中的這位「爺爺」，本名方九鳴，便是李玉才尋至此處的重要目的。方九鳴是蒼鶴武館的現任館長，也是當今縱鶴拳派的掌門大老，方永厲便是方九鳴的大徒孫，而道上的江湖人士敬重其武力高深、德藝超群，便尊稱他一聲九叔，但因年事已高，決定將武館的事務，漸漸傳交給方永厲打理。九叔有著一副濃密的白眉，眉宇之下帶著精光的眼神，炯炯有力，絲毫不見其歲邁之相，九叔銳利地掃視李玉才身後的江坤、阿南、曉川、彭少安等人，朗聲問道：

「玉才，看來……今日是為大事而來？」

「爺爺，你先請坐！」李玉才立刻禮貌地回道。

李玉才拿出一塊白布巾，擺在廳桌上，緩緩攤開，只見一支紅花鏢包覆在裡頭，說道：

「爺爺，香花堂重現江湖了！」

「香花堂？」九叔驚見桌上的紅花鏢，眉頭立刻皺了起來。

方永厲在旁見了，也大吃一驚。

九叔緩緩伸手，些微顫抖地拿起紅花鏢，站起身子，不發一語，只是靜靜走向門邊，仔細端詳著紅花鏢，眼神變得更加深邃，似乎瞬間想起方家先祖們的往事，沉思片刻，便一字一字地唸道：「金鏢紅花，力無虛發！」

九叔話音剛落，右手攥著飛鏢，一個側身，往外使力射出，紅花鏢迅猛地飛出門外，穩穩地釘在一座木人樁的頭上！

眾人驚訝九叔深厚的武術功底，輕輕一彈指，便運氣於掌，將飛鏢準確地射出，雖比不上香花堂的萬天鳳使鏢之絕、出鏢之神，但其威猛之勢也確實令人咋嘆。

李玉才見九叔噤聲不言，神情凝重，便繼續說道：

「他們盜了王將軍的墓，還偷走了金貝錦匣！」

「什麼?金貝錦匣?都三百年了，這幫會匪餘孽，還敢如此猖狂！」九叔瞇眼，緊盯著木人樁上的紅花鏢，憤慨地說道。

江坤站在一旁，也主動地接話說道：

「九叔好，晚輩久仰大名，我是文物局長江坤，也是玉才的好朋友。其實我們已經掌握到香花堂的行蹤，就在一間茶莊裡頭，我們準備潛入賊窩，查探虛實！」

九叔聽了，仍是繼續沉思，這回思考得更久，眾人不敢妄動，約莫半分鐘過後，九叔終於嘆了口氣，點頭說道：

「唉！可惜我老了，過去的是非恩怨，恐怕我已無能為力，如今還能夠守住這間武館，已經是上蒼保佑了！」抬頭看了一眼祖宗牌位，接著說：「不過……這三百年的恩恩怨怨，也該是時候有個了結了！玉才，這回就讓永厲來替我做這些事吧！」

「爺爺？你……」方永厲走近，握著九叔的手說道。

「永厲，爺爺老了，怕是惹不起這些江湖恩怨了！你明白嗎？為了縱鶴一門，我還得顧守家傳，才對得起老祖宗啊！但將軍府和香花堂的百年恩怨，也該要有個結果，這個重責大任就交給你了！」

「好！爺爺，我明白了！」方永厲想了一會說道。

突然，九叔起身走向神桌，雙手合十敬拜，拿起神桌最裡層的一塊無字木牌，從木牌夾層裡抽出一把銅鑰匙，轉身交給方永厲。

眾人看得疑惑，阿南躲在後方，踮著腳伸頭探著，內心想，這老師傅還真古怪，竟然在神主牌裡藏了一把鑰匙！

「爺爺，這不是……？」方永厲揣著驚疑的神情問道。

「沒錯，是青水閣！今日……就帶他們進閣吧！永厲，這個任務交給你了！」

「是，爺爺！」方永厲內心感到有點驚奇，仍躬身回道九叔，再對著李玉才和眾人說道：「玉才，你們跟我來！」

雖然眾人不知九叔口中的青水閣，究竟有何奇異，但仍懷著忐忑的心，跟隨方永厲的腳步，行經東廂遊廊，往後方走去，準備前往再深進的一個院落，茫茫未知的前途，似乎正等著眾人一步步闖關探秘。

江坤跟著大伙走著，卻無心觀望周圍的庭景，只是心中不斷暗想，此處便是庭院深深深幾許，不知這起案子會不會也像這座宅院如此深奇難窺，正思索著，眼前已來到了一間看似沉封已久的青瓦屋堂。

第四章

鬥

天地密碼

正值午時，南臺灣的陽光普照在蒼綠如翠的稻田上，無垠的連阡累陌，都散發著明媚和暖的氣息。

蒼鶴武館裡，一座座的紅瓦屋頂，也被陽光撫照得閃閃發亮，爭燦奪目，唯有院落最深的一間廳堂，成片的青灰瓦頂，透著一份古樸素雅的沉靜，看上去便知是一間歷經歲月剝蝕的老屋。

李玉才一行人忍著挨餓，來到這間青瓦的老屋堂，走近一瞧，破舊的磚牆比起前頭幾進的廳堂，更多了一份渾厚的滄桑感。

「這裡就是青水閣了，是這座大院最早建成的屋子，也是當年我先祖創立武館時唯一留下的古蹟，現在裡頭……藏的可全是秘密！」

方永厲吊著胃口地介紹著青水閣，一邊用著九叔交付的鑰匙開啟閣門，轉了好幾個圈，才聽見喀啦一聲，門鎖終於開啟，可見此閣已沉封許久，好長一段時間未嘗有人來過。

方永厲推開屋門，還聽得到木頭經久未動的轉軸聲，一股詭異的氣氛油然生起，眾人探頭進屋，輕揮著手趕去四散的霉味，屋內雖多處積著灰塵，但布置雅潔，甚是俐落，廳室頂部還挑高了好幾米，使看似昏暗的空間感覺更寬闊了起來。

李玉才環視四周，發現牆上掛著一幅幅勇士練武圖，勇士們身上穿的還是滿族旗服，靠近細看，這些古畫竟然不是吊掛牆上，而是平整地嵌入牆面，果然驚奇，李玉才凝視牆畫，頓時想起，小時候和方永厲也經常在這武館裡追趕玩耍，怎麼不記得有這麼一間奇特的屋閣，正思索間，阿南突然開口說話，引起眾人側目：

「哇！那面書牆怎麼長得這麼怪？」

眾人轉頭一看，西側的屋牆是唯一沒有嵌畫的牆面，只見牆面上被不規則地挖空，形成牆櫃合一的藏書洞，書洞的排列看似毫無章法，但仔細一瞧，卻像一隻鶴鳥飛翔的圖案，明顯是刻意設計過的。就在大伙正好奇地研究藏書洞時，方永厲已走向牆面，只說了一聲：「大家小心，後退一點！」便伸手按下牆上的一塊石磚，忽地，靠近屋梁上方的藻井，發出叩叩的聲響，向下彈出一個形似燈籠的八角暗櫃，嚇得眾人紛紛倒退好幾步，只見方永厲雙腳一蹬，凌空騰起，兩手一伸，把整個暗櫃奪了下來，空中一個翻滾，靜悄悄地平穩著地，身法有如風吹鳥羽，飄然落土，似乎沒有揚起任何塵灰，可見其輕功之深，玄不可測。

方永厲將八角暗櫃放置廳桌上，壓下中間一個按鈕，櫃子便機械似地逐面攤開，八個櫃面的裡層各夾了一疊古書和一些器物，眾人湊近圍觀，阿南禁不住好奇，便搶先發問：

「這什麼東西呀？」

「想要對付香花堂，就得靠它！」方永厲輕拍著書櫃說道。

「就靠這幾本破書，能對付那群賊？」彭少安有點疑惑地問道。

「彭隊長別急，先聽永厲說說。」李玉才示圖緩和彭少安的疑慮。

李玉才對著永厲點點頭，方永厲環視眾人，娓娓說道：

「當年天地會是為反清復明而起，自家又稱作洪門，由於對抗的是清廷，所有行動都必須秘密行事，自創立舉事以來，幫眾門派是越來越多，總會、分會、旁舵、分舵、支派、別派……各堂各門的人馬數不勝數，而香花堂又是天地會裡罕有的秘密分舵，也是最神秘的一個支派，為了避免外人滲透，他們有一套暗號密語，叫做『香號』！據我所知，香花堂現在仍然和洪門集團旗下的一些門派，甚至是地下組織都有所往來，他們之間溝通的暗語便是香號，想要查探虛實，就必須利用香號，突破他們的心防。盒櫃裡的這些書，是我們方家歷代祖先明查暗訪，記錄下來的香號密語！」

就在方永厲解說的同時，李玉才已逕自拿起一本書查看，阿南在旁見了，也好奇地抽出一本書隨意翻看，瞠目結舌地愣了半晌，全是些前所未見的古詩詞，和不知所謂的問答語錄，只見其中一首寫道：

「拜請五祖奉我君，天降真龍我主人。地產洪兒兄弟眾，會聚洪英去滅清。」

此詩看似在講述天地會的起源根由，頭回見到，甚是新奇，阿南再翻了一頁，又見：

「順興和睦孝雙親，天理無四本姓人，行過兩京通各省，道排兵將兩邊分。」

阿南指著書中複雜的規矩和套語，遞給李玉才問道：

「李教授，你看看，這些東西，我從來都沒見過耶！」

李玉才看著阿南所指的兩首詩，快速地掃過，以敏銳的覺察力，馬上看出竟是兩首藏頭詩，詩中每句的首字暗藏著：「拜天地會，順天行道」等隱語，沒想到他們為了秘密行事，竟在此暗作文章，原本以為只是一群反抗清廷的草莽幫眾，沒想到還有這等能耐，看來天地會的人真不可小覷。李玉才暗自讚嘆後，對著阿南說道：

「這些東西，我們都得要學起來，否則香花堂必把我們當外人。」

「不會吧，這東西也太複雜了，有這個必要嗎？我們只是去探聽一下，用不著亮出身分吧？」阿南回道。

方永厲在一旁聽了，便接著話說道：

「根據天地會規矩，洪家兄弟雖不曾相識，若遇有同門掛牌來問訪，卻無法相認，必死在萬刀之下！」

「萬……萬刀之下……」阿南聽了方永厲的回覆，愣得快說不出話來。

「香花堂的人沒有你們想像得那麼簡單，他們行事古怪，凡事皆有規矩，萬一露了餡，可就真的惹火燒身了！」方永厲再次慎重地叮嚀道。

「麻煩！不就是一群小盜賊嗎？我堂堂一名特勤隊教練還會怕他們，直接帶人攻進去不就完事了？」彭少安就是不信邪，側睨著方永厲，激動說道。

李玉才冷靜地按捺住大家，仔細解釋道：

「彭隊長，可別不信邪！香花堂可真不是小盜賊，他們來頭可大了，明末的反清動亂、洪秀全的太平天國、臺灣的林爽文事件，還有武昌起義的辛亥革命，全都有天地會的人參與其中，要不是他們這群人，中國歷史恐怕要改寫了！」

「嗯，沒錯，即使未知虛實，也千萬不可輕敵，不能小看這群人！」江坤謹慎地接話。

眼前的這些香號，只為了避其外人滲透和自家兄弟聯繫所用，竟如此神秘繁瑣，但不論何其複雜，總歸一法，便是「開口不離本，舉手不離三」。所謂「開口不離本」，則是當年天地會眾以結交相拜，義成金蘭，若來日相見盤問，只須話其根本，便知彼此是否同出一門，因此對幫會溯源的認知甚為重要，正如同書中的另一段香號詩詞所云：

「一拜天公萬年香，二拜地火似天長，三拜桃園同結義，四拜洪燈遠傳揚，五拜五祖為尊長，六拜六祖六聖賢，七拜七星高拱照，八拜八遊萬古揚。」

詩中成篇可見八拜叩首，足見天地會眾對彼此結義交拜的淵源頗為重視，看來李玉才一行人要想成功闖堂，還得先過得了「香號」這一關了。

眾人聽聞至此，似乎有點退怯。沒想到，此時方永厲又再說出另一個嚇人的關鍵之處：

「對了，還有……他們的賊窩的確是一間茶莊，這我們也早有所聞，你們看，這間日月興茶莊表面看似平常，其實機關重重，十分危險，進去時要格外小心！」方永厲從古書中抽出一疊手繪的圖畫解說著，正是日月興茶莊的圖樣。

這些泛黃又蹙皺的圖畫，自然也是方家人花費心血搜羅而來的線索，方永厲拿起圖畫，指向許多暗藏機關的地方，再說道：

「你們瞧，這些茶罐都藏有細箭，只要一輕舉妄動，怕是會立刻喪命，再看這天花板，布有織網，當頭罩下，怕是難以脫身，還有……這門坎全暗藏著鐵刺，種種機關，防不勝防，怕是還有更多我們眼線沒有查出來的暗器。要突破香花堂，又想全身而退，你們千萬要小心謹慎為上。」

「哇！這麼恐怖，那我們該怎麼辦？」阿南伸了伸舌頭，做了個割喉的手勢，驚怕地問道。

「所以我們就更需要利用這些香號來進行溝通，只要突破這一層，就更容易查探虛實，查出金貝錦匣的下落，和他們真正的意圖！」李玉才拿起一疊書，認真地回道。

曉川走近李玉才，也翻看了一下書本，卻挑了挑秀麗的眉毛，好奇問道：

「可是……對香花堂而言，我們畢竟是陌生人，難道學會了這些香號，他們就真的不會懷疑我們的身分了嗎？」

「肯定懷疑！所以……你們還必須學會另一套密碼！」方永厲慎重地回道。

「什麼？還有另一套密碼？」曉川驚訝回道。

眾人再看著方永厲突然移開了廳桌上的一個青花瓷瓶，拉起桌底的一個機關，赫地，嵌在牆面上所有的勇士練武圖，瞬間一幅幅翻轉過來，變成畫有許多茶碗擺盤的牆畫！

「天地茶碗陣？」李玉才撫掌驚呼。

「沒錯，正是天地茶碗陣！」方永厲看著李玉才，點頭回道。

李玉才繞著屋走，仔細看著牆上的茶碗陣圖，想起曾經在爺爺的口中輾轉聽聞，沒想到今日竟親眼得見，內心有點興奮，但更多的卻是擔憂和不安，深怕進入賊窟之後，此行勢必禍福難測，如同擅闖猛獸叢林，風詭雲譎，此刻，李玉才多麼希望能有幾鐔烈酒，為自己藉醉壯膽，充當一回武二哥也罷，想至此，便轉身對著方永厲問道：

「永厲，這些茶碗陣式是……？」

李玉才的神情，亟欲得到更多關於這些茶碗陣的秘密。

方永厲也深知李玉才的研究骨子和冒險個性，遇到好奇的陌生事物，必定急著打破砂鍋問到底，便娓娓說道：

「這些香號除了應付和香花堂之間的對答，最關鍵的是要注意他們會對我們使出盤海底。」

「盤海底？」曉川好奇地問道。

「嗯，就是利用他們擺下的茶碗陣，盤我們的底。」

「怎麼盤呀？」曉川再繼續追問。

「天地會的鐵規，准賴不准充，入會之後可以賴著不幹事，但絕對禁止冒充自家兄弟胡來，既然他們以茶莊作掩護，一定會再以茶碗陣對我們進行反偵查。你們仔細看……這些茶碗，每種陣法都代表不同含意，他們只要看你如何舉杯、怎麼喝茶，再配上香號的應對，就能馬上識破你，到時，只要一個不留意，要想全身而退可就難了！」

方永厲的一席話，恰似天降一顆巨石，又落在眾人肩上，這下就是扛不住也得硬扛了。

李玉才穩著忐忑不安的情緒，說道：

「既然如此，永厲……我們此行該注意些什麼，就麻煩你再做安排了！」

「嗯，除了香號和茶碗陣之外，其他的我已經想好了。玉才，你們必須先扮作茶販，以買茶為由進入茶莊，再以香號亮出洪門別派兄弟的身分，入堂拜訪，最好以香主或堂主的名號面對他們，輩分越高，才能得到他們更多的信任。」方永厲一邊說著，一邊從八角暗櫃裡，拿出一把白紙扇和一塊八角形狀的硬質麻布，親手交給李玉才。

白扇子，便是天地會裡各門支派的掌派代表之信物，輩分僅次於總舵主，手持此扇，如同幫會的二當家，同門弟兄見了，即使不相識，也得敬重三分，香花堂的萬天龍正是此等位階，只是香花堂過於神秘，堂主不持白扇，只傳紅花棍，其位階似乎更逼近總舵主之位。而八角麻布，雖看似破舊，其實是塊非常重要的腰牌，代表著天地會徒的憑證，用以說明同門的身份，布牌上還暗縫著顛倒錯亂的二十八字，重整排列後，正是四句詩詞：

「五祖分道一首詩，身上洪英無人知，此日傳得眾兄弟，來後相認團圓時。」

李玉才端看著手中的白扇和麻布，彷彿有著千斤之重，心想著，這回可是為了王得祿將軍、為了好友江坤、為了國家文物，為了李家先祖……當然，或許也是為了自己的冒險之心，但不論如何，此擔就是千斤萬斤，再重也必須一路撐到底。

此時，已經等不及想追出真相的江坤局長，便主動吩咐著眾人，說道：

「好，一會等大家準備好後，玉才，你和阿南、曉川三人喬裝成茶販進入茶莊，我和彭隊長帶著人馬在附近埋伏。」

「這個沒問題！帶上我們的裝備，不管發生何事，只要你們一發出訊號，我立馬帶人攻進去，把他們一網打盡！」彭少安在一旁激動附和著。

「啊？我也進去？」

「國安局的裝備就交給你搞定了，你跟著一起進去，以防萬一。」江坤說道。

「局長，我……」

阿南一聽到要進入茶莊，嚇得雙眼發直，兩腿直顫，心跳加速，彷彿世界末日即將降臨似的，雖然自己是個電腦高手，但平常的他就是個成天窩在家的宅男，要面對如此大場面，自然變得六神無主。

曉川則是心想著，不論會遭遇什麼意外，只要能陪著李玉才同行，就算面對再大的危險，也心甘情願。

「時間不多了，快準備一下，我們等等就出發！」江坤催促著大伙的腳步。

李玉才迅速地把香號古書收拾在公事包裡，突然一隻手抓住了他，一句沉穩的話音在耳邊響起：

「等等，玉才，我陪你一起去！」

方永厲的這句話，不僅充滿了手足情義，更帶給李玉才、甚至所有人一股偌大的信心。

此時，一行人終於組成了緝盜團隊，準備妥當，離開蒼鶴武館，朝著吉凶未卜的前途，放膽闖去！

茗香鬥陣

案發後的第三日，約莫午後時分，李玉才等人離開蒼鶴武館，順著衛星定位，再驅車火速趕到三峽老街的日月興茶莊。

一行人的手心裡微沁著汗，腦海中還不斷反覆著，一路上方永厲替大家惡補的香號口訣與茶碗陣的譯碼，唯獨李玉才看似鎮定自若，長期研究苦學的他，早已練就了一目十行、過眼不忘的工夫，一個下午的時間，幾乎所有的香號暗語都裝進腦子裡了，但殊不知他的心裡仍是緊張萬分，此刻他最在意的一件事，就是想盡辦法尋回金貝錦匣，查出事情的真相。

三峽老街巷弄窄仄，茶莊正位在靠近街尾三叉路口的位置，旁邊來來往往的遊客和行人交織而過，許多商舖門口還有三三兩兩正在搬卸貨物的工人。

即將步入街道的李玉才，回想起方永厲講述著玄秘莫測的茶碗陣，關關如暗箭，陣陣似利刃，不知自己是否闖得過，表情雖然鎮定，但也按捺不住心中的惴惴不安，香花堂的淵源何其悠久，他們只要看你的一舉一動，如何飲茶應對，就能輕易識破對方身份，此行萬不可出任何差錯，更何況身邊還帶著曉川和阿南，必須要沉穩下來，絕不允許輕率造次。

李玉才看看身邊隨行的永厲、阿南和曉川，都已打扮成茶販的模樣，再假裝不經意地看看三叉路口四處的制高點，都有暗藏江坤和彭少安帶領的特勤隊人馬埋伏著，心稍微安緩了一些，李玉才深吸一口氣，再次提醒自己凝心定神。

一旁的曉川也在心中反覆背誦著香號和陣法，每一種陣法都代表著不同的含意，該如何應變、從容解套，所有的一切可都是被對方盯梢著的，必須格外小心，曉川暗暗期待自己能好好表現，千萬別讓李玉才遭遇危險，過了茶碗陣這一關，取得香花堂的信任後，也許就能套出他們的話，查出金貝錦匣的下落了！

方永厲壓著嗓音，暗聲給大家打打氣，說道：

「別慌，穩下來，進入茶莊之後，我會先用香號跟他們溝通，想辦法讓我們進屋，接下來，就看大伙的表現了，千萬記住，隨機應變，安全為上！」

方永厲說完，便拄著手中的一把黑傘，腳步隨即踏過街道，領頭走進了茶莊，李玉才等人隨即跟上。

阿南的心臟懸得老高，從沒做過這等偵查的大事，對方又是武功高強的神秘幫會，臉頰上禁不住一滴一滴地流著汗。

眾人一進入茶莊，茶香味便撲鼻而來。只見香花堂的二哥萬天虎端站在櫃旁，剛放下手邊的茶葉，堆著笑容問道：

「各位老闆，是要吃茶聊天，還是要買些什麼紀念品嗎？」

「我們不買什麼，只是來打聽個事，聽說你們這有種茶叫『清蓮心』，味道一絕，我們倒想試試看！」方永厲回道。

「清蓮心？」萬天虎驚詫道。

大哥萬天龍在旁聽到方永厲的話聲，審視了李玉才等人一眼，隨即對萬天虎點了點頭。萬天虎得到大哥的認可後，便招呼著：

「清蓮心！有有有……」萬天虎又突然用著刻意的語氣再問一句：「喔，對了，各位……那……還有需要些什麼嗎？」

「對了，我們兄弟還需要借個便所，不知方不方便？」李玉才機警地接上話回道。

「要解手是吧，便所我可領你去，來，各位這邊請！」萬天虎回道。

幾句看似普通的對話，其實正是暗藏玄機的香號密語，李玉才所說的借便所，是指請求進入密室之意。古時候天地會眾秘密聚會，商討要事，多在茶館和酒肆，自家的館子裡通常會暗藏一間密房，供會眾兄弟密謀軍機，以「便所」言替，正是避免旁人察覺的隱語。而方永厲進門時所說的清蓮心，也喚作清蓮子，並不是指什麼特別的茶葉，此「清蓮」正是茶碗之意，就是想邀請對方煮茶對陣，這只有天地會的自家兄弟才懂得的，所以萬天龍雖有些驚訝，但得知是同門來訪，才肯放李玉才一行人進堂。

萬天虎領著大家往內室走去，室裡有張榆木大桌，角落裡燃著線香，李玉才環視了一圈，小心翼翼地揀了個座位坐了下來，明白接下來的就是考驗真功夫的硬仗了，一旦開始品茶對飲，可是半點疏漏都不能出錯，茶碗陣的百般招式，正是香花堂對來者的試探！

萬天龍把店門輕輕關上，隨即轉身進室，領著萬天虎，在榆木桌後方坐下，對著一方帘子的後頭，朗聲喊道：

「三妹，把我們上好的清蓮心拿來，給客人試茶！」緊接著，撇頭看到李玉才拿出一把白紙扇擺在桌上，再仔細瞄一眼掛在李玉才身上的腰凴，便立馬對李玉才下題，莊重問道：

「兄弟，失敬了！天下金山銀山，不知兄弟在哪座名山？」

李玉才也試圖擺出一副氣勢，按著事先套好的招話，從容回道：

「好說好說，草字草山，我兄弟是在青門山。」

「金堂銀堂，不知閣下立在哪座名堂？」

「金堂銀堂，我兄弟立在忠遠堂。」

「金步龍步，不知閣下位在哪一步？」

「一步、二步、三步，蒙恩兄栽培，我兄弟原姓李氏，手持白紙扇，妄站肩頭步。」

李玉才說著話，指掌便作出特殊的手勢，拇指直翹，食指彎曲上勾，其餘三指伸直，成「三一九」形，暗示著明朝崇禎皇帝三月十九殉難之日，此正是洪門所謂的「三把半香」之勢，也是天地會香號所言「舉手不離三」的一大隱語。

李玉才把左掌擺在肩頭的後腦邊，代表身居堂主之位，右掌則四指抱拳，放在胸前輕擺三下起落，號稱鳳凰三點頭，以示敬禮，萬天龍一見，便知李玉才的位階身分，變得客氣了起來，微笑地說道：

「原來是李家兄弟，還請恕過，千萬別多心。在下萬姓，咱們兄弟好請好教？」

「好說好說，有禮還禮，還請萬老哥明請明教。」

雖說萬天龍帶著平和的語氣，但心中仍不免懷疑，此青門山忠遠堂，聽著甚是陌生，難道是個名氣不大的分舵山堂，又想著天地會分派如此之多，或許只是自己未嘗聽聞過罷了。

李玉才看出了萬天龍似乎有些疑惑，便謙虛地接著說道：

「兄弟腿子短，少來親候，兩眼墨黑，條子不熟，還請老哥燈籠高掛，海涵海涵。」

一連串古怪的對話，終於拉近了李玉才等人與香花堂的距離，取得了第一步的接觸，曉川和阿南也稍稍地鬆了一口氣，但李玉才深知，緊接而來的才是真正難關的開始。

片刻，只見萬天鳳一身樸素裝扮，髮上包著一頭藍染絲巾，端著一盤茶碗從帘子後方緩緩走了出來。

李玉才瞥了一眼萬天鳳，注意到她白潤的臉頰上不露聲色的杏子眼，身材高挑有致，婀娜多姿的身影，煞是美豔。

么弟萬天鷹也跟在萬天鳳後頭，拿出一罐茶葉，擺在桌上後，抓了幾把茶葉給李玉才等人聞香。

「先聞聞茶香吧，怎麼樣，這清蓮心可是我們日月興獨家栽培的特有品種，放眼全國，只此一家呀！」萬天鷹說道。

「嗯……果然香！」李玉才配合地聞著茶葉回道。

「香吧，等茶泡出來之後，再試喝看看，包你一喝上癮！」萬天鷹微笑道。

就在眾人聞香說話間，萬天龍已泡好了茶。

此時，萬天鳳也在一旁擺好茶壺、茶杯，擺出一副茶陣——「木楊陣」，大家注視著陣法，心中各自試圖辨識，並回憶著方永厲的叮嚀：「試茶時，千萬不可急躁，必須一步步破除他的陣法。」

李玉才看著木楊陣，茶盤中有一只茶壺與一個茶碗，茶盤外又另置一個茶碗，李玉才暗知此陣法，回想方永厲在青水閣時，對著牆上陣圖的講解：「木楊陣，專門用來試探對方身份的，破陣的第一步，先把盤子外的這支茶碗放回盤中，斟完茶後，才能舉杯相請，舉杯的手勢，一定要用天地會的統一暗號：三把半香，舉杯之後，必先唸出香號，才能一飲而盡！」

李玉才對面坐著萬天龍，萬天龍眼神示意李玉才試茶，李玉才便從容地伸出三把半香的手勢，將盤外的茶碗歸放盤中。

方永厲此時也揀起另一只杯子，斟滿了茶，舉杯相請萬天龍用茶，李玉才則朗率地看著萬天龍，說道：

「木楊城內是乾坤！」

「莫把兄弟當外人，請！」方永厲接話說道。

「請！」萬天龍笑著說道。

三人一飲而盡，萬天龍問道：「怎麼樣，味道如何？」

「入口回甘，香韻長存，果然是好茶！」李玉才真誠地讚嘆道。

萬天龍沒見過多少天地會的同道中人，今日有緣能遇到對上行話的伙伴，大感心寬，說道：

「呵呵呵……好，各位兄弟遠道而來，我再敬各位一杯，來！」

萬天龍起身，來到了牆邊的一幅山水畫前，笑道：

「一派溪山千古秀！」

李玉才回憶著書中的香號，朗朗回應道：

「三河峽水萬年流，請！」與萬天龍相視一笑，再對飲而盡。

李玉才方飲罷，身後忽然傳來一絲聽似嬌柔卻又冷峻的聲音說道：

「這位白扇老哥，可否讓小妹再相請？」

一轉頭，只見萬天鳳已坐在桌邊，又擺出一副新的陣式，萬天鳳舉手示敬，雪亮的雙眸緊盯著李玉才，滲著一股冰寒之感，使李玉才不敢久視，便看向桌面，三個茶碗並列成排，旁邊還另置著一個茶碗，李玉才趕緊撇開萬天鳳冷豔的目光，迅速回神，心中暗道：「趙雲入盟陣！」，李玉才穩著氣息趨步歸座，萬天鳳一邊斟茶說道：

「四杯清蓮不相同，木楊城內有關公！」

李玉才順手把另置的那盞茶碗，輕輕撥到成排的茶碗列中，接著說道：

「桃園結義三兄弟，後入常山趙子龍！」

萬天鳳好是驚訝，此陣淵源已久，甚為少見，沒想到李玉才竟能連密語帶手勢，順利對上，看來這位文質彬彬的掌派大老並不簡單，殊不知李玉才是靠著青水閣裡的香號密籍強記而來的。

萬天龍見李玉才連續破了幾道陣法，同樣有點訝異，此兄弟名號我從未聽聞，也素未謀識，如此神秘之客，還須謹慎為要，萬天龍尚不罷休，索性自個兒端起茶壺、茶碗擺了起來，想再考驗一番，片刻，便擺出一副「仁義陣」，這可是只有各門堂主才知曉的陣法，只見兩只茶碗並列在壺前，怪的是一碗盛茶，另一碗卻盛著水，方永厲見了頓時愣住，此陣並不在方家的搜羅之中，完全沒見過，更遑論破陣之法。

李玉才深知遭遇難題，試圖穩住情緒，腦海迅速掃過香號密籍的所有暗語，猶如滄海尋針，突然靈光一現，想起有首詩語的內容有些近似此陣擺法，但密籍中見詩不見陣，即使知道香號，卻不知破陣法，又該當如何？曉川和阿南直坐一旁，全然不敢妄動，李玉才屏著氣息，看了方永厲一眼，決心放手一搏，賭它一把，便端起水杯，猛然往後一潑，把水倒空，再舉起茶碗，緩緩說道：

「潑了清水換洪茶，忠心義氣是洪家。知情任我來去飲，相逢何必說因發！」

李玉才鼓著勇氣，豁了出去，瀟灑地說完一串詩詞，萬天龍愣了半晌，突然拍掌叫好：

「好！李兄弟，失敬了！」

方永厲終於鬆了口氣，暗中讚嘆李玉才的機警和膽識，竟突破了這麼意外的一關，這個李玉才，果真是個大膽的冒險家。

曉川在一旁看著，心中更不由地對李玉才生起無限的敬慕之心。此時，熱情的萬天虎也跟著湊上熱鬧，舉起茶碗，對著阿南說道：

「來來來……我也來敬一杯！四海之內皆兄弟……」

只見阿南額上、鼻頭上的汗珠仍不斷蹦發，結結巴巴地應道：

「四海之內……四海之內……」

曉川見阿南緊張忘詞，敏捷地接起阿南的茶盞，急忙搶話，說道：

「九州方圓一家親！我也敬諸位大哥一杯，請！」

萬天龍等人突見阿南的舉手無措，頓生疑竇，要知道天地會中的行話可是人人習練，全無半點猶疑與疏漏，香花堂等人雖許久沒跟天地會弟兄打交道，但每一句行話、香號卻是字字熟練，此人接話猶豫不定，不似洪門幫眾，難道這群人來此另有詭情？萬天龍已心生懷疑，瞄了一眼萬天鳳，萬天鳳退身帘後，再拿出茶盞，重新整理杯壺。

此時，候在三峽老街暗處埋伏的江坤和彭少安，雖然靠著藏在李玉才身上的機器同步監聽，但只聽得一堆古語對話，卻不見茶莊有任何動靜，一直興奮等候進攻訊息的彭少安，不耐煩地說道：

「進去這麼久，淨是聊那些聽不懂的話，怎麼還不趕快進入正題，一點動靜都沒有！我看我們乾脆現在就直接衝進去，殺他個措手不及！」

「別沉不住氣，再等一等，玉才一定有辦法的！」江坤按捺住了彭少安。

茶莊裡，李玉才決定轉守為攻，主動出擊，便起身繞了一圈這品茗的雅室，廳堂布置古雅別緻，倒也看不出什麼特殊之處，金貝錦匣會在何處，怕是也不能豪搶硬奪就能找得回來的。李玉才試探性地問了問：

「萬老闆，聽說你們日月興最近從外地進了一批高檔貨，不知道我們是否有幸看一看，聞香品嚐呢？」

李玉才這番話問得雖是唐突，但眼下偽裝天地會的情勢日益緊張，能儘早探得一點下落，也好得到一些線索去查找。

「高檔貨？」萬天龍機敏地盯著李玉才。

「是啊！」李玉才故作坦然地回視萬天龍。

一邊說著，萬天鳳又來到了廳室，悄悄地擺出了一副「五瓣梅花陣」，卻刻意不作提醒，也不相邀對陣，想暗中考驗大家。

萬天龍在茶碗中都倒滿了茶，緩緩說道：

「喔……這位李兄弟真是神通廣大，你說的那批新貨，我們還沒打算出手呢！來來來……這第二泡的清蓮心，味道更棒，嚐嚐吧！」

萬天龍猜想李玉才探聽的高檔貨，難道是暗指前日剛盜墓奪取的金貝錦匣，故意轉移話題，不想提及。

曉川看到桌面茶碗的擺設，心中一緊，暗道：「這……這不是五瓣梅花陣嗎？」眼前的五瓣梅花陣，正以四盞茶杯做花瓣，中留一盞茶杯做花蕊。李玉才和方永厲自然也發現了這道隱藏的茶碗陣。

曉川抬頭看著萬天龍等人，心中忐忑，想起方永厲叮嚀的字字句句：

「五瓣梅花陣，是用五只茶碗擺出一朵梅花形，切記，此陣有陷阱，只能沿著外圍的茶碗逐一拿起，正中間的這只代表花蕊的茶碗千萬不能碰，一碰到這只茶碗，就會馬上露餡，他們出手可是不會留情的！」

曉川看了阿南一眼，好生後悔讓這小子跟進來，現下只能暗自期盼他別壞了大事。

李玉才、方永厲、曉川等人謹慎地逐一拿起外圍的茶盞，舉杯相請，阿南見機，便順著大家，拿了外圍的最後一個茶盞，眼看應該算是過了此關，曉川頓覺鬆了一口氣。

此時，萬天龍舉起自己的茶盞對著眾人說道：

「梅花吐蕊在桌中！」

「萬葉荊棘一點紅，請！」李玉才舉杯跟著說道。

「嗯，味道果然更香啊！」方永厲豪邁地讚嘆道。

此時，萬天龍心想，雖是好不容易有天地會的同道弟兄相訪，但始終不能確知這些人的動機和真正來歷。貿然表態自己的隱藏身分實在太過冒險，尤其對方似乎刻意打探金貝錦匣，更是萬不可輕信，萬天龍一邊思索著，一邊繼續觀察。

李玉才緊接著旁敲側擊，探聽下落，起身又在正廳中走了一圈，笑道：

「萬老闆，我看別人的茶莊都是拜茶聖陸羽，你們日月興挺特別的，竟然在這牆上供上了關二哥，真有趣！」

李玉才一邊說著，一邊伸手欲碰觸古樸的木雕神像。

萬天鳳見狀，迅速地緊急一出手：

「哎，別碰！」

萬天鳳用力把李玉才的手推開，李玉才禁不住退了半步，撞到阿南。

阿南慌忙捧持著手中的茶杯，不料一個不穩，茶杯哐啷一聲落在地上，焦躁回道：

「哎，妳這人怎麼……」

話音未落，方永厲便把阿南拉到身邊，輕輕細說：

「閉嘴，這關二哥有蹊蹺，牆的後面一定有什麼東西，當心有詐，見機行事！」

「真是不好意思，我這小弟脾氣不太好，還請各位見諒！」李玉才回座，鎮定地說道。

萬天龍沉默了一會兒，暗想，這關二爺後方可是香花堂的秘密基地，適才李兄弟若稍微用勁，恐怕就推動了關二爺的塑像，天鳳是擋得失態，但事出緊急，若沒阻止好，自己這方可就先露出了原形。

眾人雖安然地環坐著，但此時，心中早已各有盤算。

阿南眼見自己話聲一落之後大家都不再言語，不明白自己是哪兒又沒做好，臉上的汗讓眼鏡不禁頻頻下滑，阿南抿了抿乾燥的嘴唇，口渴了起來，便不經意地拿起「五瓣梅花陣」正中間那盞千萬碰不得的茶杯起來喝，還毫不猶豫地一飲而盡。

在此一瞬間，所有人側目緊盯阿南，阿南心中一嚇，頓時發覺自己這回可真是犯了大忌，手心一涼，手中茶杯掉落盤中，哐啷一聲響，一股緊張的氣氛，瞬間繃到了極點，正欲四處乍散，恰似一張滿弦的弓把，箭頂弦緣，不得不發！

日月交鋒

憨愚的阿南，一緊張，犯了忌，便露了餡，這下喬裝天地會同門的計謀，再也藏不住了！

萬天龍雙眉一皺，瞬間變臉，怒眼一瞪，舉起桌緣，喊道：

「來者不善，動手！」一邊說著，竟把一張厚實的原木大桌，硬生生掀起，掌氣一出，擊向了李玉才！

方永厲見狀，即時跳出，雙腳一式定馬，提氣運臂，使出一手膀外側肘，猛力擊破大桌，裂成了兩半，李玉才躲過了一劫。

眾人趁機急忙跑出密室，來到大廳，只見萬天鷹一個翻身縱躍，已跳至門口櫃臺的牆架旁，上有一排排的茶罐子，萬天鷹拉下牆櫃上的機關，所有茶罐頓時側倒下來，射出許多細箭！

方永厲連續幾個空翻，順勢撐開手中的黑傘，一邊擋避著箭雨，一邊把阿南壓倒，說道：

「小心暗箭，快趴下！」正說著，一排箭迅捷地掃過阿南的頭頂，釘在阿南身後的牆板上。

李玉才等人壓低身子，躲著暗箭，阿南卻全身不斷顫抖著，只想努力挪動身子，湊近伙伴們，慌忙地道歉：

「對……對……對不起，我錯了！」

「別說了阿南，全露餡了！快發訊號！」李玉才急道。

阿南慌忙地從懷裡拿出訊號器，準備發送訊號給在外埋伏的江坤、彭少安等人。

此刻，正在街道外的江坤也早就監聽到茶莊內的狀況，但眼見茶莊門口沒有任何人的蹤影，便提前一步動身，緊急說道：

「糟了，裡面出事了，快！」

彭少安隨即跳起，揮手示意所有埋伏的特勤幹員：

「快，全力進攻，都給我包圍住，別讓任何人跑了！」

此時，李玉才、阿南、曉川被困在了茶莊大廳，門板早已被萬天鳳緊急扣上，眾人倒在門坎邊，狼狽地進退不得。

只見方永厲雙手撐開，擋在李玉才等人面前，欲以一人之力，護著眾人，隻身對抗香花堂龍、虎、鳳、鷹四人的群起圍攻。

方永厲毫無畏懼，但亦不敢大意，眼前的四名敵手，各懷奇術，身上全是硬橋硬馬的硬功夫，稍有不慎，小命難保啊！

沉著定氣的方永厲，兩眼珠子不住地轉動，環視前方。

只見萬天鷹手擺後背，雙臂展翅，身子低蹲在櫃臺角落，彷彿獵鷹正伏枝藏身，隨時都會飛起撲殺，他的瞬間躍擊，不容輕忽。而萬天虎挺著粗壯的胸膛，雙腿已擺出四平大馬，穩若洪鐘，左手抱拳攬腰，右手化作一指三株掌，看似簡單的一式坐馬單橋，氣勢卻如一道鐵壁銅牆，此人剛硬的拳勁，想必最是難擋。而一旁的萬天鳳則雙腿交踏，腰如風吹擺柳，不斷地變幻姿態，兩手蓮花掌擺在胸前，綿柔的曲線，幾乎看不出其鋒所在，如此玄秘的身法，恰似一朵藏刺的野薔薇，令人無從下招。站在最後頭的萬天龍，同樣的硬馬紮地，兩掌一式雙弓插花，下壓在腹前，已悄悄運氣於身，竟毫無半點調息的動靜，氣生無形，可見功底之厚，若其迅猛的拳掌隨風落下，唯恐要命！

方永厲見識了香花堂架出的氣勢，自然不落人後，心想我方家縱鶴拳也並非浪得虛名，便立馬提氣上喉，運氣縱身，忽地，好似一聲瞬擊的雷鳴，在方永厲的咽喉轟轟作響，此正是縱鶴拳法獨有的鳴氣引勁，不同於香花堂所使古洪拳的外家功法，講究吐氣催力，力打猛勁，縱鶴一派走內家功法，講究鬆圓之巧，以靜制動，運氣化勁。

縱鶴對洪拳，雖同是脫胎自南方拳術，但這一內一外，正面交鋒，想必難分伯仲，似有看頭。

赫地，萬天鷹率先動身，雙膝一個彈躍，側身蹬牆，兩爪直向衝出，速度之快，如一股疾風奔來。

但方永厲早有防備，已運氣上手，先是壓個墜肘，倒退幾步，使萬天鷹雙爪撲了個空。

突然，方永厲兩肩懸起，催生鶴肢，一股震勁擊向萬天鷹，隨氣顫動，浮如飛鳶迎風陣，把萬天鷹兩爪的衝力瞬間破散開。方永厲再趁勢氣收手尾，使出一招威猛的「海底角」，雙手化作掌刀，提起掌根劈向萬天鷹的胸肩，只見兩臂如柳、雙手如繩，啪啪地聲響，有如乘風拔柳海角揚，萬天鷹像是觸電般，上身頓覺麻痺，被擊飛摔到了牆角下。

沒想到方永厲的內家功夫竟也如此迅猛，一雙隨風使勁的鶴翅，就像兩條快鞭，意動氣出，氣出身搖，身搖勁到，縱鶴拳法的無形之妙，確實讓人難以捉摸。

趁著方永厲對付萬天鷹的同時，李玉才等人也想出手援助，無奈不識功夫，只能隨手拿起掉落在身邊的一地雜物，朝其它三名敵手亂扔一通，雖然阻止了他們群起進攻的時機，但實際效果似乎非常有限。

萬天鷹率先攻擊失手後，萬天虎見么弟受創，便一聲怒吼，震動屋牆，此刻，李玉才等人的擾亂已經完全起不了作用，只見萬天虎硬是持拳衝出，雙腿前後拉弓，步步進馬，一手捶頂一手肘擊，攻向方永厲的上身。同時，萬天鳳也從旁夾擊側攻，一個柔順的旋身，雙腿交叉低蹲，踏著迅捷的麒麟步法，快速挪動，靈巧地逼進方永厲的下盤。

萬天虎、萬天鳳聯合強攻，一上一下，來勢兇猛，方永厲只得拔背急退，以防衛為先。只見萬天虎不斷進馬穿橋，幾記通天拋襲來，恰似牛角衝刺，拳拳帶勁，處處生風，方永厲即使雙臂出手擋架，仍禁不住強勁的重拋，疼痛感頓然生起，萬天虎的拳勢果然剛硬無比，絲毫不見停歇，一路向拳掛打連環落，此法使的正是萬天虎最擅長的「工字伏虎拳」。

方永厲忙著應付這一掛一拳、連攻進馬，腳下還得顧及萬天鳳飄忽不定的偷襲，一式蝶掌連環，迅速翻來，方永厲雙腳撲騰，正試圖閃躲開來。萬天鳳心想，面對如此勁敵，豈敢讓招手軟，說時遲那時快，便運氣使出蝴蝶掌法中最強絕技的「風摧月影手」，只見雙掌如幻影一般，恰似蝴蝶穿花攻下路，玉扣連環隨風散。

方永厲一時認不清如此難辨的招法，瞬時被掌勁擊倒，上身又被萬天虎的一記黑虎爪擊中，直撞飛向門邊。

上下路雖同時被攻擊，但方永厲也不是這麼容易對付，飄在半空，見勢轉身，接勁化勁，借力使力，雙腳一蹬，踏著門板，聚氣在田，臥身反衝，飛如蒼鶴展翅形，一對鳴金催雨般的掛肢，隨著氣鳴前後擺盪，氣勢縱如狂風閃電般襲來。

萬天虎、萬天鳳沒料到方永厲迴身反擊的能力竟如此神速，眼見方永厲側飛在空中，引頸伸歌，兩手鶴肢如彎弓乍彈，意到氣到，雙雙被藏氣帶勁的鶴翅抖手震顫而倒，滑退到了牆角。

方永厲擊退了萬天虎、萬天鳳，便順勢收起下盤，迅速定馬站樁。不料，前方的萬天龍早已蓄勢待發，卻突地從中衝出，使出一招羅漢出洞，上馬穿拳，力道之迅猛，讓方永厲閃躲不及，只有挨疼的份。

進擊間，萬天龍又下一記猛虎扒沙，剛烈的虎爪不斷連攻，方永厲只得一路退守，雖採防衛之勢，但見身隨足行，手隨腰變，手足相隨，上下相連，寸寸軟而有勁，步步柔而生根，飄身如絮輕變幻，似乎可見陰陽之氣貫通其間，內家拳法的攻防之術果然不同一般，和萬天龍的硬橋硬馬形成強烈對比。

方永厲尋到了空檔，趁勢用勁，使出五行鶴肢，和萬天龍正面對擊，雙方你來我往，拳拳到肉，毫不留情。

萬天龍領教了方永厲的鶴肢神技，便使出最拿手的「虎鶴雙形拳」，欲與方永厲這隻難纏的鶴，一較高下。

只見萬天龍一式雙提日月，兩記上勾拳重重擊出，卻被方永厲柔巧的柳葉手破勁化力。萬天龍著實一驚，便再祭出令敵手難以招架的「貓兒洗面」，幾步進馬穿橋，來個虎爪連環攻，方永厲被抓破了數道血痕，只得忍痛，側轉身子閃避，使出篩浪翅手，猶如浪波起舞，借步法的旋轉之力，再次化敵之手，萬天龍剛猛的爪勁瞬間如入大海。

好一個「一羽化千力」，萬天龍眼見虎爪難制敵手，便化拳為掌，也使出了鶴形，一式雙定金橋，壓足蹲馬，掌勢卻變幻出鶴嘴沉手，迅速啄擊，和方永厲的震肢鶴翅，形意交錯，翅張翼動，就像兩隻大鶴在林中揚舞相鬥。

煞時間，只見陣陣拳風腳影，迅如雷電，橋來橋上過，馬來馬發標。

時見飛鴻斂翼，時見進馬鶴頂，又見單肢朝陽，再現餓鶴尋蝦。

一來一往，攻防之中，似乎感覺到雙方出盡了全力，已勁達山巔，氣旋峰極。

萬天龍之鶴，如江湖劍俠；方永厲之鶴，似雲中仙翁。

這一剛一柔，一尖一圓，鬆緊相峙，勢均力敵之下，雙方都使出終極絕招，正面對擊。

方永厲雙翅勾疊，合兩儀，入太極，震出一招「八角穿心」！

萬天龍拳掌並濟，定平馬，列雙橋，連使一式「虎鶴齊鳴」！

赫地，兩人瞬間的對招，如電光石火，勁力之大，氣道之強，又似金石乍破，雙雙彈飛了開來。

浴血奪寶

方永厲和香花堂幾度激烈交手之後，已成對峙。

萬天龍仔細看著方永厲的身法，突然靈光一現，終於識出方永厲的拳法，吼道：

「縱鶴拳？你……你是蒼鶴武館的人？」

「算你識貨，正是蒼鶴武館，方永厲！」

方永厲亮出名號，擔憂著身後李玉才等人的安危，隨即打出一掌，擊向牆邊的櫃架，架子禁不住強勁震擊，哐啷傾倒。

香花堂四人即忙跳起避開，萬天虎卻不留心被架上埋藏的暗器擦過手臂，頓時噴出了幾道血痕。

萬天鳳見狀，跳至前方，腿邊抽出一把短劍，迅雷般地抵在李玉才面前，對著方永厲威脅說道：

「你們是誰？到底想幹什麼？」

方永厲踏步向前，欲救李玉才。萬天鳳一見，立刻扯住李玉才的衣領，把劍橫壓在李玉才的脖子上，一雙美目直盯著方永厲，手中再略施一點勁，李玉才的頸膚已被刀鋒壓出一道凹痕，萬天鳳吼道：

「你朋友在我手上，別亂來！」

方永厲緊閉一口氣，束手止步。曉川、阿南也站在一旁，不敢妄動。

萬天鳳架住掙扎中的李玉才，厲聲說道：

「別動，說！你們到底想幹什麼，為什麼打我們日月興的主意？」

李玉才被刀鋒逼著脖子，卻仍直直對上萬天鳳的眼睛，正聲回道：

「你們快說，金貝錦匣藏在哪？你們為什麼要盜墓，對寶藏又有何企圖？」

「你是什麼人，怎麼知道寶藏的事？」萬天鳳驚詫道。

「王得祿將軍府大管家的傳人，李玉才！」

萬天鳳一聽到王得祿這名號，便思索著：「王得祿？……李玉才？」

突地，大廳的幾片門板被瞬間撞破，江坤領著國安局的人衝了進來。

只見彭少安一個跨步，躍向空中，雙腳一出，猛然踢飛萬天鳳，順利搶救下了李玉才。

特勤幹員不斷湧入，隨即四處開槍，香花堂等人迅速躲至內廳。

萬天鷹進內廳前，按下了牆上的轉軸，門坎裡忽然跳出刺刀，飛刀彈出，刺傷不少特勤幹員，哀聲叫疼。

其餘的特勤幹員仍挾帶強大的火力，強攻而入，闖進了內廳，香花堂一時不敵密集的彈火奇襲，紛紛跳躲到一個桌櫃後方。

萬天虎在槍聲不絕中吼道：「大哥，現在怎麼辦？」

「進香堂，保護錦匣！」萬天龍說道。

萬天鳳一點頭，隨即在子彈聲中躍起，衝往牆架上的關二哥塑像，萬天鷹則在櫃桌後方擲出煙霧炮彈掩護，炮彈迅即炸開，滿室灰煙瀰漫，視線不清，萬天鳳幾個閃身，來到了牆架旁，拉下關二哥手中的大刀，忽見牆下一個小門洞開啟，現出一條石磚鋪設成的滑道，趁著煙霧重重，萬天龍、萬天虎、萬天鷹準備滑進石道。

萬天鳳回身，機敏的眼神緊盯著四面八方而來的子彈，一個又一個旋身，迅捷地射出一支支的紅花鏢，掩護所有香花堂的弟兄們滑進石道。

萬天鳳最後滑下，順勢抽出石道入口前那把關二哥手中的大刀，嗆啷一聲，天板突然撒下一張鐵絲網，當頭罩住亟欲追捕他們的特勤幹員，幹員們閃躲不及，個個動彈不得。

方永厲扶著李玉才，在江坤一行人後頭幸運閃過鐵網，眼見盜賊逃逸，緊張地喊道：

「快，他們要逃了！」

李玉才、方永厲從門坎邊跳起，跟著滑進石道，江坤、彭少安也緊跟在後，接連滑下。

不一會兒，李玉才滑進一間不太大的洞室，洞內燈光微弱，但仍可看到眼前似是一方神龕，好是神秘。

李玉才起身仔細察看，驚見香花堂一伙人正包藏著金貝錦匣，激動喊道：

「金貝錦匣！」

李玉才衝向前，伸手欲搶回錦匣，方永厲也出手相幫，攻擊香花堂等人。江坤、彭少安隨後趕到也加入打鬥，雙方再次交鋒，這回有了懂拳腳的彭少安助陣，方永厲不用再一夫當關了。

而李玉才緊盯著萬天鳳手中的金貝錦匣，出手搶奪，卻被萬天鳳打到牆邊，李玉才鍥而不捨，出手掙扎，萬天鳳便抽出一支紅花鏢抵在李玉才脖上壓制，說道：

「你沒有必要管這些事的！」

李玉才近距離對視著萬天鳳，感受到她的怒氣與鼻息，還有纖長的睫毛下水靈靈的眼睛，頭上的藍染絲巾早已掉落，秀髮柔軟地散在臉頰兩側。李玉才定了定心神，反逼問道：

「你們到底想做什麼，偷走金貝錦匣有什麼企圖？」

萬天鳳盯著李玉才睿智的眼睛，鎮定的聲音中難掩著慌張，急聲說道：

「做我們該做的事！」

李玉才感受到萬天鳳手中的飛鏢越加逼迫，卻仍回話道：

「難道非法盜墓也是你們該做的嗎？」

「我們也是逼不得已的，你們就別再插手了！」

「逼不得已？你敢說……你們不是為了復國寶藏？」李玉才挑起眉毛，說道。

「事情沒你想像得那麼簡單……我們沒有盜寶！」萬天鳳的鬢髮邊沁著汗，一陣幽香傳入了李玉才的鼻端。

「你說什麼？」

「你以為復國寶藏就只是一堆金銀財寶嗎？我告訴你，當今世上，誰都沒有資格擁有復國寶藏！」萬天鳳慎重地說道。

「什麼？」

李玉才不解萬天鳳的這番話，思緒飛快，再次回想這批傳說中神秘的寶藏，是否有著他遺漏的特殊之處。

就在李玉才絞盡腦汁思索間，萬天鳳突然朗聲回道：

「復國寶藏，非比尋常，千秋萬世，護守朝堂！」

一句句深奧難解的話語，再次衝擊著李玉才的思緒。

此時，一旁的江坤在混戰中，被萬天鷹一腳踢到萬天鳳身旁。

江坤摀著胸口，疼痛難忍，抬頭見到李玉才被壓制在牆緣，隨手拿起身邊牆上的照明燈，砸向萬天鳳的頭。

萬天鷹在混戰中分神喊道：「三姐，小心！」

萬天鳳閃躲不及，被砸中了背部，萬天鷹同時射出一把短刃，擦過江坤肩膀，江坤哀聲倒地！

而一旁的打鬥也甚是激烈，難分上下。

只見萬天龍、萬天虎合力出掌，朝向彭少安打出一招「虎眼豹拋千斤墜」，此招落下，若正中敵身，恐傷要害。

方永厲見狀，便躍身跳起，替彭少安擋架，不料胸口卻被猛力擊中，方、彭二人都被擊傷，摔退到遠方牆角，方永厲傷勢嚴重，口吐鮮血，頓失全力，萬天龍趁此形勢，便想法脫逃，急喊：

「快！下地道！」

一旁的江坤肩部中刀，正倒地哀哀呼喊。

李玉才則在混亂中，想趁萬天鳳分心之際搶奪錦匣，萬天鳳一惱，便再抽出腰側一支紅花鏢，對著李玉才的背上刺了進去，把李玉才推到一旁，逃往神桌。

萬天虎已在神桌下方開啟地道門，跟著大哥萬天龍跳下地道，萬天鷹、萬天鳳也準備緊跟跳下。

強忍傷痛的李玉才見香花堂一個個逃脫，便奮不顧身，使勁爬起，猛然一躍，恰好抓住正要跳落地道的萬天鳳之手，兩人同時手抓住錦匣，互不鬆放。

「放手……放手！」萬天鳳喊道。

「我不能放！」

「再不放手，你一定會後悔的！」萬天鳳急道。

李玉才的肩背劇疼難忍，似乎已用盡全力，漸漸抓不住正要滑落下的萬天鳳。

萬天鳳的眼神中帶著怒氣與驚惶，李玉才則凝視著萬天鳳雙眼，奮力反手從背上忍痛拔下紅花鏢，背上的傷口迅即湧出鮮血。

只見李玉才猶豫了幾秒鐘，最後將飛鏢朝向萬天鳳的手臂刺下。

萬天鳳突然一疼，鬆手掉進地道，李玉才把錦匣奮力搶出地道口，跌坐在地上，又隨即往前傾爬，想探看地道，突然一陣白煙爆衝出來，地道門關上，再也打不開。

頓時，洞室開始搖晃，周圍的牆上浮出一條石縫，石縫中藏有幾顆小燈，閃爍不停。

彭少安扶起受了重傷的方永厲，環顧四周，喊道：

「糟！他們裝了機關，這裡要爆炸了，大家快跑！」

江坤見狀，也獨自振身爬起，一行人迅速攀上石道，奮力逃出洞室，洞室隨之火竄沖天，延燒到茶莊外廳。

大伙偕同外廳眾人，奔逃出茶莊，跑到三峽老街外。

突地，又一聲乍響，整間茶莊爆炸起火，眾人跌趴在地上，回頭觀看時，茶莊已陷入一片火海。

老街上的遊客也被眼前這一幕驚呆了，幾位民眾開始撥打電話，通知警察與消防隊，渾然不知方才這一時半刻，李玉才等人經歷了生死交關，還有眾多越解越複雜的未知謎團。

方永厲等人雖然傷勢嚴重，但猛回頭看到李玉才手上驚險奪回的金貝錦匣，總算鬆了一口氣。

李玉才看了一眼手中握著的紅花鏢，鏢身的底端似乎凝著萬天鳳的血，想起適才實在不忍重重刺向她白嫩的手背，李玉才緩緩將飛鏢收進胸口口袋，把金貝錦匣緊緊抱在懷中。人來人往的三峽老街上，靄靄斜陽下，李玉才輕閉雙眼，放鬆躺了下來。

第五章

秘

引蛇出洞

夜幕低垂，李玉才一行人疲累地回到了國家文物局。

議事廳裡，李玉才看向身上大大小小的傷口，嘆了口氣，暗想著以前為了做研究雖然也曾上山下海、冒險犯難，但今日的遭遇可算是人生中最荒誕的經歷了，轉念過後，又安慰著自己，既然這宗案件牽涉到過往先祖的舊事，還是得不負老友江坤所託去完成它。

起心動念之間，李玉才又突然想起萬天鳳那雙漂亮的眼睛，還有她壓抑卻又堅定的聲音，尤其她說的那句「你一定會後悔的」究竟是什麼意思呢？李玉才緩緩搖了搖頭，這起事件實在太多疑團了。

此時，眾人也聚在議事廳，曉川正幫著李玉才和江坤局長包紮傷口。

忽然，阿南和彭少安帶著幾個幹員開門走進議事廳，李玉才一見，不顧曉川正在幫他綑紮著紗布，便急忙起身問話。

「阿南、彭隊長……永厲他怎麼樣了？」李玉才焦急地問道。

曉川跟在李玉才身後，把綳帶剪好，打了一個漂亮的結，一旁聽見阿南氣喘噓地說道：

「醫生已經稍微看過了，但他堅持要回武館，所以彭隊長就請人先把他送回武館療傷了，但我聽醫生說……說他受了非常嚴重的內傷。」

「什麼？內傷？」李玉才緊張地說道。

「我們有聯絡到武館的人，聽九叔說……永厲是個習武之人，幸好有內功護體，只是要多花點時間調養，應該沒問題的！」

「好……那就好！」李玉才嘆了口氣，安下心來。

一旁，才剛剛進屋坐下的彭少安，又突然站起身，環視著狼狽的眾人，大聲說道：

「各位，這回大家可都是拚了命，才把金貝錦匣給搶回來，我的兄弟也傷了不少！江局長，那些盜賊是死是活，我們到現在都還查無下落，上頭可是交待過了，活要見人、死要見屍，剩不到幾天時間了，更何況那些人到底為什麼要盜墓偷寶，到現在都還摸不清底細，怎麼向上面交代啊？」彭少安見江坤竟毫無反應，壯碩的胸膛便鼓著急促的呼吸氣息，又氣沖沖地說道：「你們……？你們要是繼續在這乾坐著，想不出辦法，我可不奉陪，我要帶著其他的兄弟自己出去找了！」

阿南聽著彭少安無禮的說話，脾氣也不禁提了上來，開口回道：

「拜託！彭隊長，你說得倒容易……這人海茫茫的怎麼找啊？日月興茶莊方圓幾里都已經被搜遍了，怎麼找就是找不到啊！」

阿南話音剛落，曉川便怒瞪著阿南罵道：

「你還敢說，要不是因為你那麼笨，還露了餡，至於搞成這樣嗎？想到在茶莊時那麼危急的情況，天啊，我們還能夠活下來，真的太幸運了！」

「我……又不是故意的，我那是……」阿南的氣勢立刻軟了下來，結結巴巴地望向江坤局長求情。

「好了，事情都已經發生了，就別再說了！」江坤解圍道。

平時挺照顧屬下的江坤，強忍著傷口的疼痛，撐起身子，伸手拍了拍阿南，讓他也坐下來歇口氣，並對著眾人說道：

「香花堂的行蹤非常隱密，彭隊長，我想……你們特勤隊的兄弟再多，也未必能找得到，而且他們的茶莊已經被燒毀，我料他們應該是不會再回去了，短時間內要找到他們，恐怕真沒那麼容易！」

「容不容易對我來說都一樣，既然上頭的命令下來了，我就得完成。不管如何，我一定會想辦法把他們捉拿歸案，我彭少安接過的任務，還從沒失手。你別忘了，江局長，時間可是不等人啊！」彭少安回道。

曉川有點不悅，瞪向身形魁梧的彭少安，便說道：

「可是我們對他們的下落是毫無線索，茶莊塌陷了，地道的出口在哪根本找不到，方永厲也說過了，香花堂的人，行事從不留下痕跡，行蹤更是難以捉摸，這下讓他們逃走了，我們恐怕想查也無從查起呀！」

江坤無奈地嘆了口氣，也坐了下來，只得求助機敏多謀的李玉才，輕聲問道：

「玉才……我們現在該怎麼辦呢？」

李玉才定神想了想，看著大家，對案情的發展已有所見解，娓娓地分析道：

「這兩日，大家都辛苦了……香花堂之所以會重現江湖，全是為了金貝錦匣和復國寶藏，現在錦匣落到了我們手裡，他們肯定不會罷手，看來要找到他們，只有一招『引蛇出洞』了！」

「引蛇出洞？怎麼引出洞啊？」曉川好奇問道。

「唯一的辦法，就是解開金貝錦匣的秘密，找出寶藏。」

李玉才奮力撐起身子，舉著受傷的肩臂，指向桌上一個鑲錦的棉織布袋。

這一路來，雖然疲累萬分，但是一提到解密，李玉才又立刻振奮地坐了起來。

江坤聽了李玉才的建議，思索了一會兒，也興奮地說道：

「對呀！他們既然是為了寶藏而來，那我們就想辦法找出寶藏，自然就可以引他們上勾，然後再出其不意地將他們一舉拿下，這招引蛇出洞，也許可行。」

「引蛇出洞？這招行得通嗎？」彭少安一臉疑惑地質問道。

「當然行得通，李教授的辦法總是好得太多，至少……比某些人想事情不用大腦，動不動就自己蠻幹的辦法好多了！」曉川一邊回嘴，對著彭少安吐嘈，一邊貼心地檢視著李玉才背後包紮好的傷口。

「妳說什麼？」彭少安受不了曉川的挑釁，大聲拍桌站了起來。

「怎麼樣，我說錯了嗎？」曉川慢條斯理地繼續說道。

「但是，我們現在最大的問題是……寶藏到底在哪呢？」阿南貿然地插了一句嘴，讓彭少安和曉川之間劍拔弩張的氣氛稍緩。

同時，大家的眼光也齊步地掃向桌上的金貝錦匣。

李玉才沿著桌邊走著，繞到金貝錦匣的前方，輕輕地掀開布袋，小心翼翼地拿出錦匣，捧在手掌上。

只見錦匣上的貝殼紋理，散發出溫潤的光澤，襯著鑲嵌的珠寶裝飾，熠熠生輝。

李玉才拿起錦匣想了想，便朝江坤望了一眼，似乎亟欲得到一個答應。

江坤隨即明白李玉才的用意，深知此乃古物重寶，若想求得藏寶之謎，必得動手拆解如此珍稀貴重的物件。

江坤釋出一個堅定的眼神，微微點頭，沉穩地對著李玉才說道：

「非常時期，非常手段！玉才，動手吧！」

青花奏摺

眾人圍在桌邊，緊盯著李玉才的動作，紛紛湊近。

大伙頭一回這麼近距離觀看金貝錦匣，匣上的珠貝閃著溫潤的光芒，鑲嵌著的寶石只要一點點微弱的光線都足以閃爍出多道漂亮的絢麗折光，尤其錦匣前端那顆以西域紅寶石當作鎖扣的稀罕物，更是吸引眾人目光。

正當李玉才欲伸手開啟錦匣時，曉川突然拿著一副白手套，遞給李玉才，細聲說道：

「來，戴上手套吧，還是小心一點好！」

有點心急的李玉才，也興奮地忘了這等事，似乎是太久沒待在文物局裡研究古物，把這道專業的手序給遺漏了。

李玉才點頭微笑回禮，甚是感激曉川如此細膩的關懷與貼心。

曉川難得見到李玉才正面的微笑，便害羞地又漾起了雙頰的小酒窩，暗自歡欣。

眾人期待地緊緊圍靠在李玉才身邊，李玉才戴上手套，緩緩打開錦匣鎖扣，從扁窄的開口隱約發現裡頭藏著一個長形的物事，表面材質看似柔軟，但輕輕摸著卻又感到一股堅韌，

李玉才向曉川拿來了鑷子，用鑷子小心翼翼地取出之後，驚訝地呼喊：

「這是……青花龍紋奏摺！」

「啊？那是什麼東西啊？」阿南探頭探腦地問道。

李玉才輕擺放著這個長方物件，只見上頭的圖畫是兩條青藍色的四爪蟒龍，蜷飛在繁複的花葉圖案之中相向而對，工法細緻，彷彿連龍身上的鱗紋都清晰可見。江坤一邊讚嘆著這件曾聞其名卻從未見過的古物，一邊提出內心的訝異和疑問：

「什麼？玉才，你沒說錯吧？這東西真的是……」

「局長，這究竟是什麼東西啊，你怎麼那麼驚訝？」

李玉才挺身歸座，雙眼凝視著這件神秘的寶物，慎重地說道：

「沒錯！這正是青花龍紋奏摺！」

「青花龍紋奏摺……？」曉川一字一句慢慢地重複回道，用的卻是疑惑和不解的語氣。心想著，青花龍紋可是在明清兩朝，唯獨皇室專屬的宮廷圖騰，怎會出現在王得祿將軍的金貝錦匣裡呢？難道此物另有玄妙？

李玉才自然深知曉川的疑竇為何，便對著眾人娓娓說道：

「這道青花龍紋奏摺，是乾隆王朝專有的密摺，聽說乾隆皇帝只發出了三道這種奏摺，賜給身邊最親信的大臣專用，拿到此密摺的人，必定被派任了不能向其他人說的重要大事，古書上曾有過這奏摺的紀錄，但後世卻沒有誰真的見到過這神秘的奏摺，想是任務完成之後，隨之銷毀，或是已隨物主永埋墓底了。」

「只發出三道？那書上有沒有說……都發給誰啦？」曉川好奇問道。

「這倒是知道的，一個是權傾朝野的軍機大臣和珅，一個是勇冠八旗的首席滿將福康安，另一個就是當時的十五阿哥愛新覺羅永琰，也就是後來的嘉慶皇帝，看來這個青花龍紋奏摺，應該就是嘉慶皇帝私下賜給王得祿將軍的！」李玉才接話說道。

「嗯，肯定是！這麼說來……這封奏摺想必是王得祿當時要上奏給嘉慶皇帝的藏寶圖！」江坤也試圖分析著說道。

「藏寶圖？」眾人異口同聲驚呼道。

「嗯，我也是這麼猜測。看了就知道了！」李玉才說著話，便捋起袖子，鄭重地將椅子往前拉近，聚精會神地解開青花奏摺上的綁繩，緩緩地攤開奏紙內頁，就生怕破壞了它。

「看見了嗎？看見藏寶圖了嗎？」阿南忍不住地喊道。

只見李玉才神情一沉，眉頭一皺，輕聲地說：

「這……這不是藏寶圖……」

李玉才難掩疑惑，攤開奏摺，擺放在桌面，試圖研究著當中的線索。

只見一幅華麗的絹帛上，繪有數條飛龍圖騰，接連成圈，圍繞成一個圓，正中間有個方形圖案，圖案中又包藏一個畫有繁複圖紋的漂亮圓盤。雖已是幾百年的古物，但這絹帛上的丹青染料卻是鮮明異常。

「這什麼東西呀？這根本不是藏寶圖啊！唉，虧我們忙了這麼久，命都好不容易撿回來了，竟然是搶回了這個……這個完全不知何意的幾條龍而已！」阿南誇張地嘆氣道，曉川一手肘擊了過去，阿南便吃痛地閉上了嘴。

曉川探頭看著圖案，也試圖分析說道：

「這看起來好像是……九龍盤天圖！」

「我看是九龍搶珠吧！」阿南悶聲接應道。

「這裡面沒有珠！」曉川瞪了阿南一眼。

此時，一直抱著雙手插在胸前的彭少安突然冷靜說道：

「不是九龍搶珠……也不是九龍盤天……」

「啊，那是什麼？」曉川看向彭少安，心底完全不相信這人能夠認識連李玉才都無法一眼辨識的文物。

「很簡單，你們看……這裡只有八條龍，哪來的九龍啊？」彭少安指向圖騰說道。

阿南再湊了進來，仔細對照著圖畫算了一算，一邊說道：

「對耶，奇怪……怎麼會只有八條龍，不應該都是九龍的嗎？」

「這畫到底什麼意思啊？」曉川看向李玉才，期待有什麼破解謎題的分析，但李玉才卻不發一語，繼續低頭暗自思索。

此時，江坤也跟著說道：

「的確奇怪，『九』這個數字，在古代是至高無上的象徵，通常與龍合用，你們說的九龍盤天和九龍搶珠，都是古代皇室最崇高的圖騰，我見過那麼多古代文物，八條龍的象徵確實是有，但極為罕見。照理說，這圖的中心不該是個圓盤，應該還要有第九條龍，怎麼不見了呢？」江坤擦了擦汗，思索了一會兒，轉頭問：「玉才，你怎麼看？」

李玉才一邊探索著圖畫裡的奧秘，一邊嘗試解析著：

「這八條龍……全都聚往圓心方向，就像是在尋找什麼東西……難道中間這個外方內圓的標誌，就是代表寶藏？」

「代表寶藏？玉才，如果周圍這八條龍都在尋找中心點的這個寶藏，而中間又少了一條龍，難不成……中間的這個寶藏……」江坤順著李玉才的推理一邊思索，忽地眼睛一亮。

「……跟龍有關！」李玉才微笑著接上話。

「跟龍有關！到底會是指什麼呢？龍形石？還是……哪個跟龍有關的地方呢？」江坤點點頭思考著。

「少了一條龍，會不會是在說哪裡呢？」曉川跟著一起想，拿出手機開始找資料。

阿南在一旁開了一瓶汽水，走近桌邊，推了推眼鏡，彎下腰仔仔細細地看著奏摺：「跟龍有關？……畫得這麼細緻，就算不是藏寶圖，也是個無價之寶吧！」阿南看得入迷，卻沒注意到汽水瓶上凝結的水珠緩緩地匯聚，正要滴落在奏摺的龍形圖畫上。

「哎……小心！滴到水了啦！」曉川驚覺，大聲喊道。

阿南嚇了一跳，瞠目結舌地瞪著水珠，偷偷摸摸地抽了張衛生紙正要擦去。

「你怎麼那麼討厭，都說了要小心了，看就看嘛，還喝什麼飲料！」曉川從阿南手裡接過紙巾，正要擦乾水滴。

李玉才一邊看著奏摺上的龍圖騰，突然按住曉川的手，低身側看道：

「慢著！先別擦……你們看，這水滴到紙上，竟然不會被紙吸收，也不會暈開墨跡，有古怪！」

江坤好奇地伸出手輕摸紙質，驚訝道：

「這是……粉蠟宣！古代最高等級的宣紙，利用礦粉和油蠟混合加工添補到紙張的纖維空隙，讓紙遇水不破，這種紙只有在皇宮裡才有，是專門用來書寫聖旨的，在古代比絲綢還要昂貴！」

李玉才低頭嗅聞了一下奏摺，用大拇指拭了拭墨跡，說道：

「是雪砂油墨！這是一種特製的墨汁，遇水不化，遇火不熔，透過水來看，反而還會有放大的效果！」

李玉才好奇著，拿過阿南的飲料罐，刻意地再輕彈幾滴水在墨跡上。

曉川推開正要邀功的阿南，靠著李玉才，湊近觀看道：

「哇……真的耶！咦？你們看，這龍的身上好像有字耶！」

「嗯！果然有玄機！看來……在每條龍的身上都藏有字！」李玉才繼續盯著圖說道。

「難道是……龍形詩！」江坤掏出手帕擦了擦額上的汗，思索推敲著。

「龍形詩？」阿南疑惑地喊道。

彭少安看向這一群人，除了阿南之外，似乎都對古文物頗有一套的，看來，想要利用眼前這個神秘的寶物來緝盜破案，還真得與文物局通力合作才行了。

江坤也跟著瞇起雙眼，湊近探索著，一邊正經地解釋道：

「嗯！沒錯，是龍形詩！這是把非常袖珍的字藏在每條龍身上，再把每個字串在一起，就成了一首詩或是詞句，是古代皇宮裡的一種猜謎遊戲。」

「那麼這些字……會不會就是寶藏的線索？」彭少安問道。

「很有可能，不過這些字實在太微小了，又藏在這麼複雜的圖騰裡頭，光用肉眼怕是分辨不出來，必須用顯微探測的儀器才看得到。」李玉才已經拿了一隻放大鏡在檢視，繼續說道：「真的得借助精密的儀器了，曉川，文物局的鑑定室一樣還是在……」

「一樣沒變，一直都在地下室！」曉川機敏地接上李玉才的話。

「那就快吧！越快鑑定出來越好。」

離開文物局多年的李玉才，卻仍對這裡的一切充滿著莫名的熟悉感。

沒想到，一起意外的盜墓奇案，似乎又重新燃起了當年李玉才不顧一切、全心投入古物研究的激昂與熱情。

龍形詩謎

盜墓案後的第三日，深夜。

國家文物局的鑑定室裡，彭少安環著手、翹著二郎腿，挑了一個離曉川最遠的角落坐著，明顯不想再跟曉川正面口角。

江坤和李玉才交換著一些推測的想法和心得。

鑑定室裡燈光明亮，熟練鑑定操作的曉川謹慎地攤開奏摺，扭轉機器，將奏摺平放在鑑定平板上，阿南幫忙著將一大張透明薄紙，疊放在奏摺上方，鑑定平板的底部打亮了投射光，曉川用顯微儀器緩緩地掃視奏摺進行探測，探得的畫面也同步顯示在投影布幕上。

眾人看著投影布幕，驚嘆著奏摺上的龍鱗如此細膩清楚，紙質的紋理也工法巧妙，丹青燦然，整幅奏摺簡直就是一個上乘的藝術品。

曉川一邊掃瞄，一邊依著李玉才的指示，將顯微鏡左右移動，說道：

「有了有了！看到了！每條龍身上好像都各有兩個字，是用篆文寫成的。圖上共有八條龍，也就是有十六個字！」

「太好了，依照順時鐘方向，把圖騰裡每個字串起來！」李玉才振奮地坐好，和江坤一起專心看著投影布幕，滿心期待著會有什麼更驚奇的發現，不一會兒，終於見到了青藍映輝的幾個大字：

「極北。陽穴。神龍。遁飛。」

雖然一時半會兒，還未解其中的奧意，但這短短的八個字，卻如同一串串的煙花綻放，燦然地狂舞在李玉才的面前。

他深知這些字的背後，絕不僅僅是一紙奏摺裡的謎語，而是幾百年來，多少人苦苦追尋，卻始終似個遙不可及的誘人傳說。

今日，李玉才就要親自面對這個秘中之秘，內心不禁充滿了激動和恐懼，五味雜然的情緒頓然生起。

內心興奮的是，期待已久的夢幻傳說和全新的冒險挑戰，終於出現在了眼前。

但害怕的是，若這真的只是一個謠傳、一場空夢呢？豈不掃興又枉然。

更何況，在茶莊裡萬天鳳對自己說的那番話，更為寶藏的傳說再蒙上一層披罩，她的話裡是否還隱藏著什麼特別的深意？一直在腦海裡難破難解，看來想要揭開事情真相，恐怕還是任重而道遠。但此時也想不了那麼多了，先把眼前的這串字謎好好探索一番，才是實際。

就在李玉才正暗自整理腦中思緒時，曉川突然緊張喊道：

「糟了，左面這一半，可能年代太久了，圖紙有點破損，字體分辨不清，光用顯微探測恐怕看不出來！」

「我們還有一臺多光譜掃描機啊，用那臺進一步分析，應該可以解讀剩下的字吧！」阿南難得地說了一個有建設性的提議。

「光譜掃描？……那可是需要一段時間啊，最快多久可以有結果？」江坤擔憂地問道。

「這字跡損毀得太嚴重了，最快也要一整天的時間。」曉川想了一想說道。

「一整天時間？江局長，我們可沒那麼多工夫耗在這裡！」彭少安嗤之以鼻。

曉川受不了彭少安的態度，翻了翻白眼不搭理他。

「沒關係的，曉川，你辛苦了。」李玉才溫和地對曉川說道，曉川禁不住漾出了微笑。李玉才又繼續道：「我們先把前面八個字擷取出來，或許能理出點頭緒，先破解這八個字，說不定就能找到一些線索！」

曉川將掃描的圖檔畫格放得更清晰，阿南隨即利用電腦擷取出前面八字的圖樣，投影在布幕上。

李玉才專心地看著這八個圖案與字型，連彭少安也不得不一起加入思考，希望能推快查案的步伐。

江坤盯著布幕上的字謎重述一遍，喃喃地道：

「極北。陽穴。神龍。遁飛。」

大伙正努力思索著，阿南靠了過來，歪了歪頭看著這八個字，打破大家的沉默：

「極北？欸，寶藏在北極的話可就好玩了，我們還要去搭破冰船，還要躲北極熊……」

阿南興高采烈地說到一半，發現周圍的氣氛更加肅穆，看了看大家的眼神，趕緊揮手說：

「哎呀……開個玩笑嘛！」

大伙對阿南已毫無反應，似乎早就不願理會他無端可尋的胡鬧。

而鎮定的李玉才，腦筋迅速地盤轉著，正經地分析道：

「寶藏不可能離開臺灣，當時香花堂遍尋全島，就為了找一個永久的藏寶地，寶藏一定在臺灣島內，這『極北』二字……有可能是指臺灣島的最北部。」

「嗯！我也認為一定在臺灣，但是第二張圖的『陽穴』怎麼解釋呢？」江坤點點頭。

「『陽穴』？當年鄭成功把這批寶藏視為那麼重要的復國基金，肯定會找一個風水極佳的寶地來埋藏寶藏。陽穴的『穴』可能是指一個山洞、或是某個穴窟，而洞穴又是藏在山脈裡……」李玉才拿起紙筆一邊畫著圖，一邊思索著，似乎有點領悟，接著道：

「嗯……下一個字串是什麼？」

李玉才正要抬頭再看一次布幕時，曉川搶先一步貼心地提點：「神龍。遁飛。」

「『神龍』？地表的山脈在風水學上又叫龍脈，龍脈上的寶地就叫龍穴。神龍……陽穴……『陽』穴？陽者，高明也，也就是說最好的、最佳的，所以這『極北陽穴』就是代表……北臺灣最大的龍穴？」

李玉才沉浸在推理的思緒脈絡中，江坤抓住了李玉才說話的重點，重複道：「北臺灣最大龍穴？玉才，你覺得會是在哪兒呢？」

大伙停頓了一會兒，無聲沉思著。

突地，一句低沉的聲響，貿然地插上了話：「臺北劍潭山！」

沒想到，竟是彭少安的驚天一語。

眾人用著非常驚訝的神情看往彭少安。

劍潭密穴

面對眾人驚疑的眼神，彭少安故表鎮定，清了清喉嚨，挺起身子，踱步走著。

此時，一向對案情分析毫不感興趣的他，卻忽然振奮起來，也決定跟著加入這場難得一試的推理遊戲，便娓娓說道：

「如果是北臺灣最大的龍穴，肯定是劍潭山，錯不了！」

大伙還來不及反應彭少安如此突然熱情的參與，彭少安已命令手下調出衛星空照圖，投影在布幕上，開始正經地解釋道：

「各位，你們看！這是臺北的衛星圖，臺北盆地最早的發展中心其實只有這一塊，從最北邊的制高點七星山頂，一路延伸下來，經過現在的士林區、中山區、來到市民大道，這條就是風水學裡所說的，臺北城的中軸線，再從市民大道的東西兩側往北連接，這就是北臺灣最早的黃金三角地帶，而黃金三角的中心點，就正好匯聚在這裡，劍潭山！也就是你們說的……北臺灣最大龍穴！」

阿南有點愣住，看著眼前的彭少安，疑惑地問道：

「你不是特勤隊的嗎，怎麼還會看風水？」

「風水？這不叫風水，這叫做科學地理，你以為特勤隊就只會耍拳腳而已嗎？要保護國家官員的安全，首先我們要學會把自己負責的地盤搞清楚！」彭少安又是一副威風凜凜的姿態，對阿南的回應顯然嗤之以鼻。

江坤拿出手帕擦了擦汗，吐了一口大氣：

「嗯！彭隊長所言，的確不無道理。劍潭，自古就是一個非常神秘的地方，早在十七世紀，就有鄭成功拋劍入潭，鎮住魚精的傳說，雖然只是個神話傳說，但這已經讓劍潭一帶成為一個傳奇之地了。」

「那也只不過是神秘而已，不見得就是什麼風水龍穴呀！」阿南還是不相信彭少安，走回電腦前環著手臂坐下。

「是不是我們要找的風水龍穴，我想歷史可以證明一切！」李玉才沉思了一會兒，穩重地說道。

說完話，李玉才挑了下眉，看向江坤一眼，江坤便領悟了李玉才的用意，領著一行人，動身來到了文物局的藏寶庫。

文物局的藏寶庫號稱是「看不見的小故宮」，就藏身在文物局一樓大廳雙環石階高臺的正後方，極為隱密的一個處所，其實階梯只是它的障眼法，一般人根本無法察覺出來石階下方竟有個隱藏的倉庫。

藏寶庫裡頭可是收藏著所有國家文物的珍貴資料和圖文書籍，還有尚未公開展示過的古董器物，甚至號稱是高級機密的檔案也不在少數，平時只有文物局特許授權的專業研究員才能進出使用，就連曉川、阿南也未曾實際造訪。

如今為了查辦盜墓案，江坤特別准許開庫，讓大伙得以見識傳聞中「小故宮」的真貌。

一行人來到文物局大廳，只見大廳的石階旁有個小儲藏室，儲藏室裡只擺著一張原木長凳，其他卻空無一物，牆上有一面純白的石壁雕飾，是日治時期遺留下來的歐風雕刻紋樣，看上去像是個石拱門狀，壁面厚重剛硬，頗為堅實，特殊造型的門鎖紋飾也不是尋常得見的款樣。

大伙站在拱門壁雕的正前方，只見李玉才對江坤微微點頭示意。

江坤緊貼著牆壁，悄悄地從領帶夾層裡掏出一塊扁石，扁石的厚度幾乎跟卡片一樣的薄，眾人正摸不清頭緒時，江坤把扁石靠在門鎖紋飾上，突地，聽見嗶嗶聲響，磚牆上竟透著一小片藍光，光面上還緩緩浮現出一堆奇怪的符號。

曉川踮著腳探頭一看，發現那些奇怪的符號，竟是遠古文明的楔形文字。

原來江坤手中的扁石就是這道牆的感應磁卡，看來這堆楔形文字應該就是進入藏寶庫的觸控密碼了，曉川心想，自己在文物局裡跟隨局長那麼多年，竟然不知他身上還有這麼多文物局裡的機密，不禁暗自訝異了一下。

只見江坤拿著小扁石，在許多個楔形文字上連續靠近感應。

不一會，壁雕拱門突然挪擺了起來，向左右兩邊自動橫移，開啟了藏寶庫的大門。

江坤讓給李玉才先行，眾人也跟著進入藏寶庫。

走沒幾步路，燈光便自動逐個亮起，繼續往裡走，果然別有洞天，只見層層疊疊的藏寶盒、藏寶箱堆積如山，箱上都有著特殊的編碼，按照看不太懂的方式擺放著，想見一定都是些從未見過的奇珍古寶和機密檔案，只可惜看不著裡頭的物事究竟為何？

正當大伙探頭探腦的同時，李玉才已逕自走向了另一邊，是一間收藏眾多古籍資料的大書庫。

眾人跟著走進藏書庫，只見李玉才來到一面書架前，緩緩爬上鐵梯，輕輕撫摸著成排成疊的書籍。

雖已多年沒有回到文物局，李玉才依舊對這書庫的方位、擺設，甚至空間配置都非常熟稔。可以想見，當年他不知曾耗盡多少時間在眼前的這座書堆裡研究鑽研，完全不需檢索便直接找起了書。

李玉才在書牆上尋找著，終於搜出一本泛黃的舊書，翻開一看，裡頭都是手書謄寫的鋼筆字，字字清晰，而且全是日文，內頁偶有幾張精美彩繪的寫生圖畫。李玉才認真正翻看著，突然興奮地大吼一聲：

「有了有了，找到了！」

李玉才一手拿著書，一手撐著書牆急忙走下梯，曉川一見便衝上去幫李玉才扶著梯架。

李玉才難掩興勁地拿著書給眾人瀏覽，並說道：

「你們看，這就是當年日本人研究留下的關於劍潭山的檔案。」

只見一幅細緻的彩繪工筆畫，有座看似宮殿的建築矗立在山頭上，浩大的威勢朝著山腳傾瀉而下，繼續延伸的是一條整齊的石板坡道，兩旁立著幾座高聳的外宮鳥居，一派莊嚴肅穆，左右成排的狛犬雕像生動有型，灰白搭色的石燈籠在蒼綠的青山裡，更襯托出幾分古樸雅緻的風韻。

「哇，有這麼漂亮的地方，就在臺北劍潭山？我怎麼都沒見過？」阿南一臉驚嘆地問道。

「李教授，這真是臺北的劍潭山嗎？還是什麼地方啊？」曉川也不敢置信地疑惑著。

李玉才仔細看了看書上的介紹，有所新發現，指著圖文解釋道：

「這本古籍原是一直藏在總督府裡的設計手札，是日本政府秘密繪製的治國檔案，從未公開過。你們看，這邊記錄得清清楚楚，當年一紙《馬關條約》，日本人從清廷手中奪走臺灣，他們不知花費多少工夫，地毯式地研究了整個臺北盆地，不到十年的時間，竟然發現了劍潭山上絕佳的風水，想盡辦法佔領這座山頭，為的就是要在這裡建造全臺灣最大的一座神社，最終在一九〇一年正式完工，號稱臺灣總鎮守，這可是日本人統治臺灣的最高信仰中心啊！」

眾人盯著書中的繪畫，驚讚不已。曉川也靠近李玉才身邊，仔細看著圖書，輕輕唸出還算看得懂的夾雜漢字的幾句日文：

「神社……在日本人心中是至高無上的精神象徵！」

李玉才點點頭，再指著書中的圖片說道：

「嗯，你們看……臺灣神社的地點就蓋在劍潭山的頂峰，似乎不可一世的模樣，向南可俯瞰整個臺北盆地，我想……日本政府就是要利用這個風水寶穴和居高臨下的氣勢，來彰顯國威。這座臺灣神社，後來還升格為臺灣神宮，可見日本政府對這地方重視的程度，這裡也自然成為當年日本人用來宣示征服臺灣島的最佳象徵！」

「果然是個風水寶地，難怪連日本人都看上這裡，看來這個劍潭山，應該就是藏寶的最佳地點了！所以說……字謎上的『極北、陽穴』，一定就是這兒了！」江坤懷著信心說道。

「嗯，正如彭隊長所言，北臺灣最大龍穴……就在劍潭！」李玉才再次肯定地說道。

眾人聽至此，不由地生起一股衝動，沒想到鄭成功復國寶藏的埋藏地，竟然近在眼前。尤其是彭少安，被李玉才肯定過後，對緝盜破案的希望更加有了信心，一副自傲的神情，已溢於言表。

阿南至此也心服口服，心裡對彭少安總算稍微提高了點好感。

但就在此時，李玉才突然嘆了口氣，有點無奈地說了一句：

「不過……很可惜，二次大戰之後，這座臺灣神社幾乎全部燒毀殆盡，如今已經不在，只留下神社的遺址了。」

「啊？什麼，全毀了？那現在遺址上面是什麼呢？」阿南緊張地問道。

李玉才沒有回話，只是對大伙微笑一下，立馬在書架上迅速找到另一本書，翻開其中頁面，眾人好奇湊近觀看，只見書頁上的一張老照片，是一棟古色古香、氣派巍峨的中國宮廷風建築。

「圓山大飯店！」大伙驚呼道。

第六章 遁

圓山秘寶

這日一早，江坤局長率領的車隊正駛向劍潭山的路上。

臺北城的馬路街頭，人車一樣地熙來攘往，如川流不息。

江坤看著堵塞擁擠的車陣，又焦慮了起來，不斷搓著雙手，跟李玉才唸叨著，已經是盜墓案發生的第四天了，眼見七天限期一日日地過去，究竟能否對此案做個了結，心裡始終沒有個底，像是懸掛在心上的謎。

李玉才安撫著江坤，錦匣已在我們手上，也即將前進藏寶之地，只要循著寶物的蹤跡，想必就能引蛇出洞，查清真相！

李玉才表面鎮定，一邊輕聲按捺著江坤，一邊卻禁不住地想起了萬天鳳迷漾的眼睛與秀麗的長髮，心裡隱隱期盼能再見到她，李玉才驀然回神，搖了搖頭，不知道為何這樣的想法竟一再地浮現，難道這當中有什麼無形的力量牽引著，李玉才想不明白。

此時，車隊一路沿著臺北城的中軸線，正行經城市主幹道的中山路，寬廣的馬路，瀰散著一股壯闊氣派。

李玉才望向窗外，想起百年前的此地，曾經是日本皇族御用的「敕使街道」，如今雖已面貌更易，風華不再，但在李玉才的冥思想像中，似乎還感受得到一絲高貴的王氣。道路前頭延伸的正是當年古韻風發的「明治橋」，此橋便是通往臺灣神社的必經之道，也是劍潭山龍穴的唯一進出口，一幅古今交疊的幻影，重現在李玉才的腦海裡，心中暗想著，此處看似蘊藏極上風水的氣絡，不禁讓人深感到復國寶藏驚人的震撼力。

李玉才正沉浸在憶昔懷古的想像中，轉眼，車隊已駛上了劍潭山，眼前正是別有一番風韻的「圓山大飯店」。

一行人在門前廣場下了車，不約而同地仰望高大氣派的飯店，只見充滿濃厚中國風的宮殿大廈，一派巍峨壯觀。

成排的深紅色梁柱，與歇山式屋頂上鋪滿金褐色的瓦片相互輝映，上頭挑起的飛簷斗拱，還立著一排罕見的神獸雕刻，屋頂兩端更矗立著兩尊巨大的龍頭雕塑，著實讓飯店再增添一股皇家的氣勢與壯闊，四周還布滿了蔥蘢蓊鬱的山巒與蒼翠繁茂的巨林樹叢，像是隱隱罩著一層似清非清的籠紗，眾人忍不住再次讚嘆這個神秘的風水寶地，真是代代出傳奇，令人驚豔！

不同於眾人的反應，李玉才則是眉頭一皺，努力暗中思索，此處與復國寶藏的關係究竟為何？

當年二次世界大戰之後，鎮守劍潭山的日本神社遭毀，國民政府來到臺灣，竟也選在這裡建了一棟如此特異的飯店？

忽地，李玉才靈光一閃，想起圓山飯店興建之初，又是專屬高層政要所用，尋常百姓根本無法靠近窺探，為何會如此神秘，難道此地冥冥中真有著什麼不可告人的秘密？

想至此，李玉才突然感覺身後一股莫名的力量逼近。

只見一身勁裝的彭少安下了特勤裝備車後，率領一群幹員們快步走來，急忙吩咐道：

「你們幾個……跟我來，其他人留在這，注意周邊可疑的人，隨時待命，以防不測！」

「是！」幹員們齊聲回答，迅速俐落地部署人力，暗中拿出後車廂的裝備及武器，藏於身上。

著急的江坤領頭跨步前行，阿南便匆匆跑到江坤身旁，請示道：

「局長，你確定我們真的就這樣直接闖進去挖寶嗎？是不是應該要先向上頭申請個什麼搜索令，或是探勘場地的公文呀？」

「沒時間了，光申請就得花上好幾天，我們哪來那麼多閒工夫！」江坤不耐地回道。

「可是這樣不合規矩呀，要不我現在通知曉川，看能不能先幫我們向上頭報備一聲，或是先取得什麼緊急命令之類的……，反正她在局裡也只是做個多光譜掃描，也沒其他的事……」阿南嘮叨地說著，正拿起手機準備撥話。

赫然，被彭少安粗壯的前臂猛然一擋，攔手阻止，彭少安狠盯著阿南說道：

「你聽好，我可是奉了上頭的命令前來查辦此案，我要做的事就是最高命令，有誰敢違抗，你再這麼囉嗦，小心我把你的嘴封起來！」彭少安毫不客氣地奪過阿南的手機，掛掉通話後，強行沒收。

「哎，你……？那是最新款的！你輕一點啊！」阿南瞪著彭少安說道。

「阿南，別廢話了，快跟上！」早已經走向前方的江坤，轉頭斥喝著阿南。

阿南癟癟嘴，抓了抓頭，怎麼江局長一下子就倒戈，對彭少安倒是唯命是從了？

阿南嘆了口氣，沒有曉川作伴和鬥嘴真是有點乏味，一邊快步地跟上了李玉才和江坤，走往飯店正門。

此時，離飯店不遠處的樹叢，有幾道人影交錯其間，原來香花堂四人早已暗中觀察著李玉才一行人，一路跟蹤至此。

萬天龍躲在樹幹後方，緊盯著江坤、李玉才走向飯店，低聲自語道：

「他們怎麼會來這裡，難道寶藏藏在這？」

「大哥，我們都已經跟到這兒了，要不要跟上去？免得丟了線索！」萬天虎急忙說道。

「慢！先別跟得太緊，這裡到處都是國安局的人，當心被發現！」萬天龍壓聲說著，機警地盯著特勤幹員們的動作和行蹤。

「大哥，那現在怎麼辦？」萬天鷹急道。

萬天龍看一下四周，吩咐道：

「我們先喬裝成旅客潛入飯店，絕不能丟了那位自稱將軍府大管家後代的李玉才，這條線索可要看緊，我要看他們到底發現了什麼，看準時機再動手！」

李玉才、江坤、阿南、彭少安一行人已來到了飯店的接待大廳。

廳內裝飾富麗堂皇，盡是大紅色的地毯與圓柱，抬頭一望，挑高的天花板還懸掛著一盞盞雅緻的燈籠，正中間更嵌著前所未見的梅花造型藻井，井中雕有五條龍圍繞著一顆龍珠，氣勢磅礡，足具震撼！

李玉才環視周遭，好不熱鬧，見身旁有好幾隊旅行團正在大廳等待，導遊們在旅行團的前頭，興奮地講解圓山飯店的歷史概況。

只見一個身形矮小，一頭白髮的導遊領著遊客們，啞著聲音但難掩話語中的驕傲說道：

「這間飯店是當年政府為了迎接外賓，特別仿照中國古代宮廷建築風格建造的，你們仔細看，這裡的柱子、房梁、天花板、牆壁……全都雕有『龍』的圖騰，整棟飯店一共有二十多萬隻龍，號稱是臺灣的龍宮！」

「龍宮？玉才，你聽見了沒有？」江坤不禁說道。

「嗯，沒錯！奏摺裡的字串：『神龍。遁飛』！」李玉才點點頭回道。

「哇，你看……這裡到處都是龍，到底哪一條才是神龍？」江坤焦急地盯著天花板的藻井和每一根梁柱。

眾人有點被這座「臺灣龍宮」的氣勢驚呆了，紛紛探頭觀望，企圖尋找什麼線索，想像著寶藏似乎就在身邊一樣。

「各位，等一下再帶你們到二樓參觀，那裡有一隻百年金龍，是當年日本人建造臺灣神社時留下來的唯一遺蹟，那條龍原本是設立在神社的神苑水池，聽說當年日本人非常謹慎，就把金龍擺在劍潭山脈的龍穴穴眼上，過了一百多年，金龍的位置從未移動過，現在已成了飯店的鎮店之寶了，好……我現在發給每人一張……」

正在四處探尋的李玉才和江坤，聽到導遊的這段解說，四目相交，二話不說，快步前往樓上廳堂。

一行人沿著群龍疊繞的大理石階梯，快奔而上，阿南走在最後，還不時地側頭觀看，被樓梯扶柱上的蓮花鏤空石雕吸引住，不禁好奇地伸手摸了一下，石雕瞬間亮起，變成一盞盞燦麗的花燈，阿南著實嚇了一跳，沒想到這麼傳統風格的裝飾，竟還有如此時尚的設計。

就在此時，已喬裝打扮成旅客的萬天龍等人，便悄悄混在旅行團當中，眼見李玉才奔上樓梯，萬天龍眼神示意兄弟們立馬跟上。

正要上樓之時，萬天龍又突然聽見導遊的解說，頓然停下腳步，轉頭細聽。

「對了，忘了告訴大家，在飯店的地下室，還有一條軍用級的秘密通道，是當年專門準備給元首長官們緊急逃生用的，不過現在還是管制區，不隨便對外開放，所以大家經過的時候，就算好奇也千萬別亂闖啊！」

萬天虎被萬天龍的猛然停頓撞歪了帽子，匆匆撿起之後暗聲道：

「大哥，怎麼了？」

「沒什麼，快跟上！」

萬天龍領著香花堂的大伙兒，邁步追上李玉才和江坤的背影。

譯碼破局

江坤、李玉才率先趕至飯店二樓，穿過中廊，周圍的壁繪全是金黃的雲紋雕飾，一路翻騰奔放，金燦奪目，彷彿漫步雲端，引領著眾人前往虛幻的無上天界，過了廊道後，便是一個獨立的小廳堂，廳堂面積不大，但卻被天花板上一片片的龍形雕畫籠罩著，震撼的氣場，懾人心魄。

天花板下方正擺著一座山水噴泉造景，山巔上躍出一條亟欲振身飛天的金龍，扶遙而直上。噴泉造景也不同凡響，旁有花草環抱，隱隱冒升的煙霧繚繞著，猶如仙境一般。

只見金龍蟠曲虯結，鱗身層次分明，璀璨明耀，龍首向上昂吐水柱，龍爪在空中張探，下有假山水盤成底座，彷彿從山林中飛出一條神龍，非凡的氣勢已透露出它崇高的價值及文化氣度。

阿南瞪大雙眼，看著這條襯著圓山飯店富麗堂皇布景的飛天金龍，驚嘆道：

「哇……這就是百年金龍？真的一百年都沒動過嗎？」

「難道……這地方就是龍穴？」彭少安上下左右四處觀察，但除了古色古香的裝潢之外，一時看不出有什麼可疑之處。

江坤不斷繞著噴泉來回踱步，興致昂然地說道：

「沒想到……『極北。陽穴』說的就是這個龍脈的穴眼，『神龍。遁飛』指的就是這條飛天遁地的百年金龍！看來……寶藏就在我們的腳下了！」

江坤難掩內心的亢奮，連日來的鬱悶和焦慮一掃而空，眉宇之間帶著興奮與期待，歡欣地急躁了起來，便拿出手巾擦汗，時而探頭，時而俯身，循著金龍霸氣的姿態走動查看。

彭少安心中懷藏著些許不踏實的想法，覺得甚是疑惑，便問道：

「腳下？江局長，你的意思是說……寶藏就埋在飯店的地底下？」

「很有可能！香花堂把寶藏埋在這麼好的風水寶地，就為了讓鄭氏王朝永保江山，傳世萬代，肯定錯不了！」江坤回道。

「可是……如果真的埋在這裡，當年蓋飯店的時候，應該早就被人發現了呀！」彭少安湊到江坤身邊問道。

「既然是寶藏，哪那麼容易被人發現？這座山頭這麼大，也許寶藏就在山裡的某個不為人知的地方啊！」江坤停下腳步，仔細掃視了一圈金龍底下的假山假水。

「埋在山裡？你是說這一整座山？」彭少安充分地疑惑道。

「你想想看，這麼重要的一批寶藏，得有多少金銀財寶，那得需要多大的地方來存放啊！」江坤信心滿滿地說道。

阿南在旁聽了，便忍不住插嘴道：

「局長，你該不會為了這批金銀財寶，要炸掉這整座山吧？」

眾人正推敲著穴眼上的金龍和寶藏埋藏地點之間的聯繫，議論紛紛。

奇怪的是，李玉才見了百年金龍，卻不發一語，只背著手站在昂揚的龍首前，似乎完全聽不進江坤等人的談話。雖然面無表情，但他眼珠子卻不停轉動，看著龍口吐出毫不間斷的一波又一波的水柱，思緒也不住地翻騰，腦海中突然想起在日月興茶莊裡，和萬天鳳之間的那番對話。

一幕幕始終忘不掉也理不清的場景，又在李玉才的腦海裡，再次浮現。

回想當時，在異常艱險的情況下，李玉才趴在密道口緊抓住萬天鳳的手，不讓她帶著錦匣溜走。

就在急迫又危險的當下，李玉才直言斥問道：

「你敢說你們香花堂不是為了復國寶藏？」

那時，只見萬天鳳睜著一雙明亮的眼眸，堅定地回視李玉才說道：

「你以為復國寶藏就只是一堆金銀財寶嗎？我告訴你，當今世上，誰都沒有資格擁有復國寶藏！」

李玉才的汗珠不斷地滴落，卻仍拚命不肯鬆手：

「什麼？」

那時，萬天鳳的額頭上也沁出了汗珠，潤白的臉龐上帶著昂然的神情，鄭重地說道：

「復國寶藏，非比尋常，千秋萬世，護守朝堂！」

對！尤其是那最後一句：「復國寶藏，非比尋常，千秋萬世，護守朝堂！」

似懂非懂的話語，字字句句猶如鳴震的響鐘，迴盪在李玉才的耳邊，但他卻始終無法解開箇中奧義。

又回想起那時萬天鳳的眼神，當下的心慌和焦急都還歷歷在目，李玉才禁不住繞著金龍走了幾步，暗自揣度，自言自語道：

「所以……復國寶藏不是金銀財寶？……難道寶藏的傳說是假的？復國寶藏怎麼可能會是假的呢？……慢著，不對……不對……不對，全錯了！全錯了！」

江坤正好也繞了一圈，走到李玉才身邊，問道：

「錯了？玉才，你在說什麼？什麼東西錯了？」

李玉才退卻了幾步，倚靠在牆邊，雙手壓抱著頭，甚是懊惱地解釋道：

「不！不！我竟然犯下這麼大的錯誤，一開始我們就被自己的想法給誤導了，全部都錯了！」

「玉才，你什麼意思，說清楚一點！」江坤著急地問道。

「鄭氏時期的臺北，全境都是沼澤濕地，根本就不適合埋藏寶藏，更何況這條金龍……這條金龍是日本時代才有的，不管是三百年前的香花堂，還是王德祿將軍，根本就不知道這回事啊，怎麼會留下『神龍。遁飛』來代表這條金龍呢，唉，全都錯了！看來奏摺裡的那些字串另有涵義，都怪我太心急了！」李玉才解釋道。

「什麼？你的意思是……」彭少安有點不悅，大聲地質問道。

「對不起各位，我們解讀錯誤了，這裡根本就不是什麼藏寶地點！」李玉才一邊說著，微低著頭，一邊就要往樓梯走去，心裡惦掛著曉川正在解開那幾個剩下的字謎，會不會有別的新線索。

「什麼啊？那我們不就白跑一趟了……」阿南失望地嘆了口氣，邁步跟上李玉才。

江坤聽完了李玉才的解釋，卻愣在原地，似乎不敢相信，當年號稱文物界天才的李玉才，竟然在一紙青花奏摺裡迷失了方向，看來這個復國寶藏確實沒那麼容易。但此時更擔憂的是，這麼一來，豈不又浪費大半天的時間了，破案期限在即，再這麼拖下去，深覺自己真的快要扛不住了。

彭少安有點傻眼地看向江坤，一時不知所措，兩人四目而視，卻無言以對。

暗香偷襲

李玉才發現自己對龍形字謎的解譯竟然破局了，神情難掩失落。

就在此時，萬天龍和香花堂一干人，默默穿扮著遊客的裝束，倚在圓山飯店的中廊角落，偷聽李玉才等人的說話。

萬天龍遙望著李玉才的身影，低聲對萬天虎說道：

「看來……那位大管家的傳人，是他們裡面最聰明的。」

「嗯，大哥，我看……要找出寶藏下落，就靠他了！」萬天虎壓了壓帽沿，四處留意了一下特勤幹員。

萬天龍戴著墨鏡，背倚著欄杆，狀似輕鬆寫意，但眼神卻懷著殺氣，直盯著李玉才一行人，便說道：

「你們聽著，待會動手的時候，直接鎖定那位大管家下手！」

萬天鷹貌似輕鬆地來到萬天龍身邊，問道：

「那其他人呢？」

「其他人就別管了，準備動手！」

萬天龍離開欄杆，正預備動身，突然有個手機鈴聲響起，迴盪在中廊之間。

「……慢！」萬天龍急喊停。

李玉才和江坤等人被鈴聲拉住了注意力，發覺手機鈴聲正從彭少安的口袋隱隱傳出，還不斷響著卡通動畫《名偵探柯南》的主題曲。

大伙兒正好奇這霸氣魁梧的彭少安竟然也喜歡看卡通時，彭少安一皺眉，從口袋撈出了阿南的手機，拋給了阿南。

阿南急忙接住手機，一邊不好意思地背對著眾人，低聲接聽電話：

「喂？喔！曉川啊！什麼……？掃描結果出來了！」

江坤一聽，三步併作兩步衝上前去，搶過阿南的手機，親自接聽，與曉川通話：

「曉川，情況怎麼樣了？」

文物局裡，曉川一面和江局長通話，一面操作電腦，查看光譜掃描後的新發現，說道：

「局長，剩下的八個字已經解讀出來了，我傳上電腦，你們應該可以馬上收到。」

「嗯，好，太好了！」

江坤正為這個有如急時雨的好消息欣喜著，突然，曉川又插話說道：

「不過……我這裡還有一個新發現！」

「什麼？還有新發現？」

「我單獨用紫外光線掃描鑑定，發現奏摺上顯現出一些奇怪的圖案和文字，我想……這原本應該是要透過強烈的太陽光照射才會看得到的隱形圖像，但不知道代表什麼意思，我現在把圖像單獨取出，也一起傳過去，你們看看！」

「好，知道了！」江坤一掛上電話，立刻振奮地喚道：「阿南！快，拿電腦！」

阿南打開公事箱，裡頭竟裝著一堆電腦科技的產品，還有些是極少見的電子配備，就連彭少安也好奇地湊近觀看。

阿南動作迅速地開啟電腦，隨即接收到曉川解讀出來的結果，還從公事箱中取出一個不太大的黑盒子，在電腦鍵盤上操作個幾下，不一會兒，便從黑盒子裡列印出兩張畫紙，正是奏摺上的字串和新發現的隱形圖。

彭少安緊盯著阿南看，沒想到平時看上去憨呆的傻樣，竟是個懂得新科技的電腦高手，不禁對阿南另眼相看。

江坤接過了圖紙，立即遞給李玉才，說道：

「玉才，快看！這是掃描出來的剩下八個字，還有……這是曉川在奏摺夾層裡發現的隱形圖像！」

李玉才有點驚訝曉川的新發現，拿著圖紙和先前的半邊字串合併一起，仔細看著奏摺裡的全部字謎，共十六個字：

「極北。陽穴。神龍。遁飛。」

「紅毛。方圓。地城。湧泉。」

「極北陽穴，神龍遁飛，紅毛方圓，地城湧泉。十六個字終於湊齊了！」

李玉才欣慰地說道，但又轉頭看向另一張新發現的隱形圖，神情瞬間一變，充滿著疑惑，暗道：「但……怎麼還有張隱形圖呢？莫非復國寶藏真另有玄機？」

只見隱形圖上一道下垂的圓弧線條，線條中央還插著兩支相對並齊的三角軍旗，各寫上「赤」、「黃」二字。

李玉才想不明白，便從衣袋裡拿出備用的青花奏摺翻拍複製圖，不斷交替對照著隱形圖像，仍思索不出有何關聯。

「真想不到奏摺裡還藏著一張隱形圖，幾百年前的工匠手藝真是了得！」江坤在一旁看著，不禁嘆服道。

阿南也湊到圖紙前，好奇地問道：

「這就是剩下的那八個字啊？紅毛。方圓。地城。湧泉。紅毛耶……是在說紅毛城嗎？」再轉回頭看向李玉才，有點驚恐，不太肯定地問道：「李教授，寶藏該不會是藏在紅毛城吧？」

「紅毛城？寶藏怎麼又扯到紅毛了呢？難道荷蘭人也有參與其中嗎？這個字謎也太複雜了吧！」彭少安接話道。

李玉才凝視著十六個字串，搖了搖頭，說道：

「不，全臺灣有多少荷蘭人留下的遺跡，絕對不會只單指紅毛城那麼簡單，更何況後面還接了一句『地城』，也就是說……很有可能是一座埋在地底下的城。」

「對喔！紅毛城是蓋在山坡上的！」阿南似有領悟地回道。

「不過……看字面上的意思，恐怕也跟荷蘭人脫不了干係！」李玉才肯定地分析著。

「那應該要怎麼解釋？」江坤探問。

李玉才沒敢立即接話，只是深吸一口氣，低頭思索，片刻過後，才緩緩地說道：

「今天，我害了大家白走這一遭，就是太急躁地斷章取義了！你們看……這十六個字在圖上是用八條龍圍成一圈，應該要是把所有的字串連接起來，才能看出端倪的，我們不能再這麼魯莽了！」

江坤點點頭，表示同意，謹慎地再一次誦讀著這串字謎：

「極北。陽穴。神龍。遁飛。紅毛。方圓。地城。湧泉……玉才，這麼多零碎的線索，到底什麼意思呀？」

面對江坤的提問，李玉才依舊沒有回話，只是更專心地看著奏摺夾層中的隱形圖，心想，奏摺裡既然多藏了這個秘密，一定是個非常重要的線索。一道半圓的弧線貫穿了奏摺的左右兩側，中有兩支令旗彼此背向，尤其是令旗的三角旗面上「赤」、「黃」二字最為關鍵，但一時半會兒卻靈感全無，找不著方向。

「你們看看，這兩支相交的『赤』、『黃』旗幟，和這條圓弧線幾乎重疊在一塊，是不是有什麼特殊的關聯？」李玉才淺聲問道，希望藉著大伙的集思廣益來激發更多的想像。

彭少安和幾位特勤幹員也紛紛湊擁到了圖紙前思索著，阿南卻不及閃躲，被包夾在中間，動彈不得，只見他不住地奮力抓頭，似乎想要從被大家包圍住的小空間裡突圍脫身。

此刻，仍躲在廊道邊的萬天龍，眼見李玉才和江坤等人已對周圍疏於防範，甚至連彭少安也放鬆了戒備。

萬天龍機敏地示意弟兄們立刻行動。

只見一道人影忽地竄出，萬天鳳迅速拔鏢，朝前方射出了幾支紅花鏢，幾位幹員應聲倒地，倒下的聲音驚醒了李玉才等人。

香花堂四人以迅雷不及掩耳的速度，狂奔跳躍，猛然衝出攻擊。

「香花堂？蛇出洞了！」江坤嚇得大聲喊道。

李玉才雖也驚慌，但仍穩著腳步，敏捷地將奏摺圖紙藏進衣袋中，他深知香花堂定是衝著寶藏而來，便迅速躲到了牆角邊。

彭少安一回神，扶起受傷的幹員們起身，試圖奮力回擊。

彭少安一邊退後防衛著，一邊用無線電尋求支援：

「目標出現！目標出現！在飯店二樓穿堂，所有人員全速支援！」

阿南嚇得一時腿軟，萬天鳳一個跳馬箭步，迅速欺近了阿南，阿南嘴巴張得偌大，卻發不出聲響，只聽見倏地一聲，猛力一掌落在阿南肩頭，阿南輕喊一聲後，立刻昏厥。

香花堂這招奇襲，來得太過突然，江坤已被萬天鷹的旋風飛腳踢倒在地，彭少安也不及出手，只得一路退守，等待救援。

萬天龍等人的拳式迅猛，毫不留情，趕不上反應的特勤幹員們，全被如暴雨般襲來的拳掌威勁制伏倒地。

香花堂眾人齊力圍攻彭少安，彭少安一人無力還擊，只見萬天龍一記十字分金拳擊出，再使一式雙弓抱月，把彭少安壓制在地。

一陣旋風式的激鬥過後，眾人再次親身體會到古洪拳法的迅猛勁道，個個皆倒地哀嚎。

萬天鳳突然一個眼神閃過，發現躲靠在牆角的李玉才，飛奔上前，一把抓住他，強行押走李玉才，逃往一樓大廳。

李玉才的手臂被反扭著，雖忍著疼痛，卻也無力掙脫，腳步只得隨著萬天鳳的拉扯，掙扎前進。

香花堂四人押著李玉才逃離金龍廳，卻在一樓正門口，撞見正闖進飯店前來支援的特勤幹員。

萬天鳳見狀，竟能一手伏著李玉才，一手迅速出鏢，許多幹員躲避不及，中鏢受傷。同時，香花堂的奇襲也著實驚嚇了所有的遊客，一瞬間，整座大廳只聞尖叫聲四起，又見群眾逃竄。

李玉才被拉得緊靠在萬天鳳身邊，頭一回這麼真切地聽見紅花鏢在耳邊迅雷般的出手風聲，不禁抖了個寒顫。

就在此時，大廳門口又闖進了一批幹員，阻擋香花堂逃逸的出路。

萬天鳳用力扣住不斷掙扎的李玉才，躲到大圓柱後方，急問道：

「大哥，怎麼辦？」

萬天龍觀看四周的情勢，自知不可久戰，便喊道：

「到地下室！」

香花堂四人轉身，再迅速逃往地下室。

彭少安和江坤正按著傷勢，步履踉蹌地跑下一樓，看見香花堂逃逸的蹤影，江坤喊道：

「在那兒，快！」

大廳上，前來接應的幹員們扶著彭少安，說道：

「隊長，你怎麼樣？」

「我沒事，你們幾個走另一邊，其他人跟我來，追！」彭少吩咐道，還一邊要來無線電通話，喊著：

「所有人全速支援，小心他們手上的人質，沒我命令不准開槍！」

遁地渡河

圓山飯店外，日頭已逐漸西斜，將屋頂的黃瓦和窗臺上的紅柱，照耀得金光璀璨，但李玉才等眾人卻無緣得見。

香花堂一行人挾持著李玉才，卻被特勤幹員阻擋逃脫的路線，便轉往飯店的地下室，情勢雖然慌張，但香花堂仍非常謹慎，在地下室昏暗不明的空間裡，急急前進。

萬天鳳走在最後頭，強押著李玉才，緊跟弟兄們隨行，腳步堅定，絲毫沒有因為拖著人質而氣力慌亂。

李玉才一邊扭動一邊喊道：

「你們到底想幹什麼？特勤隊已經把飯店包圍了，他們是不會放過你們的，你們逃不掉的……」

李玉才話音剛落，萬天鳳便瞪去一眼，將手力扣得更緊，斥罵道：

「你給我閉嘴！快走……」

李玉才吃痛忍耐，臉上冒著成串的汗，怎麼用勁也甩不掉萬天鳳剛硬的擒伏掌力，硬被拖著朝走廊的西面而去。就在此時，幾位飯店員工好像聽得外頭有什麼不尋常的喧鬧聲，正好奇走動查看，竟撞見了香花堂。

「欸，你們……你們是誰？想幹什麼？」員工喊道。

李玉才正想喊聲求救，卻見萬天鷹一個飛身騰躍，迅速逼近飯店員工，亮出一把藏身匕首，滿臉兇悍，欲以武力嚇止。

「別出聲！去……滾回去，這沒你們的事！」

員工們驚見此等威脅，倒吸一口氣，原本想尖叫求救的膽子，立馬又縮了回去，紛紛躲回辦公室裡，鎖上了門，不敢妄動。

才剛嚇走了飯店員工，奉命支援的特勤幹員就從東面樓梯追了下來，而彭少安和江坤領著的另一組幹員，也從西面樓梯跑下，準備雙面包抄。

萬天龍赫然發現前後皆無退路，就要被雙面夾擊，便停住了腳步，環顧四周地形。一發現敵人來襲，萬天鳳順勢伸手摸了摸腰際的紅花鏢，已所剩無多了，焦急問道：

「大哥，怎麼辦？」

萬天龍四處繞道，尋找別的出口，突然發現走廊中間有個拐彎處，是一條不怎麼大的通道，通道內只有一扇大鐵門，門前立一牌子，上寫著「管制區域，嚴禁擅闖」。

剎那間，萬天龍想起之前在大廳那位導遊說的話：「在飯店的地下室，還有一條軍用級的秘密通道，是當年專門準備給元首長官們緊急逃生用的……」想必這如此隱密的地方，就是那條秘密通道了！

萬天龍靈機一動，稍微後退幾步，運氣上身，使出一招勁猛的「魁星踢斗」，正面出腳，竟踹開了看似鋼硬的鐵門，瞬間爆發的聲響著實嚇人，接著便喊道：

「快，走這裡！」

但就在鐵門被踢開的當下，突然一陣警鈴大作，響徹四方，萬天龍這飛來一腳，驚動了飯店的保安系統。

頓時，整棟飯店的人更慌亂了起來，只聽見呼喊聲、尖叫聲、奔跑衝撞聲……此起彼落。

萬天龍領頭進入門洞內，只見一片漆黑，一股嗆鼻的潮濕霉味撲面而來，欲伸手尋摸前方，竟觸碰到一層層的蜘蛛絲網，便站在原地愣了幾秒，忽地，一排壁燈突然自動亮了起來。眼前驚現出一條通往更下層的磨石滑梯，曲折蜿蜒，深不見底。

李玉才在一旁看了，也一陣驚訝，心想，難不成傳聞中圓山飯店內暗道密布、機關重重，果真不假，沒想到今日竟是在這種情形下，親眼見證到這棟飯店最神秘的一面，還真是此生難得的另類探勘經驗！

飯店內的警鈴仍鳴響不止，走廊外頭的彭少安和幹員們一追下樓，便加緊腳步迅速衝往地道口的方向，準備進行夾擊。

門洞內的壁燈，終於讓大伙稍微看得清一點，萬天鷹靠在牆邊，踮腳探頭，正想窺探滑梯的底部，一邊問道：

「大哥，這下面是通到哪裡呀？」

「不管了，跳！」

此刻的萬天龍也顧不到那麼多了，只想趕緊躲開敵人的追擊，便率先跳下滑梯，唰唰的聲響在地道裡引起詭異的回鳴，好是嚇人，不一會兒，萬天龍已迅速滑向了下層，絲毫不見蹤影。

後頭兩位弟兄相覷一眼，互相點了點頭，也緊跟著滑下，萬天鳳在最後頭也拉著李玉才硬是跳下。

瞬時，一干人突然消失在地道口，只留下快速滑行的磨擦回響，一陣一陣的，從漸弱至全無，地洞裡只見滑道上因風勢而揚起的塵埃，還在半空懸浮著。

待彭少安一伙趕到地道口時，赫然發現門內空無一人，香花堂所有人似是瞬間蒸發，而江坤也著急尋看，四處都見不到李玉才的身影。

特勤幹員們一個接一個地擠在地道口前，紛紛驚訝問道：

「隊長，這是什麼地方啊？」

「好了，都別擠了，都給我閉嘴！」彭少安大聲喊著，又思索了片刻，決定繼續跟下去，便吩咐道：「你們幾個留在這看守待命，其他人跟我跳下去，追！」

幹員們對這未知的神秘洞穴，似乎有點退縮，不發一語。

江坤在一旁見了，便鼓起勇氣，拉著彭少安說道：

「我也去！」

彭少安點點頭，迅捷地脫掉西裝外衣，縱身跳下。

一行人也只好壯著膽子，緊跟著跳下彎曲而快速的滑梯，一個個幹員們的身影，伴隨咻咻的聲響，一路接連向下，驚險滑行。

原來，這條逃生滑梯貫通著地下通道，是在當年興建飯店時就已暗中設計的，原是為了高層政要躲避戰爭或緊急逃離時所備用，但修建至今卻從未真正地被使用過，也從未曝光於世，如今一見，整條地道的樣貌，除了多了點濕氣和髒垢，幾乎原封不動，完好如初，可見飯店業者仍一直秘密守護著這個神秘之地。

地道裡，周圍的牆面全是厚達數公尺的鋼筋混凝土灌製而成，表面有點凹凸不平，像是加雜了許多不知名的硬物，其防禦的能力足以抵擋地面襲來的炮火攻擊，整條地道就個是與山壁合一的天然掩體，整棟飯店的地層就是個隱而不見的軍事碉堡。

而正中央的逃生滑梯是打磨的石子所鋪設，沿著滑梯而下，一路都有壁燈的光線照明，平順的磨石表面，被照耀得閃閃發亮。

經過一段探險般的溜滑之旅，不一會兒，彭少安一行人已滑至逃生梯的底端，前方似乎只有一條通道可行，道上還積著幾灘污水，彭少安便起身涉水，但他發現此處已經沒了光源，不知壁燈是否故障還是怎麼了，只能靠著身體的觸覺，摸黑前行，就這麼走過了約莫百米長的一段暗黑隧道，突然間，眼神一晃，驚見一道強光襲來，他瞇眼探望，發現盡頭有個坑道門已被撞開，立馬跑近查看，門鎖卻完好無損，可想像是被某種無形的力量震開來，這明顯是香花堂逃離時所施展的掌力所致。

彭少安跟著追出坑道口，終於重見光明，四處張望，只看到一片蔚然蒼綠的樹木環繞著一大片廣場，驚呼道：

「這是……劍潭公園？」

江坤和幹員們跟在彭少安身後，環視公園四周，卻始終不見香花堂的蹤影。

忽地，彭少安一轉頭，掃視到香花堂一行人，狂奔在對面街道，前方不遠就是人來人往的「劍潭捷運站」，他們正拽著李玉才，準備逃往捷運站二樓的高架月臺，彭少安對著手下們狂聲吼道：

「快，他們在捷運站上面……快追！」

彭少安一邊追趕，一邊用無線電緊急聯繫尚在飯店地下室密道口留守的幹員們：

「各單位注意，發現目標！發現目標！正前往劍潭捷運站逃逸。第二小隊、第三小隊，馬上全力支援，你們兵分兩路，從南面包抄！」

萬天虎耳根聰睿地聽見彭少安的喊聲，回頭發現彭少安一行人已過街追上，便提醒伙伴們加速奔逃。

此時，高架月臺上，列車進站的提示聲響起，一輛捷運列車正緩緩駛進，趁著正逢下班眾多人潮的掩護，萬天龍示意大伙準備躲進車廂。

而彭少安正奮力撒開快腿，穿過危險的車陣，狂奔在馬路中央，行進間，仰頭朝向高架的捷運月臺望去，在繁雜的人群中，試圖搜尋香花堂的身影，卻只見到如蜂擁般的人潮擠在月臺邊上，突然，一句清亮的吶喊吸引了他：

「彭隊長，在這裡！我在這！」李玉才瞥見正穿越馬路的彭少安，拚了命地大喊著。

彭少安敏銳地聽聲辨位，立馬拔槍，定睛鎖定香花堂的位置，站在非常危險穿梭車流中，朝向二樓月臺，試圖鳴槍警示，說時遲，那時快，進站的捷運車門突然開啟，月臺上的乘客鑽頭進出，如魚貫而行，打亂了彭少安的視線。就在下一秒，萬天鳳用力拽回了李玉才，一腳踹過去，將他踢進車廂，香花堂等人也迅速擠進車內。

彭少安頓時迷失了目標，左右張望，慌了手腳，正當回神時，捷運車門已然關閉，眼睜睜看著列車隨著高架軌道揚長而去。

就在此時，路口猛然駛來幾輛車，急速煞尾，前來支援的第二小隊、第三小隊正好趕來，遇上彭少安、江坤和其他幹員們。

彭少安等人見到支援人馬來到，便立即跳上車，乘車追趕，跟著捷運行駛的路線，沿著高架軌道，一路追往基隆河方向。

捷運車廂內，萬天龍靠在窗邊，稍稍緩和了喘息，遙望基隆河畔，見到一個老舊的渡口，一旁有座看似荒廢的小碼頭，岸邊還漂盪著幾艘船隻，便暗聲對萬天虎說道：

「他們在下方一路追趕，我們半路要是不逃，就走不了了！前面有個碼頭，到那裡去！」

萬天虎點頭示意，猛然一個肘擊，撞破車窗邊的鐵櫃，啟動緊急煞車裝置，列車突然壓軌煞停，磨擦聲嘎嘎作響，警鈴也鳴叫起來，乘客驚呼四起。

萬天虎再使一記通天拳，竟不需使用任何工具，就一拳擊破車窗，香花堂一行人押著李玉才跳出列車，低身奔走在軌道旁。

行進間，李玉才見勢便逮著時機，用力甩開萬天鳳，掙脫逃走，剛跑沒幾步，就被萬天鳳一個躍身反手，壓制在地上。

李玉才甩著手痛喊道：

「放開我！你們到底有什麼企圖？那些都是國安局特勤隊的人，你們惹不起的！」

「你給我閉嘴！」萬天鳳再出力壓著李玉才，一邊回道。

「盜墓偷寶……這種低俗的手段不像是你們天地會幹的事，肯定有人在背後指使，你們才敢冒這個險，到底是誰讓你們這麼做的？」李玉才放低聲量，繼續逼問著。

「這不是冒不冒險的問題，你根本就不明白這件事的嚴重性，別說是特勤隊，就是調來國家軍隊，我們也不會罷手的！」

萬天鳳的一對明眸，銳利地盯著李玉才，雙頰上沁著流不停的汗水，冷靜的眼神底下卻暗藏隱隱的驚惶。

李玉才也不甘示弱，看向眼前的萬天鳳，激動地說道：

「別怪我沒警告你們，特勤隊可是奉了最高命令來查案，查不出結果，他們是不會放過你們的！」

「好了！別再說了，否則就在一秒鐘之內讓你閉嘴！」萬天鳳不耐地繼續扣緊李玉才的手，伏在軌道邊，盯著高架橋下特勤隊車陣的動向。

「你們到底有什麼目的，為什麼一定要……」李玉才又突然追問。

萬天鳳已不耐煩，突然一掌拍下李玉才的後頸，果然不到一秒鐘的時間，李玉才便一陣暈眩，昏厥倒下。

「天鳳，沒時間了，快走！」大哥萬天龍緊急催促著。

只見萬天龍、萬天虎、萬天鷹刻意躲開特勤隊的視線，找了個絕佳位置，接連順著高架軌道的支柱，攀爬滑下，迅速地來到地面。

萬天鳳則看了昏厥的李玉才一眼，輕嘆口氣，扶起他，揹架在背上，扯下腰間的一條繫帶，把李玉才綁在身後，還護著李玉才的雙手，包夾在兩人中間，似乎深怕傷及李玉才，可見香花堂確有擄人之為，但並無殺害之意。

走在最後的萬天鳳，也緊跟著爬下到地面，眼前正是基隆河畔的小徑。

一路揹著李玉才，萬天鳳感到有些累贅，但腳下的步伐卻看似輕盈，片刻，便跟上了前頭的伙伴們，繼續朝碼頭狂奔。

奔行了一段稍覺荒涼的窄路，香花堂終於來到了渡口，只見一座石碑擺立在河岸邊，萬天龍隨手撥開覆蓋在上頭的一叢雜草，上刻著「三腳渡碼頭」，不禁有些疑惑，此處蔓草叢生，少見人煙，深怕自己逃錯了方向。

這個三腳渡碼頭看似雖小，其實早在百年前，已是臺北城郊極為重要的一個渡口，連接著劍潭、大龍峒、葫蘆堵三地的擺渡船隻，故名三腳渡，曾經繁華一時，不知多少城民和商家，以此渡口為生。如今卻貌似荒廢，風光不再，令人不勝唏噓！

忽地，萬天龍一腳蹬起，躍上石碑，朝河邊望去，卻只看到幾艘有點破舊的龍舟和舢舨橫擺在渡口，神情有些失望。

正當萬天龍疑惑地思索著，萬天鷹一句喊聲叫住了他：

「大哥，快過來呀！快看，那裡有船！」

萬天鷹跑到碼頭另一邊的木棧橋上，揮手吶喊著，發現河上漂著兩艘快艇，看似有船主暫泊於此。

萬天龍眼神一亮，隨即幾個騰躍，跳到其中一艘艇上，用力扯壞油箱電瓶，三兩下就毀了這艘艇，接著招呼伙伴們快搭上另一艘快艇。

萬天虎迅捷地跳上船，拉動了幾下開關，準備啟動引擎。

萬天鷹便幫著三姐天鳳，搭著手把李玉才拖上快艇。

但就在此刻，特勤隊的車隊還是發現了香花堂半路逃脫的行蹤，便一路追趕到了碼頭。

彭少安和江坤不顧尚在急駛的車輛，一轉進碼頭便開門跳車，幾個翻滾後，追上前去。

萬天龍見狀，便緊張地叫喊道：

「天虎，快！快發動啊，他們追上來了！」

江坤眼見著李玉才正被抓上快艇，急聲喊道：

「玉才……他們抓走了玉才……他們上船了！彭隊長，快！快去救玉才啊！」

赫地，一陣隆隆聲響，隨著震動傳來，萬天虎終於發動了引擎。

萬天龍立即把著船舵，快速啟航，船尾鼓著一波波的水浪，激起動盪的波瀾，香花堂一行人便沿著基隆河，往西北邊的出海口航去。

彭少安眼神敏銳，機警地領著江坤緊跟跳上另一艘快艇，彭少安拉動開關，卻毫無反應，才發現引擎已被破壞，無法發動前進。

彭少安著急地拔槍，朝香花堂行駛的快艇瞄準，猛射幾發子彈，卻無濟於事。

萬天龍駕駛的快艇飛快地行駛在基隆河上，碼頭邊，只留下一陣嗆鼻的汽油味和水面的盪漾餘波。

香花堂一行人的身影，漸漸墜沒在昏沉的夕日當中，逃逸無蹤。

第七章 破

滬尾風華

春風拂岸，枝頭影曳，點點星辰浮空閃爍著，皎潔的月色在河面上灑下一片銀光，映照出一座古樸的淡水小鎮。

這是北臺灣的初夏之夜，卻更勝「銀漢無聲轉玉盤」的秋節佳景，襯著山河相連的自然壯麗，多了一分滄桑雄渾的美感。

只見幾艘遊艇停泊在淡水河岸邊，靜謐的夜幕讓平時熱鬧的淡水河岸別有風情。岸上，幾條街市的華燈閃閃熠熠，使得遠方一座小山丘上的建築群，隱隱現出紅棕色的形影。

早些時候，萬天龍帶著香花堂的伙伴們，乘著快艇，沿基隆河順流而下，經過叉口接連到了淡水河，一路繼續奔逃，最終逃至淡水紅毛城內的前英國領事官邸，躲在一間維多利亞風格的石磚樓裡。就憑香花堂的本事，設法躲過古蹟內眾多保全的監視，自然不在話下。

在磚樓裡，室內燈光昏暗，只有外頭的月光灑落，隱隱能瞧見彼此的臉。

李玉才獨自被反綁在一張木椅上，仍昏迷不醒。

萬天虎猛然往李玉才臉上潑了一盆水，李玉才倏然驚醒，抬頭環顧四周，輕聲說道：

「……這是哪裡？」

香花堂眾人緊盯著李玉才，噤聲不語。

李玉才的雙眼逐漸適應黑暗之後，往窗口外看到一棟高大的紅磚堡樓，在月光下依稀可見出其古樸但不失過往的華麗。

李玉才驚訝地啞然道：

「紅毛城？你們……你們竟敢擅闖國家古蹟？」

「我們找遍了方圓幾里，只有這裡是最好的藏身地點！」萬天虎用粗獷的低沉聲音說著話，本來一身帥勁的遊客裝扮，早已因四處奔逃而濕透，在晦暗不明的空間裡，隱隱可見他不耐地扯著裝束，露出精壯的上身。

李玉才掙扎了一下，發現身體、手腳都被綁繩固定住，便晃著身子喊道：

「把我放開……你們到底想幹什麼？」

萬天鷹一步步地逼近李玉才，輕率地說道：

「聽說……你是將軍府大管家的傳人？竟然連我們堂內的香號都說得出口，究竟還知道我們多少秘密，快說！」

萬天鷹手上的短刃直直地指向李玉才，李玉才雖然害怕，但也毫不示弱地怒目相對。

此時，一個黑影現身在門邊，仔細一瞧，是萬天龍走來，正看見天鷹的挑釁，立刻喊聲制止道：

「天鷹！不得無禮！快鬆綁！」

「大哥……？」

萬天鷹憤憤地用力切開李玉才手上的捆繩，逕去一旁坐了，轉頭看著窗外朦朦朧朧的月光，不發一語。

李玉才活動活動了手腳關節，站起身抖抖筋骨，一邊盯著房內的香花堂眾人，一邊伸手去找衣褲口袋裡的東西，卻什麼也找不著。

萬天龍進屋，覷了李玉才一眼，語調平和地說道：

「不用找了，你全身的東西我們都搜過了！」

「如果你是在找手機的話，就省點力氣吧！已經被我們丟到海裡了！」萬天虎接話道。

「什麼？」

「我們還沒笨到把這麼大的追蹤器給留在身邊。」

李玉才怒氣騰燒，卻暗忍於心，不敢妄動，繼續摸尋著衣袋。

萬天龍緩緩走了過來，在李玉才眼前站定，拿出幾張圖紙，沉穩且鄭重地說道：

「大管家，你要找的……是這個吧！」

李玉才抬頭一見，萬天龍手中緊握的，竟是原本藏在自身口袋裡的青花龍紋奏摺圖！

「如果我沒猜錯，這應該就是金貝錦匣裡的東西吧！大管家，我想……我們得好好來聊一聊了。」

李玉才直瞪著萬天龍，心中懷著憤恨卻緊閉雙唇，不知該如何應付。

見李玉才噤不發聲，萬天龍便拿了一把椅子，端放在一方長桌的前頭，示意有請李玉才進座，語氣變得非常溫和地說道：

「大管家，把你請來這裡，其實是迫不得已！至於盜墓一案和金貝錦匣之事，我萬天龍願盡己所能，知無不言，你看這樣行嗎？」

萬天龍默等著李玉才的回應，而李玉才看著眼前似乎頗為誠懇的這位香花堂主，內心好是疑惑，他那原本粗獷帶勁的聲線，怎麼突然變得如此溫雅又厚禮，難道有詐？雖然深知不該這麼輕易相信對方的話，但現下的一切已讓他束手無策，不知該如何回應這個是敵還是友的坦誠之言，眼下，也只能警戒地回視著萬天龍，腦袋同步迅速翻騰，想著是否有什麼應對的逃脫之計，於是，兩人就這麼相望了許久。

時分已近午夜十二點，月光浮動在層層雲靄之後，幾抹輕柔的白雲繚繞在月色周圍，清透的月色時隱時現。

在淡水紅毛城的一隅，正是前英國領事官邸，角屋裡的李玉才和香花堂等人仍然圍坐在內廳，互相凝視著，寂靜而肅然的空間，瀰漫一股詭異的氣氛。

而萬天鳳趁夜摸黑，從館外提供遊客飲食的午茶攤裡，悄悄偷來了一組歐式茶具組，回到屋內後，便冷靜地泡著茶，但這回沒有擺上神秘的茶碗陣，少了些互動的生死遊戲，李玉才只是默默地品著萬天鳳的茶藝，依舊沉默不語。

「喂……李大管家，茶都已經泡了三回了，既然都坐下來了，就別光喝茶不聊天呀！」萬天虎終於不耐地說話，打破了寂靜。

「你們既然知道我是王將軍府的人，和你們香花堂是百年宿敵，有什麼好聊的！」李玉才淡淡地回道。

萬天龍啜了一小口茶，不慍不火地解釋著：

「李家兄弟，我還以為時間會沖淡我們之間的恩怨，沒想到……幾百年都過去了，你還是把我們當敵人。當年我們的祖先不過是奉命行事，各為其主，況且我們香花堂……也絕不是你所想像的那樣啊！」

「不是我想像的那樣？那你們又為何要盜王將軍的墓？」李玉才挑著眉說道。

「憑你的聰明才智，應該早就猜出來了……因為王得祿搶走了我們的藏寶圖！」萬天龍輕輕放下茶盞，說道。

「你們的使命只是守護寶藏，王將軍都已經入土百年了，為什麼還那麼在意一個死人墓裡的藏寶圖呢？該不會是後面有什麼人給你們壓力吧？」李玉才還是不相信萬天龍，試圖逼問套話。

萬天龍嘴角一揚，似乎在暗笑著李玉才無謂的提問，便將茶一飲而盡，娓娓道來：

「大管家，別來這套了，拐著彎地想套話，不必這麼麻煩，我剛才說過了，只要你肯相信我們，對於這整件事，我定會知無不言……其實當初，王得祿雖然派人搶走了香花堂的藏寶圖，但後來藏寶圖還沒來得及送到清朝皇帝手裡，就陪著王得祿殉葬了，當年的香花堂主為了平息這場百年來的恩怨，索性就讓寶藏的秘密，永遠埋在王得祿的墓裡，甚至直到今天，就連我們身為香花堂的傳人，也都不知道寶藏的真正下落……」

萬天龍話未言盡，李玉才便搶著說道：

「所以你們就偷回藏寶圖，想要找出寶藏佔為己有？」

萬天虎在一旁聽了，皺了皺眉頭，插嘴說道：

「你錯了！我們香花堂守護寶藏的使命，是永遠不會變的！」

「難道你們偷藏寶圖，不是為了找出復國寶藏嗎？」

此時，萬天鳳正一邊提壺注滿茶杯中的熱茶，一邊以通透的眼神盯著李玉才，清清楚楚地回應道：

「我早就跟你說過了，我們不是要盜寶，而是為了護寶！」

「護……寶？」李玉才非常疑惑地回應著，擺明不相信萬天鳳所說的話。

「大管家，我們費了那麼大力氣，只把你一人請來，就是把你當自己人，想讓你知道事情的真相。」萬天龍說道。

李玉才心想著，用如此蠻橫的手段把我強押而來，還口口聲聲好意思說「請」。不過轉念一想，眼前這幾位天地會眾，雖然看似霸道剛猛，行事又獨特，但言談舉止中確實藏有一股豪俠之氣，不似亡命歹徒，難不成這起盜墓案真如萬天龍所說的另有真相？想至此，便好奇地問道：

「到底什麼真相？」

萬天龍突然起身，走向窗邊，若有所思。

萬天鷹便知大哥的用意，跳至門邊，左右探望，把著風，深怕有人發現。

萬天龍踱步走著，清了清喉嚨，緩緩說道：

「三個月前，我們收到風聲，有一個號稱『牡丹幫』的組織，不知從哪探聽到了復國寶藏的傳聞，還發現藏寶圖就埋在王得祿墓，聽說這個『牡丹幫』是個國際黑市的大盤口，專門盜取各地的國家文物，再用高價轉手賣出。復國寶藏……這麼大筆的生意，他們一定不會放過，所以我猜想他們一定會先派人盜取藏寶圖，找出寶藏！」

萬天龍越說越激動，便繞到李玉才跟前，再湊近說道：

「而偏偏就在前不久，那群立法院的政客們，竟然搞出一個什麼國寶法案，讓王得祿墓突然從一個私家墓園，變成文物局管轄的國家古蹟。我們擔心文物局在接管的過程中，會發生什麼變數，只好先下手為強，搶在文物局正式接管前、尤其是『牡丹幫』動手之前，一定要先奪回藏寶圖，否則寶藏的下落恐怕就洩露出去了！」

「你說什麼？牡丹幫？我怎麼從沒聽說過？」李玉才飛快地思索，質疑道。

「哼，就連我們在江湖上混了這麼多年的，都沒聽說過，更何況是你！」萬天鷹靠在門邊，稍微壓低著聲音回道。

「也許這『牡丹幫』只是一個代稱而已……不過不管他們是誰，這幫人的來歷絕對不簡單！」萬天虎說道。

「我憑什麼相信你們？」李玉才激動地問。

「憑你對我們天地會的了解！雖然這幾百年來，一直被世人認為是混跡江湖的地下幫派，但我們能夠混上三百多年，絕對盜亦有道！」萬天龍正氣地回道。

李玉才沉吟了一會兒，原來這盜墓案背後還有這麼多複雜的因素，心暗想，我才退隱了幾年，這文物界就掀起這麼大的變化，竟然還有自己從未聽聞的暗黑組織赫然竄生，聽萬天龍的描述，這個「牡丹幫」似乎是個龐大而嚴密的系統，背後的因素恐怕沒那麼簡單，想至此，突然抖了一個冷顫，讓他不禁感到無比恐懼，便疑惑地說道：

「這個『牡丹幫』我確實完全不知所以然……你說的這些……」

「大管家……你還是不相信我們？」

「憑你對我們的了解，要不是為了護寶，你應該知道我們香花堂是不會做出違背天地良心的事來的！」萬天龍變得有些激動。

「在茶莊的時候，我就警告過你了，現在就因為你跑出來攪局，打亂了我們的全盤計畫！」萬天鳳突然對著李玉才指責道。

「計畫？你們不就是要守護寶藏嗎？藏寶圖現在不是已經被你們拿到……喔不，應該說是『搶』到手了！如你們所願，還不好嗎？」

「你以為我不知道這個是複印本，真正的藏寶圖還在文物局，要是有什麼閃失，寶藏可能就先落入賊人之手了！」萬天鳳的聲線雖然冷靜，但仍難掩焦慮。

「文物局……？文物局可是保護古文物最好的一個地方，有什麼好擔心？」李玉才說道。

「但如果真不小心被牡丹幫發現了，一個小小的文物局，能招架得住嗎？」萬天虎反問著李玉才。

李玉才將事情冷靜地分析清楚之後，覺得對方說的話也不無道理，便抬頭正色對著萬天龍問道：

「牡丹幫？……那你們想怎麼樣？」

萬天龍眼盯著李玉才，頂著魄力，大聲回道：

「在牡丹幫動手之前，破解藏寶圖，找出寶藏！」

驚世御寶

「破解藏寶圖，找出寶藏！」

這句簡潔有力的話語，聽在李玉才的耳邊，猶如轟雷貫頂，頓時，喜憂參雜的情緒油然而生。喜的是，只要一遇到解謎、探險、挑戰什麼之類的，他便瞬間眼神一亮，彷彿要闖蕩一場破關遊戲，令他立馬變得超級專注，甚至會愉悅到忘我的境地，就連幾分鐘前還視之為敵人的香花堂，都有可能變成共遊的好伙伴，在古文物界打滾了小半輩子，這是他最傲人的長才，當然也是最致命的缺點。而他憂的是，依憑多年對古文物研究的經驗，想要在臺灣這塊土地上尋寶，談何容易。臺灣地界雖小，但歷代夾雜的史料和異常多元的文化，是最難突破的關卡，更何況眼下面對的，更是失傳三百多年的復國寶藏，先前因為一時大意，已在劍潭山上白繞了一回，再想到錦匣裡的藏寶圖又似圖非圖，暗藏玄機，豈是那麼簡單。種種的憂慮，比起解謎的興奮，似乎更讓李玉才心生不安。

一番思來想去過後，內心再怎麼不安，人都已經被「請」到這兒來了，再試它一試也無妨吧，更何況剛才聽到萬天龍如此魄力的一語，確實也激發骨子裡不顧艱困、冒險犯難的精神！此刻究竟該進該退，突然變成兩難的課題。思慮了許久，李玉才對香花堂試探地問道：

「所以說……找出寶藏，就是你們把我『請』過來的真正目的？」

李玉才環視眾人，看到香花堂的大伙兒默默點了點頭，稍稍恢復了理智，又好奇問道：

「……這批寶藏真有那麼珍貴，值得你們香花堂三百年來，世世代代守護著它？」

「看來……你還真不明白什麼是復國寶藏！」萬天虎回應道。

「復國寶藏……不就是當年顏思齊留給鄭氏王朝的金銀財寶嗎？」

「你太天真了……」萬天虎搖了搖頭。

「大管家，這錦匣內的藏寶圖，我想你應該都看過了，難道就沒發現什麼嗎？」萬天龍拿起藏寶圖，提醒著李玉才。

李玉才接過圖紙，再仔細看了一眼，說道：

「這是一張八龍奪寶圖！八條龍都面朝著方形的中心點，所以我猜想這個中心點，應該就代表寶藏！」李玉才撇頭思索著。

「聰明，但……只說對了一半！」

「什麼意思？」

「其實這些龍代表的是真龍天子，也就是中國的歷代帝王，而這個『方形』的東西……正是歷代皇帝都夢寐以求的稀世珍寶！」

萬天龍試圖給了李玉才更多線索的提示，並盯著李玉才的反應。

李玉才愣了一會兒，思索片刻，自言道：

「歷代帝王都想要的東西？……不就是皇權嗎？一個方形的皇權象徵？」

李玉才試著用雙手比出一個方形框框，對照在藏寶圖上的圖騰，腦袋不斷翻攪著，揣度地說道：

「『方』形的皇權象徵……難道寶藏是一『方』印璽？」

「厲害！不愧是將軍府大管家的傳人，大哥，我們果然沒找錯人！」萬天虎興奮地撫掌道。

「真的是印璽？到底是什麼樣的印璽這麼神秘，值得你們犧牲性命、代代守護著它？」

李玉才更加好奇地問道。

萬天鷹一旁聽了，隨即關緊門窗，走向桌邊，依舊是一副不耐的態度說道：

「那可不是什麼普通的印璽！」

「那是什麼？」李玉才環視著眾人，亟欲得知寶藏的真相。

只見萬天龍拿起藏寶圖，閉上眼睛，深吸一口氣，緩緩嘆道：

「那是一個兩千多年前的天下珍寶！」

「兩千年前……？」

萬天龍伸手撫摸著藏寶圖中心點的方形圖騰，眼神深邃，若有所思，娓娓道出寶藏的身世：

「是的！兩千多年前，也就是西元前二二一年，秦王嬴政滅除六國，統一天下，創立秦朝，秦始皇也成為中國史上第一位皇帝，為了彰顯皇權，秦始皇命令工匠搜集全天下最珍貴的藍田美玉製成一枚『天子玉璽』，象徵真命天子的神授之權，並作為秦帝國的傳國之寶，和皇位繼承的信物。直到漢高祖劉邦奪得天下，他便拿到了這枚玉璽，創建漢朝後，從此這枚天子玉璽，就成為歷代帝王被天下人認可為正統政權的必備之寶，史稱……」

「……傳國玉璽！」李玉才下意識地順口接了話，但神情卻異常驚訝。

萬天龍回到桌邊，緩了緩氣，啜了口茶，點頭回道：

「嗯，沒錯！得國璽者得天下！」

聽聞至此，身為文物專家的李玉才，自然知曉「傳國玉璽」這號古文物，但這個突如其來的爆炸性真相，實在是驚奇地太令人無法接受。李玉才不斷地翻轉腦海裡的資料庫，內心頓時激起了數千年來的歷史浪濤，試圖奔踏在浪尖上，以居高臨下之姿，逐一探索關於這枚「傳國玉璽」的前世今生。

自從秦始皇下令建造這枚曠世珍寶之後，傳國玉璽輾轉相傳，歷經漢、唐、宋、元等朝的帝王之手，直到元朝末代帝王——元順帝時，卻發生了史上最大的劫數。

當年，眼見將成為末代君王的元順帝，被明朝軍隊一路追擊趕殺，但他並不願投降，而是選擇棄守京城，帶著心愛的奇皇后和『傳國玉璽』北遷朝廷，正是史稱的北元王國。明太祖朱元璋得知此訊，為了追回國璽，下令幾番征討，卻始終沒有結果。傳聞，元順帝病逝，由太子即位，便私下差使皇室親信帶著傳國玉璽，跟隨奇皇后悄悄逃回她的祖國高麗，經朝鮮半島流亡海外，至此，『傳國玉璽』便不知所終……。

傳國玉璽這一長串的曲折遭遇，在李玉才的腦中滾滾翻出，訝異的神情也從不間斷。

萬天龍見李玉才正暗自沉思，現出一副難以置信的眼神，便接著開口說道：

「大管家，我知道你在想什麼！你一定想說『傳國玉璽』……」

「……不是早就失傳了？」

「是，在你們這些文物專家的記憶中，國璽的確失傳了。」

「難道不是嗎？」

「但你可知道，自大明朝開國以來，國璽在海外漂流了數百年，當天下人都以為國璽下落已成懸案的時候，誰也料不到……」

「料不到什麼？」

「世事就是如此難料啊！當年，海盜顏思齊竟在東海之上，掠奪了一批船隊，誰曉得這批船隊，正是那群逃亡海外的蒙古皇室後裔的船隊，顏思齊意外發現這枚稀世珍寶，竟讓傳國玉璽重見天日！」

「什麼？你是說……當年顏思齊掠奪而來的寶藏竟然就是……」

「沒錯，顏思齊最後還把它帶到了臺灣這座小島，秘密留存下來，並傳給了鄭家父子。直到……」

「直到什麼？」

「接下來的事，你應該就比較清楚了。直到被清朝皇帝發現了這個驚世寶藏，便一心想要奪取，但國姓爺寧死也不願交出國璽、更不願投降清廷，為了避免清廷搶奪國璽，他便下了一道密令，命令天地會把國璽埋藏起來，而我們『香花堂』正擔負了這個最重要的使命，世世代代守護著這一枚在臺灣島上的千古國寶！」

李玉才聽罷了萬天龍的描述，忽然想起萬天鳳曾經說過的話，便自言自語道：

「『復國寶藏，非比尋常，千秋萬世，護守朝堂』……？沒想到復國寶藏竟然是傳國玉璽？而傳國玉璽就藏在我們臺灣寶島？真不敢想像……那可是幾千年來象徵皇權的天下至寶啊！也是我們文物界一直解不開的千古懸案……你說的都是真的嗎？」

萬天龍苦笑一下，再提醒道：

「大管家，你想一想，當年駐守臺灣的鄭家軍隊不過才四萬人，要不是手握這枚象徵皇權的國璽，鄭家人哪敢在一個小小的臺灣立足，哪來的本錢和擁有百萬雄兵的大清國分庭抗禮呢？」

至此，李玉才似乎有所領悟，正整理著繁亂的思緒，萬天龍又突然感嘆地說了一句：

「唉……不過很可惜！這幾百年來，始終沒人真正見過這枚傳國玉璽！」

「我見過！」李玉才激動地回答道。

「啊？」香花堂眾人驚訝地看向李玉才。

「喔不！我是說……我在史書上見過！」李玉才緩過神來解釋著。

李玉才低著頭，努力回想曾經讀過的古籍資料，憑著記憶說道：

「據史書記載，傳國玉璽方圓四寸，是由昆山之玉，也就是秦朝人所說的藍田玉雕琢而成，印把上有螭虎、燕鳥紐，印面上還刻有秦朝宰相李斯親手寫的『鳥蟲篆書』。」

「什麼書？鳥蟲？」萬天鷹疑惑地問道。

「那不是書！那是一種失傳的書法。據說，李斯在印璽上寫了八個字的鳥蟲篆書：『受命于天，既壽永昌』。」
「受命于天，既壽永昌？也太霸氣了吧！可惜呀……秦始皇怎麼也料不到他的王朝竟這麼短命！」萬天虎在一旁自語著。
「對了，書上還說……這枚玉璽遇熱生煙、入夜發光，玉質堅硬，還刀槍不侵，是中國歷史上……喔不……應該是說在全世界，沒有任何一件古文物比它還珍貴了！」
萬天鷹雖然蹲坐在角落，倒是凝神地聽著李玉才的解析，禁不住說道：
「會冒煙，又會發光……還刀槍不入？」
「嗯，要是傳國玉璽真的被你們說的那個『牡丹幫』給拿到手，再盜賣出去的話，那可是名副其實的天價呀！」李玉才說道。
「所以……這就是我們香花堂存在的目的啊！」萬天虎點頭道。
「大管家，你現在應該知道，我們香花堂為什麼世世代代都甘願犧牲性命來守護這個寶藏了吧？」萬天龍看著李玉才問道。
「難道你們就沒想過把它獻給國家？」
「要獻給國家，也得先把它給找出來呀！」萬天虎一旁說道。
倚靠在窗邊的萬天鳳，也終於對著李玉才說話，從旁提醒道：

「國璽的價值非比尋常，如果就這麼把寶藏的秘密隨意公布出來，怕會引起更大的騷動，要是國璽被更多的不肖分子給盯上，後果不堪設想……」

李玉才聽完一輪香花堂四人的多方解釋，又陷入沉思……復國寶藏的真相是很勁爆，甚至聽來有些不可置信，但他們個個說得頭頭是道、有模有樣，想在我李玉才面前擺弄如此厚博的文史學識，應該不至於敢胡矇亂來吧！況且整件事的因果來歷又如此契合無誤，合情切理，毫無破綻。再者說，若他們只想利用我，大可不必對自己說出那麼多內幕隱情，如此想來，他們說的不就都是真的囉？李玉才再仔細打量每個人的神情體貌，隱隱感受到一股俠義正氣，經過一番深思明辨，李玉才總算稍稍理清香花堂的真面目和盜墓的背後真相。嗯……看來這幾位深藏不露的高手，確實不是什麼草莽之輩，而是重情重義的護寶使者！沒想到傳說中的天地會裡，果真臥虎藏龍啊！李玉才驀然轉念後，態度漸漸放軟，有點歉疚地說道：

「如果你們說的這些都是真的，意思是……我一直都誤會你們了？」

「大管家，你是怎麼想的我不曉得，事到如今，該說的我們都說了。天地會眾三百年來從一而終，對於我們認定是自己人的朋友，絕對是坦承相待。尤其……是像大管家你這麼善良又正派的人，就更不用說了！」萬天龍回道。

「呃……那……那倒是！」被萬天龍這麼一說，李玉才尷尬地笑了一下，回回神，又繼續說道：「好，算我相信你們！不過我有個疑問，既然寶藏的真相你們都知道了，藏寶圖你們也得手了，那還要我做什麼？」

「我們只知道寶藏是個什麼東西，至於要找出當年埋藏寶藏的下落，這就得靠你了，智勇雙全的大……管……家……，你說是吧？」萬天龍把語調刻意放慢，順勢拿出藏寶圖，又遞給了李玉才紙筆，一臉期盼能得到李玉才的協助。

李玉才看了一眼萬天龍，頓了幾秒，接過紙筆，最終還是定了決心，願意為香花堂破解難關，而再次重新挑戰藏寶謎題的這一刻，內心的興奮又開始漲騰起來，他一邊思索著，一筆一畫地在紙上寫下奏摺的十六個字謎。

「極北。陽穴。神龍。遁飛。紅毛。方圓。地城。湧泉」

李玉才寫罷，不自覺地摸著脖子上的「上清珠項鍊」，凝神思索。

只見這顆價值匪淺的上清珠，珠心裡閃爍著微微光影，隱隱有機械聲傳出，原來裡頭早已暗藏著袖珍型的電子儀器，正暗中地監聽著李玉才身邊發生的一切。

真龍密語

國家文物局的局長辦公室，門窗緊閉著。

窗邊有個高大的身影剛摘下耳機，扯開衣領散著熱，緩緩坐了下來，正是國安局的特勤隊隊長彭少安。

「看來香花堂的人還真不簡單，這麼快就說服了李玉才，加入他們的陣營了，你這招欲擒故縱還真管用！」

文物局長江坤則背對著辦公桌，說道：

「要不然老闆怎麼放心把這件事交給我呢！不過幸好李玉才這個書呆子什麼都不知道，還沒發現我們和牡丹幫的事。」

彭少安拍拍領子，站起身，走到江坤身邊，輕聲說道：

「但為了追蹤他們，可損失了你那顆寶貴的上清珠呀！」

「嗤……比起傳國玉璽，一顆珍珠又算得了什麼！沒想到復國寶藏真的是傳國玉璽，這筆生意……老闆果然沒看走眼！」江坤笑了笑，擦了擦汗，接著說道：「我們就等著吧！現在李玉才在香花堂手上，只要有他在，幫著重新解密，寶藏應該很快就能找到下落了！」

突然，桌邊一位特勤幹員正操作著監聽儀器，說道：

「隊長，有動靜！」

江坤和彭少安互相點頭示意，隨即拿起耳機，繼續秘密監聽著遠方的對話。

古樸的淡水小鎮，星月斗轉，一道銀光斜灑在紅毛城上，香花堂一干人仍躲避在屋內，等待著「大管家」李玉才破解謎團。

凝神思索，李玉才再次全面地檢視著龍形字謎，不斷重複自語道：

「極北陽穴……紅毛方圓……紅毛……？紅毛！」

「大管家，我勸你別打這座紅毛城的主意了，因為在你被我潑醒之前，我們已經把這裡全搜了個遍，沒有任何線索！」萬天虎鄭重地說道。

「如果字謎上指的真是紅毛的話……一定也是跟荷蘭人在其他地方遺留下來的古蹟有關！」萬天鳳也推敲著說道。

「荷蘭人在臺灣留下來的古蹟那麼多，難道要一個個去找嗎？我們沒有那麼多時間了！」萬天鷹在一旁質疑道。

李玉才點點頭，又舉起筆，在紙上畫線、圈點，試圖分析著：

「神龍遁飛？萬大哥，你剛才說……國璽代表皇權，象徵至高無上的權力，而皇上就是真龍天子，所以這個『神龍遁飛』……就是說這天子之龍已經遁走，也就是被埋在地底下了！」

「這還用你說！寶藏當然是埋在地底下呀，問題是在地底的哪裡呢？」萬天虎問道。

李玉才刻意圈起了「地城」兩字，推測道：

「……在地底下的一座城？」

「地底下的城？地下街我去過，地下城？臺灣島上有這種地方嗎……我怎麼沒見過？」

萬天鷹抬頭問道。

「既然是在地底下，就沒那麼容易被你發現！這個地下城一定跟某個荷蘭人留下來的遺跡有關！」李玉才想了想，說道。

「大管家，如果這些字串都有了初步線索，那最前面的『極北陽穴』呢？」萬天龍點點頭，說道。

「這……？我還是猜不透『極北陽穴』是什麼意思。」

李玉才不敢再妄下推論，先前的失誤就是敗在這「極北陽穴」四個字上，便改趨於保守地分析著：

「我想……這四個字一定是藏寶地的關鍵點，只要解開這四個字，就能縮小藏寶地的搜索範圍。」

萬天鳳在一旁拿起了曉川意外發現的「隱形圖」，連同奏摺表面的「八龍尋寶圖」，遞給李玉才說道：

「你忘了這個，這也是在你身上搜到的，或許這些字謎要同時配合這兩張圖才解得出來！」

李玉才微微一笑，接過圖紙，攤開「隱形圖」，突然回想這是曉川使用光譜掃瞄時才得以發現的秘密。他思索片刻，突然感悟到了什麼，便拿起「八龍圖」和「隱形圖」重疊在一起，透過壁爐內微弱的火光照射，彷彿是學著曉川用儀器監測的動作。

眾人好奇，湊近觀看，仔細盯著光影顯現出的重疊圖像。

只見八條龍圍成一個圓圈狀，圓圈中間有兩面令旗相向而對，旗面上標誌著「赤」、「黃」兩字，正好夾在中央的方形玉璽兩側，而一條優美的圓弧線，不偏不倚，橫剖過圖面中央，也恰好穿越過中央方形的玉璽象徵。

「赤……黃……？這兩個字是什麼意思呢？」萬天鳳站在李玉才身邊，冷靜的面容上皺起了眉頭，努力地思索著。

「二哥，你看見沒有……這兩支旗子就飄在國璽的正上方！」萬天鷹指著圖案，說道。

「看見了，還有一條圓弧線穿過國璽！」萬天虎點點頭。

「大管家……看出什麼來沒有？」萬天龍瞧了一眼之後，沒什麼想法，便退在一旁，等著李玉才的答案。

李玉才仔細盯著重疊的兩張圖紙，紙背後透出忽明忽滅的火光，紙面彷彿映現著眾人模糊的陰影。

李玉才不斷絞盡腦汁，試圖看出當中的玄奧之處，便自言自語道：

「兩支旗子飄在國璽的上方，還並列成一個交角？為何要並成一個交角呢？還寫著赤黃兩字，赤黃……黃赤……赤黃……黃赤……？難道是黃赤交角？」

「什麼黃赤交角啊？」萬天虎側過頭，問道。

「就是古人說的『黃赤大距』呀！」李玉才振奮地說道。

萬天鷹禁不住翻了白眼，這李玉才果真是個教授，說話太學術，令人費解，便問道：

「啊？那這黃赤大距又是什麼東西？」

「用我們現在的話講，就是北回歸線！」李玉才緩緩回應道。

眾人頓時無語，驚愕地看著李玉才，懾服於李玉才的思索及判斷。

萬天龍禁不住微笑著，果真也只有這麼聰明睿智的「大管家」能夠找得出答案，寶藏的收復一定近在眼前了。

李玉才則把持信心地繼續說道：

「如果這張圖真代表『黃赤交角』的話，那麼……『極北陽穴』這四個字應該就有線索了！」

「怎麼說？」眾人問道。

李玉才突然四處張望，看到了牆角邊的矮桌上，恰巧有個泛黃的古地球儀，看似是個頗具年代的古物展覽品。

李玉才小心地拿起地球儀，一邊指劃著，一邊解釋給大家聽：

「你們看……北回歸線是太陽光在北半球最極端的直射點，一到夏至，太陽就會直射北回歸線穿越過的所有城市！如果我沒猜錯的話……『極北陽穴』這四個字，就是指在臺灣島上被北回歸線穿越過的一座城市！」

萬天龍點點頭。天虎和天鷹則對看了一眼，幾乎一起發問道：

「北回歸線穿越過的城市？」

「嘉義城！」李玉才看著萬天虎和萬天鷹答道。

「嘉義？王得祿墓也在嘉義！」萬天虎訝然道。

「不會吧，繞了一大圈，原來寶藏就藏在嘉義，我們可是從那兒千方百計地把錦匣給帶了回來耶！」萬天鷹禁不住重新坐下，心裡隱隱地想起了已逝的四哥萬天豹。

萬天龍沉吟一會兒，緩緩說道：

「如果『極北陽穴』說的真是嘉義城的話，那麼寶藏有可能藏在哪裡呢？據我所知，在三百年前，除了臺南府城，嘉義可是當時全島上第二大的古城市，要是把周圍的什麼山啊海的包含進去的話，地方也不小呀！」

李玉才點點頭，一邊思索著，一邊用紅筆圈起「紅毛。方圓」的字串，自語道：

「方圓……紅毛？嘉義城……有方圓幾里呢？不對不對，不是這個。方圓……紅毛？紅毛……方圓？難道是說又方又圓，對呀……我怎麼沒想到呢？」

「想到什麼了？」萬天鳳睜著明亮的眼睛，問道。

「沒錯，一定是它！嘉義紅毛井！」

「荷蘭人蓋的紅毛井那麼多，不只在嘉義才有吧！」萬天鷹問道。

「沒錯，紅毛井遍布全臺，但稱得上『方圓』的，只在嘉義！」

「為什麼？」萬天鳳好奇地問道。

「我知道嘉義有一口非常古老的紅毛井，隱藏在鬧市，又小又簡陋，非常不起眼，但它卻是全臺唯一『天圓地方』造型的古井！」李玉才給了萬天鳳一個笑容，信心滿滿地說道。

「天圓地方？」萬天鳳問道。

「對，天圓地方，道貫陰陽，那是一口非常特別的方圓井！以前田野考察的時候，我還親眼見過，但因年代久遠，水井早就沒人用了！」李玉才在紙上畫下了古井的約略形狀。

「一個沒人用的古井，能代表什麼？」萬天虎疑惑地問道。

「就是呀！那麼久沒人用，該不會被拆掉了吧？」萬天鷹也禁不住喊道。

「不會的，它就藏在一條古巷弄裡，非常隱密，平時根本就很少人注意它。」李玉才安慰著大家。

「嗯，紅毛方圓！大管家說的挺有道理，看來嘉義的這口紅毛井，就是我們要找的地方了！」萬天龍吁了一口大氣，想起幾百年來的重擔，如今更加艱險，他雙眼盯著藏寶圖正中央的方形「玉璽」，心底隱隱立誓，無論如何，一定要將寶藏守護到底。

紅花藏情

夜半時分，皎潔的月光灑落在淡水紅毛城的主堡塔樓上，將天臺染上一片銀茫茫的浮光。

李玉才獨自一人倚靠在瞭望臺的牆邊上，凝視著淡水港的夜色。

突然，萬天鳳出現在塔樓的樓梯口邊，看著李玉才孑然的背影，猶豫了一會兒，決定走向李玉才，輕聲問道：

「這麼晚了，還一個人跑這來？」

李玉才一回身，看到了眼前的萬天鳳，沐浴在銀輝之中，月光在她的周圍浮起了一層柔和的光芒，煞有朦朧的美感。

李玉才呆看了一會，回過神來，應道：

「妳……妳還沒休息？他們人呢？」

萬天鳳也學著李玉才，靠向塔樓的圍牆邊，凝視著淡水港口的波光，說道：

「他們正在想辦法聯繫支援，準備車子和需要的東西，尋寶可不是件輕鬆的事。那你呢？你一個人……在這想什麼？」

李玉才看著萬天鳳纖長的睫毛微微閃動，也一起望向淡水港口，凝視著遠方，說道：

「我已經很久沒有靜下來，看看這座美麗寶島了，妳看……今晚的臺灣島特別安靜，我似乎可以感覺到她的呼吸、她的心跳，是那麼寧靜、那麼安詳！有時我在想，我們能夠活在這座小島上還真幸運，當初這裡原本不過是個蠻荒之地，但誰又想得到，就因為四百年前，葡萄牙人的一句"Formosa"，讓全世界發現了她的美，如今搖身一變，才有了今天的寶島。」

萬天鳳眨眨眼，側過臉，看向李玉才，問道：

「你好像對這裡的一切，特別有感情？」

李玉才現出一抹微笑，點了點頭，富有情感地說道：

「這裡是我的家，不管她歷經多少風雨滄桑，在我心中，屬於她的一切都是最美的！」

萬天鳳凝視著李玉才，仔細地看著他別具感性的一面，有些新奇，但內心又多了一份莫名的感動。

李玉才遙望著淡水河上的粼粼波光，繼續說道：

「所以我一直努力地了解她的過去，當我發現了她的美、她的好，我也多麼希望能像你們一樣，獻出生命守護這裡的一切，但是……現在多少人為了急功近利，把這些最初的美都給忘了！如今，還有多少人會像我這麼想呢？我是不是很傻？」

「不！你沒有錯，你看……這些文物、這些古蹟，它們都是死的，你發現的不只是它們的過去、不只是它們的美，是你賦予它們新的生命，讓這些沒有生命的一切，又重新活了過來！」

萬天鳳看著眼前偉岸的李玉才，懾服於他溫暖的心胸及浩瀚的學識，眼前這個人彷彿有著沛然莫禦的能量，讓身邊的人都願意賦予親近、信任。

李玉才挑了挑眉，疑惑問道：

「我給了它們新的生命？」

一旁，突然傳來了腳步聲。

萬天鳳機敏地回頭，發現是大哥萬天龍也來到了天臺上。

萬天龍對著天鳳點點頭，走到了李玉才的身側，說道：

「天鳳說得沒錯！這些古物的價值不也是人定的嗎，其實一切都是人心的作用，心正則人正、人正則言善、言善則物美，如果大家都能夠了解它們真正美的價值，就沒有人敢輕視它們，也就不會有什麼『牡丹幫』了，是吧，大管家！」

「我……」

「是你們這種人給了它們新生，給了它們最美的一切。大管家……你可比我們香花堂還偉大呀，我們守護的不過是幾千年前的一塊石頭，但你守護的……是我們這塊土地幾百年傳承下來最美的精神呀！」

「大哥說得對，你比我們香花堂還要偉大，如果臺灣島上，能夠多幾個像你這樣想的人就好了！」萬天鳳也不禁泫然說道。

李玉才靦腆地微笑，擺了擺手，說道：

「難得你們這麼看得起我！」

「不是看得起你，是信得過你！」萬天鳳在旁堅毅地說道，聲音柔和清亮。

「大管家，我想……我們香花堂和你們將軍府的百年恩怨，也該在今夜，以茶代酒，一醉解恩仇了吧！」萬天龍說道。

萬天龍舉起手中的兩盞茶杯，遞了一只給李玉才。

李玉才接過茶杯，點了點頭，報以微笑，緩緩說道：

「嗯，以茶代酒，一醉……解恩仇！」

兩人乾杯共飲罷，便會心一笑。

萬天龍拍了拍李玉才的肩膀，說道：

「好了，我該回去繼續和天虎、天鷹商量，再過幾個小時，我們又得出發了！你也早點休息吧！」

萬天龍轉身下樓離去，萬天鳳也跟在後面，轉頭給了李玉才一個難得的笑容，彎彎的柳眉，清秀的杏眼，很是出眾脫俗。

李玉才突然想起了一直藏在鞋底的紅花鏢，趕忙將飛鏢取了出來，叫住了萬天鳳。

「欸，等等！我想……這個應該物歸原主了！」

紅花鏢上尖銳的鐵角，在月光下似乎也柔和了起來，誰又能曉得這支飛鏢可是曾沾染過萬天鳳和李玉才的鮮血。

萬天鳳又折了回來，一見紅花鏢，便竊笑了一聲，想起在日月興茶莊時，她曾怒目對視著李玉才，惱怒著這半途殺出的程咬金，硬是要和香花堂爭奪錦匣。她輕聲回道：

「你留著吧，放在身邊，也好有個東西防身，要不……做個紀念也好。」

李玉才掂了掂紅花鏢，笑著說道：「嗯，多謝了！」說完又舉起紅花鏢，順著月色光茫，仔細來回審視，一邊說道：「金鏢紅花，力無虛發？你們這個紅花鏢……是不是真的都百發必中？」

「當然！」萬天鳳挑著眉說道。

「這鏢……該怎麼發呀？」李玉才好奇地甩了幾個手勢，動作倒是挺彆扭的。

萬天鳳笑了笑，挪步走向李玉才，抓住他的手，微靠在李玉才的右側。

萬天鳳的整個身子似乎環攏著李玉才，淡淡的幽香浮動在李玉才的周圍。

「瞧好了！射鏢，靠的是臂力、腕力、還有速度，當然最重要的是……你的專注！」

萬天鳳又從自己的腰間抽出另一支紅花鏢，眼神凝視前方，將李玉才的手搭在自己的手上，輕聲說道：

「用你的專注想像一個圓弧，凝神無我，弧起花落……」

萬天鳳一邊唸著口訣，比著動作，眼神銳利，飛鏢順勢射出，破空而去，射往天臺下方的樹幹上，樹木似是一棵古榕，飛鏢瞬間釘入樹幹之時，疾速的餘風劃過，樹枝和樹葉齊聲地沙沙作響，搖動不已。

「喏……看見了沒？」

萬天鳳回眸，給了李玉才一個明朗的笑容，又突然覺得自己似乎靠得太近，趕忙退了幾步。

李玉才在萬天鳳迴旋的手勢和明媚的眼波流轉中，心緒禁不住地翻騰了起來。

第八章

謀

暗黑牡丹

時光猶如山川洪流，奔洩而下，一分一秒毫不停歇，距離上頭交待的破案期限，剩不到兩天時間了。

國家文物局早已亂成一團，職員們不時地瞅頭望向局長辦公室，見到的卻是門扉緊閉。

眾人心想，江坤局長做事一向親力親為，如今發生如此驚天的大案，勢必正為此事煩惱，憂心盜墓案的進展，尤其是李玉才教授被擄走的危險處境，更是令人擔憂，肯定與特勤隊長一干人等，正努力商討著營救方案。

各個職員們眼見江坤局長極力親辦此案，想是難以隨便插手幫忙，只得暗中祈禱著，再默默埋頭苦幹，繼續忙著手邊的事務。

但此時，偏偏有人按捺不住了！

「什麼？你說什麼？」

一聲清亮的高頻嗓音，從研究室裡傳出，驚嚇了正在忙著辦公的大伙兒。

余曉川邁著急促的腳步前行，從研究室一路直奔頂樓的局長辦公室，阿南和保全隊長大寶在後頭緊跟著，似乎快追不上曉川了。

只見曉川沒有半點遲疑，一陣風似的闖進局長辦公室，突然就開了門。門一開，江坤局長被曉川的舉動嚇了一跳，隨即從牛皮椅上站起來，也打斷了原本和彭少安的談論。

一旁的特勤幹員也反應迅速，立馬把手邊的電子儀器關閉闔上。

曉川直盯著江坤局長，絲毫沒注意到周遭的人事物，她急呼呼地說話道：

「局長！阿南說……阿南說……李教授被他們抓走了，是真的嗎？」

「這……嗯，是的！你放心，我們現在正在想辦法呢！」江坤雖被突然驚嚇，但仍穩住性子，點點頭回應道，接著撇頭瞪了一眼阿南，心想著明明吩咐先別讓曉川知道李玉才被抓走的消息，這個阿南，肯定被曉川的脅迫逼得說出實情。

江坤老早就看出曉川對玉才的愛慕之情，若是曉川知道此事，肯定會焦急如焚，甚至還會鬧脾氣，但事情既然已經揭穿，眼下也只好先試著安撫曉川激動的情緒了。更何況自己還身負「牡丹幫」的秘密任務，此時更需鎮定，萬不能被任何人給發現了。

而曉川先前為了加緊復原金貝錦匣的青花奏摺圖，已不眠不休忙了一整天，原本就看似微腫的眼睛，聽到江坤的話之後，立刻又紅了起來，淚水不住地掉落，啼哭地說道：

「到底發生什麼事，怎麼會這樣？你們那麼多人，為什麼偏偏只有他被抓走？為什麼？」

「香花堂的行動飄忽不定，他們突襲得太突然，這次直接鎖定他為劫持目標，我們……真的盡力了！」彭少安順著江坤的話，趕緊緩頰說道，還悄悄直盯著曉川，奇怪著她反常的言行，一向機靈聰慧的曉川，現在看起來卻非常的無助徬徨。

「盡力？你們特勤隊不是很厲害嗎，連總統的安全都能保護，怎麼現在連個人都保不住了……你們……」曉川越說越生氣，最後幾句話在哭泣聲中幾乎都聽不清楚。

阿南站一旁怯怯地伸手，想要拍拍曉川，但還是不敢碰到她，只得又默默地縮回手，小聲地安慰道：

「曉川啊！你沒在現場你是不知道，他們香花堂有多厲害呀，尤其是那個女的，實在太恐怖了！我只看到她把手在我眼前那麼一晃，我就被她……」

「你閉嘴！局長……你們一定要想辦法，把他給救回來！」曉川轉向江坤，急急地要求道。

「放心吧，我們一定會把他救回來的！」江坤試圖用著溫和的語氣回應曉川。

其實，江坤對曉川的心事了然於心，這些年來，只要是有關李玉才的事情，曉川總是比誰都上心，這樣的少女情懷，怕也只有埋首於研究的李玉才本人自己沒有察覺了。

彭少安也為了要安撫曉川的情緒，便故意透露一些訊息，說道：

「沒事的曉川，我們現在已經掌握到香花堂的行蹤了，根據他們當時逃跑的方向，是在基隆河下游，所以我估計……他們應該會逃往淡水河的出海口一帶！」

「淡水？」阿南抬起頭，疑惑地思考。

「那你們還不趕快召集人馬，去淡水把李教授救回來啊……」曉川仍一邊啜泣，含著淚水哀求道。

江坤看了一眼彭少安，便急忙對著曉川揮手，緩緩說道：

「先別急，不能那麼衝動，香花堂來無影、去無蹤，沒那麼容易靠近他們的，就算直接找上香花堂，也恐怕會危及到玉才，他們擄走玉才應該是有別的目的，看樣子暫時是不會傷害他的。我剛才正在和彭隊長商討，想要抓住他們、救回玉才，不一定要現在，也許還有更好的辦法……」

江坤好意地拿起茶杯，遞給曉川喝了一口茶，在熱茶的煙霧繚繞中，只見江坤眼神閃爍，曉川也似乎摸不清他的盤算。

曉川好不容易帶著哽咽喝完了茶，一邊忍耐著嚎啕大哭的衝動，抽抽嗒嗒地啜泣道：

「局長……你們一定要把他救回來啊……一定要……」

「好好好……放心，我一定會把玉才救回來的！阿南，先把她帶出去休息吧！大寶，你到外面守著，聽好……現在情況非常緊急，我要和彭隊長繼續商討對策，不能受到干擾，沒我的命令，不許任何人進來！」

江坤將曉川輕輕地挪向阿南，將他們帶至門口，掩上門之後，轉頭對上了彭少安的眼神，江坤掏出手帕擦掉一臉的汗，臉上露出了厭煩的神色，倒向桌旁的牛皮椅上，全身仰躺了下來。

彭少安背倚著辦公桌，斜視著江坤，問道：

「那個李玉才……是曉川的什麼人？她怎麼那麼在乎他？」

「李玉才是她最崇拜的偶像，當年曉川就是為了他，才考進文物局的，不過當時玉才早就離開了……」江坤回道。

不久，只見窗外天色逐漸熹微，江坤冷靜一會兒，轉頭用眼神示意，特勤幹員們便主動地重新開啟監控設備。

江坤和彭少安確認遠端的李玉才和香花堂似乎已進入歇息狀態，上清珠中的竊聽器接收不到任何聲響之後，雙雙吐了一口大氣，舒舒服服地又窩進了牛皮大椅中。江坤支著頭，思索著之前李玉才對藏寶圖密碼如此精湛的破譯之法，便輕聲自語道：

「嘉義紅毛井？這李玉才還真有兩把刷子，連這都想的出來。不過可惜呀……就他那古怪的脾氣，我說什麼他都絕不會向我們靠攏的，真是錯失了這個人才啊！」

彭少安離開椅子起身走走，舒展筋骨，順便幫自己沖了杯即溶咖啡，說道：

「就是啊！一個廢棄的古井……連這種地方他都想得到，你這位教授朋友不加入我們實在太可惜了！要是他肯過來的話，老闆一定會願意收了他。」

「老闆願意有什麼用？也得要牡丹幫後面的大老們點頭才算數啊！」

「也對！欸，說真的，老闆交待我們做了那麼多事，好處是撈了不少，但這牡丹幫後面到底什麼來歷，他倒是沒跟我們認真提起過，搞不懂老闆為什麼這麼信任他們……」

「我只知道老闆說這筆生意和明年的大事有關，牡丹幫是他現在非常需要的合作伙伴。」

「去！這跟明年的事有什麼關係啊？」

「你問我？你知道的我也知道，你不知道的我當然也不知道啊！唉呀，管他牡丹幫後面是誰，明年的事情也只能盡人事、聽天命了，誰又能預料，反正我們有好處拿不就好了嗎！欸，不管怎麼說……還是跟你說聲謝謝啦！當初要不是你，老闆才不會找上我。我最近一直在想……再幹個幾年就申請提早退休，享福去了！」

「什麼？提早退休？喂，你今年才多大啊？而且文物局長這個位子不是你一輩子的夢想嗎？」

「呸，什麼狗屁夢想！你以為我當初玩古物是為了什麼？我告訴你……就是為了要賺大錢！從古到今，像我們學這門的，就兩條路，要嘛就是幸運挖到寶，去當商人發大財，要不就是變成食古不化的書呆子，你說我會選哪條？你沒看那些國際收藏家、拍賣家，隨便一個寶貝四處轉手，就夠吃一輩子的了，什麼搞研究啊、學術啊，老子才沒興趣。唉，沒想到……當上了局長，竟然還是領這份死薪水過日子，每天還要處理一堆公文的無聊事，要不是前幾年遇上老闆賞識，介紹了不少門路讓我去『玩』，這鳥工作我幹得還真沒勁呢！」

「那你就更不應該退休啦！我一個當保鑣的不懂這些東西，我要是你，拚命也要卡死局長這位子，你竟然想退休？好好保住文物局長這位子，才有更多寶貝可以讓你『玩』個夠，不是嗎？」

「這個……？唉，再說吧！先把眼下這筆大生意搞定再來想吧！」

「那倒也是！這回可真是筆大生意啊！」

「不過話說回來，李玉才說的那個方圓造型的紅毛井……我還真是第一次聽到耶！」江坤突然皺起眉頭說道。

「什麼，你沒聽過？所以你不知道在哪兒嗎？那我們怎麼找啊？」彭少安愕然地瞪著貴為文物局局長的江坤，質問道。

江坤撇了撇嘴，挑著眉瞪著彭少安說道：

「你忘了，我們還有那顆上清珠啊！」

「上清珠？」

「唉，你真是貴人多忘事！那珠子裡面可是裝了你們國安局最先進的追蹤器，他們走到哪，我們跟到哪，就是鑽進地底，我們也追得到，不是嗎！探險尋寶……這麼辛苦的工作，就交給他們去吧，到時候又可以再給他們加上一條毀壞古蹟的罪名，那豈不是一舉兩得！」

「江坤，你想得可真周到！他們去尋寶，那我們做什麼？」

江坤將椅背調得更低，懶懶地答道：

「螳螂捕蟬，黃雀在後，你就等著抓人破案，升官發財吧！」

兩人正一派輕鬆地聊著，突然，一旁的幹員打斷了對話，以緊張的語氣說道：

「隊長、江局長……老闆來電了，是即時視訊！」

特勤幹員將電話舉起，交給彭少安。

彭少安愣了一下，和江坤對看一眼，才緩緩伸出顫抖的手，接下了話筒。

詭詐陰謀

國家文物局頂樓的門道走廊，曉川與阿南再次急忙走向局長辦公室的門口。

只見曉川的步伐急促，阿南走個幾步就得用小跑步跟上，一手拉著曉川說道：

「唉呀，曉川，你別那麼著急嘛，局長他們一定會想辦法的！妳這麼衝動，也幫不了什麼忙呀，更何況國安局的人都在，你就別擔心了！」

曉川轉頭扯掉阿南的手，繼續往前疾行，一路還氣沖沖地說著話：

「我告訴你，我最不相信的就是國安局那幫人，尤其是那個彭隊長，我要親自問他接下來到底要怎麼辦，討論個事可以討論這麼久，都已經快天亮了，一天又這麼過去了，誰知道他們在幹什麼……唉呀！」

曉川剛一轉彎，立刻被絆了一下，腳步踉蹌，穩了幾步之後，一回頭，發現撞到了已經倒在牆角睡得深沉的保全隊長大寶。

曉川和阿南看了一眼，眼見大寶沒有醒過來的跡象，曉川乾脆就躡手躡腳地靠近局長辦公室門口。

突地，曉川側耳聽了一會兒，腳步越發走得輕巧，努力辨識著辦公室裡頭傳出的一陣陌生聲音。

阿南一邊回頭，看著躺坐在牆角邊的大寶，一邊把曉川往回拉，曉川急忙伸手擋著阿南，輕聲喊道：

「噓……別出聲，你聽……」

阿南也湊近聽了一會兒，瞇著眼睛試圖從門洞偷看，用著氣音說道：

「他們……是在跟誰說話呀？」

曉川輕輕地把頭貼近門邊的玻璃窗上，雖被窗簾遮住，但仍隱約瞧得見幾個稍較明顯的人影。

辦公室裡，江坤和彭少安正背對著門口，也許是太過專注，絲毫沒察覺門外細微的動靜，只見桌上架著電腦，電腦螢幕上有個身影正在說話，但是光線頗暗，看不清臉龐，唯有聽見深沉的說話聲從喇叭傳出：

「少安，情況怎麼樣？」

彭少安正襟危坐在電腦前，慎重地回道：

「老闆，我們已經掌握到寶藏的下落。沒錯，就是我們要的傳國玉璽！」

「嗯，做得很好！打算何時動身，何時能找出寶藏？」

「藏寶地點就在嘉義的紅毛井，我們打算等香花堂他們先找出寶藏，再暗中拿下！」彭少安畢恭畢敬地回答。

「你給我聽好，腳步得加快，時間不多了！現在的情況你也清楚，我這裡還有很多事要忙，你可千萬別給我出亂子！」

「是，老闆！」

電腦螢幕的那頭停了幾秒後，接續道：

「我聽說……香花堂的人馬才三五個人，就讓我們兄弟死傷慘重？」

「這個……是……是的！」彭少安硬著頭皮答道。

「嗯！我已經安排好了，我會私下找一批特種兵來支援你們，八個小時之後，在上次說好的那個地點會合。」

「特種部隊？」彭少安瞪大眼睛。

電腦那頭的身影沒有理會彭少安，轉而說道：

「江坤……」

「是，老闆！」江坤連忙靠近電腦前回應道。

「江局長，這件事你要做得滴水不漏，記住，無論如何，一定要把傳國玉璽拿到手，再過兩天就是最後期限了，這是我跟對方說好的時間，別出差錯了！」

「是！沒問題，老闆，一切都在我們掌控之中！」江坤答道。

「至於香花堂那幫人……還有你請來的那位教授朋友，我不管你用什麼方法，事成之後，凡是知情的人一個不留，你知道該怎麼做吧？」

「是！」江坤毫不遲疑地保證。

電腦螢幕隨即結束了通話畫面，江坤發呆了一會兒，轉向彭少安，說道：

「看來香花堂和李玉才都得想辦法處理掉了。我們動作要再快一點，天亮之前，必須趕去跟老闆會合！」

「哼……香花堂？我呸……什麼天地會眾，千秋萬世，我看他們這回是在劫難逃，必死無疑了！」彭少安一臉得意地說道。

就在此刻，正躲在辦公室門外偷聽的曉川和阿南，雖然不甚清楚，但仍隱約聽見了許多關鍵處，雙雙驚慌地捂著嘴巴，曉川緊張地扳著阿南的肩膀，說道：

「天啊，不會吧！復國寶藏竟然是傳國玉璽？原來這一切都是他們搞出來的，可是……可是怎麼連局長都扯進去了呢？這到底怎麼回事？」

阿南兀自發愣，方才聽到的一字一句還在腦海中飛快地消化著，心想怎麼會是局長呢？

突然，阿南的手機鈴聲響起，曉川禁不住驚呼一聲。

彭少安猛一回頭看向辦公室的窗外，喊道：

「什麼人？」

「沒人！啊，怎麼辦……」阿南緊張又笨拙地答道。

曉川翻了個大白眼，抓起阿南的手：

「你這個笨蛋，快走啊！」

曉川、阿南拔腿便跑，逃離了辦公室門口，卻跑不到兩三步，立刻就被衝出門外查看的特勤幹員逮住，雙雙帶回辦公室內，兩人不斷掙扎，來到彭少安面前時，曉川狠狠地瞪著他。

彭少安看著曉川的眼神，突然想起剛剛大門窗簾外若隱若現的黑影，了然於心地問道：

「你們剛才在外面鬼鬼祟祟幹什麼？都聽見什麼了？」

曉川撇過頭，噤聲不語，臉上卻飽含怒氣。

阿南看著曉川，焦急地向江坤和彭少安搖手，驚慌地說道：

「我不知道……我們……我們什麼都不知道！」

江坤來回看著曉川和阿南，再確認了一次，語氣故作徐緩地問道：

「曉川別慌，局長問你，剛才我們說的話，你是不是都聽到了？」

曉川回過頭，看著眼前她曾經如此信任的江坤江局長，心裡隱隱浮現著最後一線希望，便開口問道：

「局長，這到底怎麼回事？」

江坤聽到曉川的問話，不禁眼神閃爍，回道：

「其實……事情不是你所想的那樣，這裡頭有些複雜，至於是怎麼回事嘛，讓我來解釋給你聽吧！其實……這件事……」

江坤緩緩走到曉川、阿南的身後，俯身輕聲說著話。

倏然間，江坤和彭少安突如其來地，雙雙用手肘重擊曉川和阿南的後頸，兩人瞬即軟倒暈厥。

此時，門外原本睡得頗沉的大寶突然醒轉，抹了抹臉，視線還不甚清楚，但也發現了不對勁，立即跑進局長辦公室，見到昏倒在地的曉川和阿南，睡眼惺忪地問道：

「局……局長，怎麼了？咦？曉川、阿南……他們怎麼在這，他們……？」

江坤看著這愣頭愣腦的大寶闖了進來，嚇了一跳，又見他一臉睡意，便知他怠乎職守，差點壞了大事。此刻江坤也只能快想辦法控制局面，便一轉神情，板著臉斥責道：

「大寶，我讓你在外面看著，你竟然給我睡著了！」

「局長，我……」

大寶愧疚低頭，側著看向倒地不起的曉川和阿南，正搞不清楚怎麼回事，江坤又繼續誆騙道：

「而且……還放了這兩位奸細進來！」

「我沒有啊！什麼？兩位……奸細？」大寶很是疑惑。

「你給我聽好了……彭隊長和我剛剛已經調查出來了，這起盜墓案疑點重重，我們一路追查真相，卻頻頻遭遇阻礙，沒想到竟是文物局裡出了這兩個內賊，企圖和那幫香花堂的人內神通外鬼，剛才他們還想竊取文物局的資料。」

「啊？內賊？局長，你別開玩笑了！他們兩個……」

「你閉嘴！我知道你不相信，其實我也不願意相信，而且更是痛心，沒想到……平時對他們兩個那麼好，他們竟然出賣文物局……」江坤裝得一臉沉痛的樣子，雖然這個矇騙的技倆有點突兀，但幸好這個四肢發達、頭腦簡單的大寶還沒那麼快反應過來，面對眼下這突發狀況也只能先這樣子了。

「啊……是真的嗎？」

江坤不願向大寶多解釋什麼，收起那假模假樣的嘴臉，又變得一副正經道：

「好了，不說了！現在時間緊迫，我和彭隊長要去追捕其他的盜墓賊，這兩個叛徒先交給你看著，暫時不要對任何人透露消息，還有，絕不能讓他們離開文物局半步，要是出了什麼意外……」

江坤看向彭少安，彭少安隨即接話道：

「那我們國安局就有權懷疑……你可能也是個共犯！」

「不好意思，大寶，到時……局長我可就保不了你了！知道該怎麼做了吧？」江坤帶著威脅的語氣說道。

憨實的大寶一時不知該如何反應，被兩位長官來來回回誆哄著，丈二金剛摸不著頭腦，只得點頭稟報道：

「知道……知道！我知道！」

魅影現蹤

此刻時分，剛過黎明，原本躲在陰鬱夜幕之中的日光，隱隱綻放，臺北城又將迎接全新的一日。而文物局長江坤也即將面臨盜墓案最後的階段，準備進行那不為人知的秘密任務。

江坤一行人乘著車隊離開文物局，一路往南的途中，不經意瞥見遠方的總統府，發現附近的大馬路上成排的競選車隊蓄勢待發，他想起今天好像在府前廣場有個造勢活動，想來又會是一場熱鬧激騰的場面。即將到來的選舉期，讓整個臺灣政壇充滿動盪，再加上下一屆的總統選舉又是全新任期，現任的老總統卸任之後，便不再連任，更使得各方豪傑爭鋒出位，甚至引來一群不知從何而來的虎狼之輩也爭相覬覦。雖然自己無黨無派，但文物局長這個官位畢竟是現今執政黨高層親手提拔，面對未來的選舉脈動，其實早就心有所屬，江坤望著遠處正匆忙奔波的助選人員，內心卻生起一股惶惑，未來勢局究竟變幻如何，實在難以預料，江坤心裡一顫，深吸口氣，拳頭握得更緊，顯出非常緊張的樣子，因為他冥冥中感覺到，現在要去執行的任務，似乎和明年那場風雲詭譎的總統大選有著什麼隱密的關係。

一晃眼，斜照的陽光已經升上東方綻藍的天空，車隊也正駛向臺北郊外一座蔥蘢的山丘，一路彎延曲折，層層疊疊的樹叢就快遮蔽了整條山路，非常隱密，遙望深山處，一片樹林裡竟藏著一個不易被發現的軍事基地和飛機棚。

不一會兒，江坤車隊抵達目的地，和彭少安等人下車，隨即機警地環視四周。

不遠方，有兩架軍用直升機緩緩飛近、降落，螺旋槳的風勢把江坤的領帶吹得狂飛，江坤趕緊整頓了衣容。

直升機上，陸續走出十多位身穿全副武裝、持槍戴帽的特種部隊，領軍隊長向彭少安行敬軍禮，揮手示意彭少安走向機棚。

眼前的機棚外罩全是一片漆黑，似有一股詭異的神秘感。

突然間，聽得哐噹一聲，機棚外的側邊，一個貨櫃的鐵門開啟，江坤被嚇了一跳，還故作鎮定地朝貨櫃裡探去。

只見特種兵們列隊前行，從櫃中搬出一箱箱的鐵箱，打開一看，全是最先進的武裝配備，大小槍彈，樣樣俱全。

領軍隊長一個眼神，示意彭少安隨便挑選，彭少安興奮不已，便讓身邊的特勤幹員們各自選擇合適的槍械彈藥。

彭少安也親自試過武器，很是滿意，即使在昏暗的貨櫃裡，仍難掩彭少安臉上得意的神情，自從接辦盜墓案以來，內心從未感受到如此亢奮，眼中似乎已浮現香花堂跪地就範的情景，一想至此，嘴角便不自覺地揚了起來，並將所有挑選過的武器重新裝箱，蓋上箱蓋，準備運上直升機。

此時，山路口出現幾輛高級轎車，穿過樹林，直直開往軍事機棚。

特種部隊的一位通訊官匆匆跑進來報信道：

「江局長、彭隊長，老闆到了！」

隨即，轎車已抵達機棚，幾位不苟言笑的隨扈下車開門，車內緩緩走出了一位西裝筆挺的人士，一眼看去便是上流分子，一抹旁分的油頭層次分明，手上的鑽錶不時地閃閃發光，嘴裡還叼著頗為名貴的雪茄，一副傲視天下的顏表，氣勢不凡，此人正是現任的副總統，同時也是意欲角逐下屆總統大選的執政黨參選人之一，當然，更是在最前線親自與牡丹幫秘密交涉的幕後黑手——莫立達。

片刻，隔壁一輛轎車中也走出兩位神秘的人士，一看外表便知非是本地的外邦客。

江坤和彭少安快步向前，一路卑躬屈膝，恭敬地迎接「老闆」——副總統莫立達，和另外兩位看似陌生的神秘人士。

此時，江坤和彭少安只是壓低著頭，全然不敢妄動，身為國家文物局長和特勤隊長的氣派尊嚴，似乎都已蕩然無存。

老闆莫立達招著手，向江坤和彭少安介紹著買家代表，說道：

「少安，江坤，來，見過我們合作的好伙伴。」

兩位買家代表神情嚴肅，但仍有禮貌地和眾人會面，互相握手。

江坤隨即從衣袋裡拿出一張圖紙，呈給老闆和買家，上頭的圖文似乎是說明著「復國寶藏」的最新下落。

買家一攤開圖紙，仔細瞧了瞧內容，便詭異地露出一張似笑非笑的嘴臉，隨後轉向莫立達，帶著點詭異的腔調說道：

「莫副總統，辛苦你了！咱家老大說了，一定要在指定的時間拿到貨，要是出了什麼差錯，你知道的，對誰都沒好處，希望這次的交易能夠非常順利，合作愉快！」買家代表雖然一臉溫和，但言語中明顯帶著殺氣，還滲著些江湖味，頗具恫嚇之意。

「放心吧！您要的貨一定準時交到您手上！」莫立達雖然不太愉快，但仍一臉謙恭地回應著。

「嗯，好……好……非常好！哈哈哈！」買家代表笑道。

同時貴為副總統，又兼任執政黨要職的莫立達，另一個隱藏版的身份，竟是專門穿梭在黑白兩道之間的一號神秘人物，甚至在國際上的許多地下組織都頗具影響力，如今更與江湖傳聞中猛然崛起的秘密團體——牡丹幫結盟，成為合伙人之一。此次，莫立達藉著自己在政界裡的權勢地位，幫著對復國寶藏起歹念的牡丹幫爭奪寶物，但他一直鮮少拋頭露面，很多江湖人士只聞其名，不見其人，有種神龍見首不見尾的神秘感，因此在檯面上的政界幾乎沒人知道他的另一個暗黑身分，而他身兼著這個極似清朝末年周遊在各國列強的「幫辦」角色，能夠不招搖又平順地穿梭在黑白兩道，最後還能登上最高權力中樞的總統府，也算是他厲害之處。

曾經留學國外、攻讀法律出身的他，自然懂得如何游走在法律的灰色地帶，在過往的仕途上，表面一向是勤政愛民的好形象，私底下則是操縱著玩法卻不犯法、弄法而不侵法的勾當，避除了被外界揭穿的破綻，錢財利益自然撈了不少，但在政界檯面上，大家看見的卻是他的偽裝，認為他是個為政勤幹、樸實親民的好官員，眼界甚高的他，如今更貪圖權位，準備角逐下一屆的總統大位。而復國寶藏一案，正是他為了參選總統之路，順勢就計的一招競選手段，更是他精心策畫的一齣好戲。

令人訝異的是，至今竟無人知悉他究竟在搞什麼名堂，就連江坤和彭少安這兩位得力助手，對老闆莫立達要幹的大事也是一知半解。

待雙方照會過後，莫立達見買家代表頗為滿意，便對彭少安眼神示意。彭少安隨即命令手下們，集體向副總統和買家代表行軍禮，再開車送走兩位買家代表。

在確認買家代表走遠之後，莫立達便引領江坤和彭少安走向飛機棚內，看來是要單獨和兩位助手特別交代什麼重要事情，誰知話才說了一半，彭少安便一副正氣凜然地喊道：

「老闆放心，少安一定完成使命，兩天後就和牡丹幫一手交錢，一手交貨！」

莫立達突然愣了一會，壓著嗓子，冷眼看向彭少安，陰沉地回了一句：

「誰說一手交錢，就得要一手交貨……」

「老……老闆……您是什麼意思？」

「傻帽！你們當真聽不懂我要說什麼嗎？」

江坤和彭少安被老闆這麼一問，一下全矇了，頓時不知如何回應。

「老闆……那個復國寶藏……真的是牡丹幫……請您去找的嗎？他們到底是哪個道上的，我從來都沒聽說過，您也沒告訴過我們……」江坤吞吞吐吐地問道。

「這個……背後的事有點複雜……就不跟你們說了！牡丹幫是誰並不重要，重要的是他們有錢，在他們眼裡，我就是個拿錢辦事的人，但我告訴你們，要不是為了拿他們的錢來當我的競選經費，我才懶得理他們！哼！什麼牡丹幫？不過就是一群社會敗類罷了，不知天高地厚，還敢跟我討價還價，擺那副什麼踐臉，我呸……」

「老闆您剛才說一手交錢，不一定要一手交貨……難道老闆你要……？」彭少安慢慢反應過來，疑惑問道。

「黑吃黑？老闆您不是在開玩笑吧？」江坤非常訝異地接著說道。

「不！江局長，我要更正你的說法，不是黑吃黑，是白吃黑！我莫立達一向勤政勞心，為國為民，怎麼會是黑呢？想跟我們偉大的政府鬥，作夢吧！你們放心，把我交待的事情完成就是，其他的……一切都在我掌控之中。」

「可是……萬一牡丹幫到時發現我們沒交貨，該怎麼辦？」江坤又問道。

「到時？到時……牡丹就再也開不了花了，他們還能怎麼辦！」

「什麼意思？」

莫立達嘴角一揚，微微一笑，還襯著點奸邪之氣，繞著江坤緩緩說道：

「江局長……我來說個故事，請你想像一下……有個一心只想為民服務，而勇於爭取大位的總統候選人，為了協助一樁古蹟竊盜案，意外幫國家尋獲了無價的國寶，但卻發現一群不肖分子從中搶奪，於是這位候選人就派了自己最信任的部屬……」刻意拍了拍江坤的肩膀，再看了眼彭少安，繼續說道：「……從不肖份分子手中救回了國寶，獻給國家，還送於民，原本想低調行事的他，卻被媒體驚爆這個天大的新聞，交給他們一炒作之後，江局長，你說說……這個候選人的聲望還不衝到最高一波？還能不碾壓那群肖想大位的在野黨和其他的狗屁之輩嗎？」

「不肖分子？老闆的意思是……想把牡丹幫和香花堂弄成一伙的？這能行嗎？要是他們一急，全把事情供出來，我們該怎麼辦？」

「江局長，你忘了，我們現在可是執政黨啊！你認為法官會相信我的話，還是一群賊梟或是社會敗類的話呢？」

「法官不是只相信證據說的話嗎？要是不小心被他們發現什麼證據，那……」

「放心吧！江局長，等他們發現的時候，老子已經被全民擁戴，堂堂正正坐在總統府的辦公室了！更何況，江局長……你是學考古的，應該知道過去的事跡一旦下落不明，真相就會永遠灰飛煙滅，你真覺得……到那時我還會傻到留有任何證據，放給他們去查嗎？」

聽聞至此，江坤突然有點不寒而慄，沒想到平常看副總統也沒什麼新聞版面，以為他就只是個懂得撈油水的政治閒人，如今聽君一席話，竟是如此深謀遠慮，尤其為了競選大位，爭奪聲勢，就連區區一場盜墓案都能被他利用玩弄，果然是個高人。雖然這單生意「錢」途無量，但玩得甚是冒險，讓他有些心生怯步，但仔細想了想，先前幫著老闆幹了不少暗地裡的勾當，確實得利匪淺，老闆對自己也信任有加，既然這身子都已經染污了，再多撈點也不足為奇吧！反正有老闆這個金頭腦扛著，想是出不了什麼大事，再進一步想，要是眼前這位高深莫測的政客，當真幸運選上了總統，那未來的仕途簡直不敢想像，看來提早退休的念頭該先打住了。

莫立達見江坤一時陷入思索，便知他在想些什麼，直言說道：

「等這事成了之後，明年大選我一過關，你們要名？要利？說一聲便罷！好了，該知道的你們都知道了，多的話我就不說了，接下來該做什麼事，你們自己應該清楚。別忘了，寶藏還藏在地底下，等你們去把它找出來，時間不多了，快上路吧！」

經過一番彼此交流，兩位得力助手總算略知老闆的心思，對眼前的任務更踏實了不少。雙方分手前，老闆莫立達還特意交給了江坤一條繡有「牡丹花」圖騰的布巾，這是從牡丹幫那兒取得的，也只有牡丹幫自己人才擁有的組織信物，老闆莫立達只留下一句：「把這東西……栽贓在香花堂、或是你那位朋友身上，該怎麼運用，你自己看著辦吧！」聽從老闆交待完畢後，彭少安隨即向手下們再次確認出勤裝備及人員之後，便領著江坤和特種部隊們，陸續登上直升機，準備出發。

不一會兒，便見兩架直升機緩緩升空起飛。

江坤、彭少安倚靠在機門邊，再次向著「老闆」莫副總統行禮再會。

禮畢之後，手下們關閉機門，直升機加速，穿越樹林，竄進乍亮的天色裡，一路往前飛行而去。

水落石出

而此時此刻，遠方的國家文物局裡，也正悄悄地發生一些意料之外的驚奇。文物局的保全中心，曉川和阿南正被大寶關在看守室裡的一間小房屋內，屋室黑暗窄仄、密不通風。

曉川和阿南雙雙醒轉之後，來不及揉揉兀自疼痛的後頸，就見到大寶推開門走了進來，手上還拿著繩索。

突然，阿南被大寶一掌壓在椅上，緊緊捆綁著，阿南便急忙喊聲道：

「欸！大寶你幹嘛？欸欸欸，輕一點！」

阿南叫喚越大聲，大寶就越加使勁，三兩下功夫，阿南和曉川便被繩索捆綁嚴實了。曉川在一旁急道：

「大寶，為什麼把我們關在這裡！難道你也跟江局長是一伙兒的嗎？」

大寶覷了向來牙尖嘴利的曉川一眼，冷冷回道：

「這是惡人先告狀嗎？原來就是你們當內應，我們才會苦苦抓不到那些盜墓的黑衣人！把你們關起來，只是奉命行事。」

曉川和阿南一愣，頓時明白是江坤局長誣陷了他們倆，阿南趕緊說道：

「大寶！你誤會了，我們才是自己人啊！我告訴你，你可別聽特勤隊那個什麼彭隊長說的話，他們那幫人信不得，你想想看……自從他們管了這個案子之後，有把你放在眼裡嗎？現在又對你們下個命令就一走了之，所有的過程你幾乎都無權參與，這不是很奇怪嗎？你可是我們文物局保安隊的大隊長耶！」

大寶聽了只是聳聳肩，不置可否，歪著頭說道：

「阿南，你別想激我，這招對我沒用的！人家是國安局特勤隊，位階不知道大我多少級去了，我算個什麼呀，他下個命令又如何，他們那是為了趕去辦案……」

「辦案？」曉川一聽到關鍵字，便順勢接著問道：「那他們有沒有說要去哪裡呀？」

「好像……說是要去南部的嘉義，找一個叫做……好像是叫做紅毛井的地方，我也沒聽清楚，反正就是去抓那些的壞人了！打打殺殺的事，我不插手也好！」

曉川不斷掙扭著被大寶捆上的繩索，急呼呼地喊道：

「欸欸欸……大寶！你該不會真的相信我們和那群盜墓賊有關係吧？」

「我……我……其實我是不太相信……可是……」大寶頓了頓，遲疑著說道。

「那就對了，你又不是不認識我們，我們當然是最可靠了啊！」阿南鬆了一口氣說道。

「喂，大寶，你既然不太相信，那還把我們綁起來做什麼？」曉川說道。

「不把你們綁起來，萬一你們偷溜走了，我怎麼交代？那幫國安局的人我可惹不起，要是被他們定個共犯罪，再給抓起來，別說這飯碗砸了，我一家老小怎麼辦？好了，別那麼多廢話。」

大寶拉了拉曉川和阿南身上的繩索，確定綁得夠牢實，呼了口氣，站起身來準備出去。

曉川的手腳持續掙扎著，一臉哀求地說道：

「大寶！你就把我們放了吧，都認識這麼多年了，憑大家的交情，你要相信我們，我們真的是被陷害的！」

大寶猶豫了一會兒，搖了搖頭，走到門邊說道：

「不行不行，交情歸交情，我的小命可不能開玩笑！更何況，妳要說是江局長陷害妳的，我也沒辦法相信啊！江局長總不會騙我吧！」

「唉……這事我們也很疑惑啊！我不知道局長是怎麼跟你說的，他肯定吃錯藥了。要不這樣，大寶，你先把我們放了，我們才能找出證據給你看啊！快！快把我們放了吧……快放了吧……」阿南焦急地喊著。

大寶當然不願冒這個險，仍然不為所動，將門帶上之前，轉頭大聲喊道：

「好了，別喊了，怎麼說我也是個保全大隊長，這是我的地盤，在這裡就得聽我的，好好待著，都別亂動！」

隨後，大寶便走到隔壁間的辦公室，坐著喝茶、看報紙，透過看守室的玻璃窗，不時地盯著曉川和阿南。

「曉川……現在怎麼辦？」阿南無助地問道。

此時，曉川心中只掛念著李玉才的安危，淚水在眼眶裡打轉，但仍努力地鎮定說道：「我們一定得出去，把事情弄個水落石出，我一定要去救他，我們一定要逃出去！那個該死的大寶，簡直笨死了，竟然不放我們走，我們得想辦法分散他的注意力，再趁機逃走！」

「嗯！那……有辦法嗎？」阿南也點頭道。

曉川想了想，似有主意，開始大聲喊叫。

大寶從玻璃窗外盯著曉川，隨後不耐煩地走了進來。

「你們又怎麼了？」

「大寶……大寶……你其他的手下怎麼都不在呀？」曉川探問道。

「呼……你是真不知道，還假不知道啊？這一禮拜來都快累死我們了，還不是因為盜墓案的事，把大家都累壞了，今天剛好又是週末，休假的休假、養傷的養傷，樓下還剩不到幾個在巡邏，我只好一個人在這留守囉！」大寶挾著點抱怨之氣說道。

曉川一聽，心裡竊喜，趕緊說道：

「喔……辛苦了！大寶……我有點口渴了，能不能幫我倒杯水？喔不……還是幫我泡杯咖啡吧！拜託你了！」

「咖啡？」大寶斜睨著曉川。

「怎麼，不行嗎？局長要你看住我們，可沒說不讓我們喝咖啡吧！」

「你還有心情喝咖啡呀？還不趕緊想想跟局長的誤會該怎麼解開嗎？」

「是該解開，但我現在又累又渴，想喝杯咖啡醒醒腦，拜託嘛，大寶……拜託嘛！」

「好好好……泡就泡，唉，女人就是麻煩！」

大寶轉身出去，走到廊道牆邊的熱水壺旁，準備泡咖啡，阿南突然在大寶背後喊著：

「嘿！大寶！順便也幫我泡一杯，我要半糖的啊！」

曉川一邊注意著大寶，一邊用肩膀撞了阿南一下，低聲道：

「別喊了，阿南……阿南……快！快用嘴巴把我的髮夾咬下來！」

「啊，用嘴巴？妳想幹什麼？」阿南愣愣地看著曉川。

「唉呀，煩死了，你少廢話，別問那麼多，想活著出去就照做！」

阿南不敢違拗，連著椅子起身，張嘴咬下曉川頭上一根又長又硬的銀髮夾，睜大眼睛看向曉川，曉川趕緊說道：

「很好，放在我手上！」

阿南只得斜斜地歪倒身體，小心翼翼地叼著髮夾放到曉川背後被反綁的手心裡。

曉川用眼神鼓勵了阿南，一邊用髮夾反覆地磨擦綁繩，一邊看著大寶在攪拌咖啡，正要將兩杯咖啡都放進托盤裡。

阿南緊張得心臟都快跳出來了，急聲說道：

「快啊！曉川，那個蠢大寶……他快要過來了！」

曉川感覺到手心被髮夾摩擦得灼熱，綁繩漸漸地鬆動了，但還是差了一點兒，時間顯然不夠讓綁繩鬆開。

大寶扭開了看守室的門，不耐煩地端著兩杯咖啡走了進來。

「好了！咖啡來了！」

曉川見狀，則飛快地思索著說道：

「唔……看起來好像有點燙耶，幫我吹涼一點好不好？」

「大姐，我是保全，不是褓姆！」大寶不耐煩地回道。
阿南在一旁看著，突然給大寶一個微笑說道：
「大寶辛苦你啦，沒關係，我的不用，我習慣喝熱一點的！」
曉川按捺住想痛罵阿南的衝動，繼續撒嬌著：
「拜託嘛，大寶，幫忙一下嘛！不然你等一下餵我們喝的時候，我們燙到了怎麼辦？」
「唉，你們女人真是……」
大寶轉身又走回了辦公室，找來一支湯匙，反覆地舀著咖啡。
「好了，好了，現在應該夠涼了，這位大姐，還有什麼要求沒有？」
赫然，曉川感覺到背後的繩索鬆開了，心裡的巨石瞬間放下，機靈地跟大寶說道：
「有！」
「這回又要什麼了？」
「大寶，你快看一下！辦公室外面好像有人來了！」
「有人？誰啊，大家不都休假了嗎？」大寶困惑地轉身道。
此時，曉川又突然大喊一聲：
「大寶！」

「啊？又幹什麼？」

大寶猛然又轉了回來，曉川迅速扯掉繩索，舉起看守室的小茶几重重砸向大寶，大寶被猛然一擊，頭一眩，立刻暈倒。

阿南大嘴一張，愕然地看著曉川道：

「哇……你也太猛了吧！曉川，看不出來你出手這麼狠！快……幫我解開！」

曉川急忙中鬆開了阿南的綁繩，又立刻用綁繩縛住大寶，拍拍手站起來道：

「好了，沒時間了，快走！」

阿南盯著灑了一地的咖啡，惋惜地說：

「欸，我咖啡還沒喝呢……」

「沒時間了！還喝什麼咖啡，快走呀！」

曉川拉著阿南跑出保全中心的辦公室。

阿南則回頭看著仍然昏厥的大寶，喃喃地說：

「哎，大寶……對不起啊！」

一計咖啡騙局，銀夾斷繩，終於逃出了保全中心的圍困，奔逃間，阿南茫然地問道：

「曉川，現在我們該怎麼辦？」

「跟我來，快！我們得先回去局長的辦公室搞清楚狀況！」曉川拉著阿南跑著說道。

跑了一會兒，回到熟悉的局長辦公室，門卻反鎖著，但這點小事當然難不倒電腦高手阿南，整個文物局的安全系統全是他經手的，開個門鎖對他而言，不過是小菜一碟。在順利偷闖進了辦公室後，曉川心裡五味雜陳，立刻翻箱倒櫃，尋找局長的辦公桌和辦公櫃裡任何可疑的文件檔案。

阿南則是三兩下就破解了辦公室所有電腦的開機密碼，甚至是特勤隊留放在桌上的一堆高科技機器，阿南也弄得順手，正快速瀏覽著電腦裡的檔案資料。

「阿南快！電腦裡一定有證據，至少把剛才我們聽到的對話記錄找出來，也要找找看有沒有盜墓案的資料，我要知道他們到底在搞什麼！」曉川吩咐著阿南，對於電腦資料的擷取、或者說是「竊取」，曉川對阿南有十足的信心。

阿南飛快地打著鍵盤，盯著電腦裡大量計算過的資訊，突然找到了一個加密資料檔，阿南隨即嘗試破解密碼，卻皺了皺眉，仔細研究一番，他發現這個加密檔案的程式非常複雜，用普通的演算法要跑好幾天才破解得出。

「這個加密檔案太可疑了！會不會就是這個？」阿南喊住曉川道。

「加密檔案？你現在解得開嗎？快試看看！」曉川問道。

「嗯！我盡力試試吧！」阿南挽起袖子，說道。

曉川緊張地守在阿南旁邊，阿南專注地盯著電腦上不斷閃現、密密麻麻的一大串數字。

曉川則不時注意著局長辦公室門外的動靜，焦慮地問道：

「好了沒有！快啊！」

阿南的額頭上沁著汗珠，回道：

「我盡量吧！這個檔案竟然加了五道防護，還需要些時間……就快了，現在剩下最後一道鎖，等解碼完了就行！」

阿南飛快地敲擊著指令，深呼吸了一口大氣後，謹慎地按下確認鍵。

只見電腦螢幕上閃示著正在解碼的百分比數據。

曉川和阿南屏息看著螢幕上的數據倒數，倒數結束後，畫面順利跳出了多個檔案資料夾，阿南開心地歡呼：「Yes……解開了！」阿南又點開了資料夾，驚呼道：「哇……這裡頭……全是銀行交易的單據！」

曉川也湊在螢幕前瀏覽著，說道：

「我記得……他們好像在談論……有人想要出價買取『復國寶藏』，難道這些就是他們交易的資料？等等……這個帳戶的戶名是……局長，難道，局長真的也被收買了？」

「所以，局長真是他們的人嗎？」阿南驚嘆了口氣。

「對方到底是誰？為什麼想買這批寶藏？」曉川繼續翻找著交易的戶名資料。

「這邊顯示有好多筆資金，全都是先轉過兩筆交易，才轉到這個帳戶，而且每轉一次，金額就遞減一次。」阿南提醒著。

「也就是說一筆資金連轉了三個帳戶。如果第一個帳戶是買主，最後的帳戶是局長，那麼中間的帳戶是……？」曉川道。

「肯定還有個中間人，專門分配金額，再轉給每一個小戶！所以第二個帳戶之後才會每轉一次，金額就遞減一次！」

「最後一個帳戶是局長，那麼這個『中間人』……會不會是剛才和他們通話的那位『老闆』？」曉川想了想說道。

「『老闆』……？等等，你看，這裡好像有一張保密合約，看樣子是他們的交易內容，還是用手寫掃瞄的！」阿南驚訝道。

「也許是他們私下簽署的合約……」

阿南仔細檢視了一下合約的內容，快速心算著說道：

「這裡有好多筆交易金額，我的媽呀！個十百千萬、十萬、百萬、千萬……這裡全部數目加起來，一共有十二位數耶……總數超過八千億……啊！八千億？而且還是……不會吧，是美金？」

「美金？八千億？天啊，誰那麼有錢啊！」曉川瞪大眼睛道。

「我看……不是世界富豪俱樂部，就是國家級的金庫才有那麼多錢吧！太誇張了……慢著，這個合約下面還有收授人的署名……是『莫立達』？」阿南結結巴巴地說道。

「莫立達！」曉川皺了皺眉，驚訝地喊道。

「奇怪，這名字怎麼這麼耳熟，好像在哪聽過？」阿南困惑地說。

「廢話，他是我們的副總統！」曉川回道。

「喔，對耶，是副總統！啊什麼……副總統？」阿南驚愕地看著電腦上的資訊，莫立達三個字清清楚楚地印在上面。

曉川思索著，試圖將全部的人物關係整理清楚，自語道：

「難道……他們說的那位老闆真的就是副總統？怪不得國安局會插手這件事，原來全是莫立達安排的人！」

阿南一臉還是沒搞清楚，愣愣問道：

「不對呀，你的意思是我們的副總統，自己出錢買自己國家的寶藏？」

曉川打了阿南的頭一下說道：

「不是啦，他只是賺取傭金的中間人，真正出錢的是另一位幕後的大買家！買家到底是哪位呀？出這麼大手筆！黑市古董商？國際收藏家？還是哪位呢……」

曉川拉了張椅子坐了下來，飛快地檢視資料。

阿南則繼續看著電腦上的交易明細，提醒曉川：

「我想應該不是『哪位』？而是『哪國』吧？」阿南再指著螢幕上的數據說道：「妳看，這個最大的帳戶很明顯不是我們國內的，不管多的少的，每一筆全是從國外進來的，所以買家一定在國外，而且單一帳戶敢存那麼大筆資金的地方，我猜只有世界各國的國家銀行才有吧？」

聽了阿南的胡亂猜測，曉川想了想，瞪大眼睛說道：

「你的意思是……出錢的買家是外國政府？」

「這我不敢肯定，但也是有這個可能啊！不然為什麼幾筆簡單的交易手序，還需要簽署保密協訂，這就說明不是一筆單純的交易啊！」阿南繼續猜測著。

「如果真是這樣，那副總統就不只是中間人而已，他是最大的賣家！」

「什麼？最大的賣家？」

「而且聽說他最近決定要加入明年的總統大選了，難道會跟這事有關嗎？唉，到底是什麼政府，會用這種手段來盜買我們的寶藏！」

「管它是哪國政府、還是什麼人，反正絕不能讓他們拿到寶藏！我雖然待在文物局的時間不長，但我還知道要怎麼保護我們國家的文物！想裡通外國……盜賣國寶，先過我這關！」阿南憤憤地表態，一邊熟稔地把所有證據資料，迅速拷貝到私人的雲端硬碟中備份。

曉川轉頭看向阿南，禁不住說道：

「阿南，這是我們認識以來，你說過最中聽、最帥的話！」

「嘖，真是太小看我了，好吧，下一步，我們該怎麼辦？」阿南不禁紅了一下臉。

「我們的力量有限，而且時間不多了，現在唯一能做的，就是散布消息！」

「你是說爆料？」

「對，讓這群人的行徑曝光！」曉川想了想，又說道：「阿南，這些資料都是很重要的證據，你想辦法把這些資料和盜墓案的事，整理成一份機密報告，然後用最快的速度，送發到監察院、司法院、法務部、國防部、調查局、廉政署、地檢署……反正能送的都送，把事情傳得越廣越好，搞得越大越好。對了！別忘了還有媒體！」

「媒體也要？」

「廢話！平常這些政客最會利用媒體來搞事，現在就讓他們最愛的媒體來搞他們自己吧，最好能馬上讓全國人民……甚至是全世界都知道這件事！你行嗎？」

「放心！寫報告我在行，交給我吧！」阿南點點頭，又突然問道：「欸，不對呀，什麼事都讓我做了，那你要幹什麼？」

曉川感激地拍了拍阿南說：

「這些先交給你，我要快點想辦法去救玉才哥！你沒聽他們說的嗎，要把所有知情的人通通解決掉……」

「對耶，我都忘了還有李教授！那你知道要到哪裡去救他嗎？」阿南問道。

「剛才他們好像提到了嘉義紅毛井，我要立刻趕去嘉義！」

阿南不禁擔心著曉川，也擔心著即將迎來的這場硬仗，對方有錢有權，還擁有眾多人馬，阿南便問道：

「他們那麼多人，還有武器，你一個人行嗎？」

曉川想了一想，微笑地安慰道：

「放心，我會想辦法的，這裡就交給你了！對了，別忘了還有一件最重要的事……」

「你說……」

「一定要想辦法連絡到總統，讓他也知道這件事！」

「啊？總統？我……」

「阿南，我相信你一定有辦法的！」

沒等阿南回應，曉川堅定地拍了阿南肩膀一掌，便轉身走出局長辦公室，阿南一見，急忙收拾著東西，也迅速跟了上去。

兩人一踏出文物局大門，迎面而來的是清晨時分才有的清爽濕潤的微風。

在逐漸天亮的的朗朗日光中，兩人對視一眼，各自奔赴不同的方向。

第九章

尋

諸羅古境

眼見盜墓一案的破案期限已面臨倒數階段，諸方人馬正如火如荼、進行著各自盤算好的尋寶任務。

江坤、彭少安率領著特勤隊和特種兵，準備悄悄前往嘉義古城，暗中埋伏，企圖捕捉香花堂這批盜墓賊伙，並妄想奪取「復國寶藏」。

江坤的上頭老闆——莫立達，早在盜墓案發之後，以總統府的名義隨即下達密令，以七天為破案大限，而七天大限也正是牡丹幫指定的交貨日期，怪不得這幾日江坤局長始終擔憂著時間的流逝，生怕若是搞砸了這筆買賣，如此重大的罪責，牡丹幫組織豈能放過老闆莫立達，更不可能放過自己。但江坤卻不知老闆莫立達與牡丹幫合伙的真正目的，不只為了求財，竟然是為了競爭總統大位而使出的手段，直到老闆莫立達親口告知他這個驚人的暗黑計畫，除了訝異之外，讓他此刻更感到壓力越發沉重。就在火速前往嘉義城的一路上，他不斷思索著，此案既然牽動未來政局，非同小可，原本以為只是個國寶買賣的地下交易，沒想到竟無端陷入另一場權勢鬥爭，雖然在此其中確實「錢」途無量，但仍不禁驚嘆副總統如此高玄的政治手段，簡直瘋魔，竟敢利用這麼複雜的國寶盜墓案，又想暗中擺了牡丹幫一道，以達到權財兩得的陰謀，雖說不入虎穴、焉得虎子，但這豈只是虎穴而已，驚險指數根本直逼攀伏在火山坑口，稍有不慎，後果不堪設想，這股猛勁兒似乎比那李玉才還敢冒險啊！

隨著直升機艙的晃動，江坤不斷頓頭皺眉，忽然間他想通了，原來七天大限為的不是和牡丹幫交易的期限，而是執政黨內正式提名總統參選人的重要時刻，在此之前，黨內眾多參選人為求出位，早就明裡暗裡，鬥得你死我活，副總統莫立達雖然聲望不小，但其他對手的民調仍是緊咬直追，彼此難分軒輊，即使自己對政治操作不怎麼感興趣，但對政局勢態的敏感度，多少還是有的。兩日之後，便是長達一整個禮拜的黨內初選全國民調，誰能在此時機衝上最高聲望，勢必是最後贏家，也就能成為未來的正式總統候選人。沒想到在此其間，老闆莫立達暗中運籌，精準到位，如此深謀，令人嘆服！

但他實在不解副總統何來的勇氣，膽敢和一群來歷不明又貌似極其危險的秘密組織牡丹幫耍陰謀，縱使眼下握有執政大權，也沒必要為了爭奪大位而冒這個險吧？就算牡丹幫只是老闆口中說的社會敗類、或是世界各地烏合而成的混混幫派，怎麼說也算是個暗黑勢力，背後有多少力量支持尚未可知，老闆執意為之，究竟意欲何為？莫非……這裡頭還有自己無從得知的深層內幕？不過精明的老闆既然有膽選擇這條路，必定有他的道理，跟著他一起拚命，或許也不是件壞事，若是成功，如飛鵬扶搖直上，未來掌管大局也不無可能，但若是失手，豈不如登崖墜谷，絕對死無葬身之地。江坤左思右想，一時又陷入了掙扎，心亂如麻，這……那……唉，算了吧，事到如今，路都已經走到這了，想再多也是沒用，這下索性豁出去，跟他拚到底！好在眼下那位老朋友──李玉才，睿智地破解藏寶密碼，功業已成大半，驚天的復國寶藏眼看就要到手了，只要把頭一個任務完成，一切必能順勢而過，就等著坐享富貴吧！

而在刻之前，另一頭的李玉才和香花堂準備好各式行頭傢伙後，則是星夜兼程，一路由北海岸的淡水小鎮，驅車狂奔至藏寶的終極地點：嘉義城。

此時，南臺灣溫潤的氣候，比之北臺灣的微冷更加逼近夏日節氣。暖煦的日陽灑耀在嘉南平原上，一片片綠蔥蔥的稻田，正散發著金色的光芒。

突然，一陣疾風在田邊呼嘯而過，只見一輛看似改裝過的老舊貨車，駕著迅雷般的馬力，奔馳在南臺灣的福爾摩沙公路上。

萬天龍一路把持亢奮的精神開著車，副駕上正坐著萬天虎、萬天鷹，隨時注意著行經過的路況。

李玉才倚靠在貨車的後頭，覽望著沿路的風景，不一會兒，車輛已從公路駛入嘉義的交流道，只見平原上的稻浪隨風翻騰著，一大片綠油油的稻田盈滿了李玉才的視線，時間還不到午時，早晨的太陽溫煦地照拂著一個個彎腰在田壟間的農人。

萬天鳳經過一路上的假寐之後，睜眼對上了李玉才的視線，李玉才笑著示意她往車外看，萬天鳳眨著眼迎向了滿眼的綠意與陽光，不禁嘆道：「哇……好漂亮啊！」

一個轉彎，車輛來到了嘉義城的西南外郊，不遠處，有座高聳的三角石碑柱，最上頭立著一顆類似渾天儀的球形裝置，碑柱造型典雅，三角錐體簡潔的垂直稜線，展現一派俐落。

車輛正行經此處，萬天龍刻意放慢了速度，也吸引了李玉才的目光，便在車後抓緊護欄，挺起身仔細一看，見到柱上嵌刻著「北回歸線標誌」的字樣，李玉才眼神為之一亮，內心一陣興奮，因為前方不遠的鬧區市鎮，便是嘉義古城了！

車輛剛駛過北回歸線的石碑柱旁，李玉才又留意到前方橫跨路面兩端的紅色拱橋，在天際畫出一條美麗的圓弧線，橋上清楚刻著「北緯廿三點五度」的標誌，腦海中突然浮現青花龍紋奏摺裡的「隱形圖」，似乎感覺兩支「黃、赤」令旗正頂在頭上飄揚而過，李玉才凝視著天空，心中暗道：

「黃赤交角……極北陽穴！這次肯定錯不了！」

「大哥，二哥，你們看……是北回歸線！」萬天鷹也忍不住探出車窗，興奮地喊到。

香花堂等人直望著紅色拱橋，在穿越橋下的這一刻，就算是橫跨北回歸線了，換言之，距離復國寶藏也就只有幾里之遙，心中生起莫名的感動。

過了橋後，萬天龍便緊踏油門，繼續向前疾駛，奔往嘉義古城而去。

片刻，眾人遙望遠方，發現一片層峰疊翠的高聳山巒，頂峰似乎還飄著幻影般的雲海，一座小而巧的城市就座落在阿里山脈腳下，古城倚山而落，就像偎靠在一幅青翠的屏帳之下，如此天然勝景，也令眾人忍不住讚嘆。

李玉才不禁想起，嘉義城自古以來，「諸山羅列，平疇綠野」便是她的天然特色造景，因此古稱「諸羅城」，如今，幾百年過去了，守護城市的依舊是這片亙古不變的蒼蒼大地，不由得仰首感恩天賜，護佑著美麗的寶島山川。

香花堂的小貨車緩緩駛進嘉義市區，城內儼然是一派新舊相參的景像。

此時，卻隱隱見到萬天龍的眼眶不住地紅了起來，他突然想起數百年前，當時臺灣的天地會首林爽文，也曾在此舉旗反清，起兵興義，率領堂下弟兄圍攻諸羅城，無奈被諸羅守軍拒之在外，後又被遠從北京渡海來臺解圍的福康安將軍討伐而流亡，從此，天地會眾便隱身於山林市井，難以行道於世，沒想到這座諸羅古城，竟也是天地會先祖曾經闖蕩的江湖，如今，自己又帶著弟兄們重回此地，一心只願守護世代相傳的復國寶藏，回憶至此，萬天龍的眼眶便更加濕潤了！

「大哥，已經到市區中心了！」

萬天虎突然的一句話，驚醒了萬天龍的暗自憶想，萬天龍趕緊回神，望向前方的市鎮。

萬天虎看著手中的衛星導航設備，發現衛星定位點已顯示在嘉義市中心的鬧區，便自動地警覺了起來。

眾人也敏銳地左右張望探尋著，深深感到此行的目的地：「紅毛井」一定就在附近了！

萬天龍緩緩將車停靠在嘉義市中心的七彩噴水池圓環邊。萬天虎則轉頭，對著貨車後頭的李玉才喊道：

「已經到市中心了！大管家，接下來就靠你了！幫我們把紅毛井找出來吧！」

李玉才探頭望了望街景，回頭喊道：

「天龍大哥，到前面那裡，繞過噴水圓環，轉進巷子！」

不一會兒，車輛已照著李玉才的指示抵達巷弄，這條巷弄果然窄小樸拙，周邊全是蒼天古榕，流髮般的一絡絡樹鬚幾乎掩蓋住了豔陽的光耀，此處鬧中取靜，甚少人煙，只見少數幾間矮舊的磚瓦平房，也不知是否有人居住。

香花堂眾人跳下車，萬天龍提醒著大家把武器和必要的擊破裝備隨身帶著，以防萬一，便跟在李玉才背後徒步行走。

巷弄的尾端，有一棵傾頹的老樹，樹木雖老，但見枝椏的尖端仍有著些許嫩綠。

李玉才在老樹的周圍發現雜蔓的草叢，一撥開，就看見一個方圓造型的紅磚古井，磚面斑駁破損，井口已被鐵欄封住。

李玉才帶著敬意，蹲跪著，輕輕撫摸古井，說道：

「久違了……紅毛井！」

「紅毛方圓！果真是天圓地方啊！」萬天龍仔細打量這座特殊的古井嘆道。

只見紅毛井中央的圓形口是天然的灰石塊堆積而成，石面已嚴重剝蝕，可見到一片片的坑疤，而外圍卻是用紅磚頭砌成的一塊方形，包覆著中間的井口，這外方內圓的造型，明顯不是同個年代建造的，樸拙的圓形井口是荷蘭人最早開鑿，而紅磚的造型想必是在後代時所增補添上。

話說這「天圓地方」代表著宇宙運行的無形規律，象徵天道常存，乃是中原漢族才有的文化，此正是當年的香花堂為了埋藏別具意義的復國寶藏，才刻意修築作記的！

大伙正驚喜地看著眼前這座歷經滄桑的護寶之門，萬天鷹卻突然皺了皺眉，說道：

「大哥你看……井口被封死了！」

「你們讓開，我來！」萬天虎見狀，便大聲喊道。

萬天虎一邊說著話，俐落地拿出一把鐵鍬，使勁用力，撬開欄網，現出了井口。接著又說：「封死？這不就活了嗎？」

萬天鳳走近井口，彎身查看，用手電筒探照了井底，張望地說道：

「井底沒什麼水，也沒什麼障礙物，應該可以直接下去！」

萬天鳳說話的聲音在井中迴盪，帶著空洞的重重回音。

「好……天鷹，準備！」萬天龍確認好身上帶著的武器裝備後，吩咐說道。

萬天鷹向大哥點點頭，拿出了垂吊繩索，堅實地架設在井邊，垂放入井，萬天龍領頭，眾人一個接一個陸續攀爬而下。

說此同時，就在香花堂一行人垂降探入井道的當下，嘉義城的上空突然出現兩架盤旋環繞的不速之「機」。

江坤和彭少安的直升機隊正抵達了嘉義城，並且迅速地鎖定了香花堂和李玉才的行蹤。

特勤幹員利用儀器，追蹤到上清珠的位置訊號，在直升機轟隆隆的槳翼聲中，喊道：

「隊長，有訊號了！」

「確認定點位置！」彭少安喊道。

幹員操作著追蹤器，突然遲疑了一下，說道：

「隊長，無法定點確認，訊號一直在移動，不過位置應是距離這裡的東南方兩公里處！」

彭少安思索片刻，隨即用無線電通話，呼叫另一架直升機說道：

「往城邊東南方前進！」

「收到！」另一架直升機上，正是隨行前來的特種部隊，領軍隊長接起無線電回覆著。

此時，特勤幹員突然眉頭一皺，提醒著彭少安：

「隊長，訊號有點不穩定，可能有大型障礙物或者是不明干擾物，但目前還追蹤得到些微訊號！」

江坤在一旁聽了，便沉著地回應道：

「障礙物？看來……他們已經不在地表上，鑽進地底了！」

「把追蹤訊號加到最強！」彭少安一聽，立刻命令道。

直升機繼續往東南方飛去，接收到的訊號也越來越明確、接近。幹員也不斷確認著衛星訊號，喊道：

「隊長！到了，他們的位置就在正下方！」

江坤用望遠鏡向下查看，隱約在樹叢中發現了一口紅磚古井，和停在一旁的小貨車：

「紅毛井！果然是這裡！」

「隊長，訊號正不停地往東邊移動！」幹員持續報告著。

「江坤，你看……要不要現在採取行動？」彭少安遲疑了一下，問道。

「不！先等他們找到寶藏，再看情況！繼續追蹤，直升機跟著訊號走，別跟丟了！」江坤指示完畢，回頭再告訴彭少安道：「讓他們吃苦冒險去吧，一找到寶藏下落，我們再坐享其成，只要有李玉才在，解謎尋寶的事就變得容易多了！」

彭少安點點頭，接通無線電，對另一架直升機說道：

「跟緊我們，維持空中跟監，沒有我的命令，誰都不准行動！」

「是！收到！」

紅毛密道

李玉才和香花堂小心翼翼地遁入井裡，持續垂降十幾米深，一股難聞的腐水味直竄而升。

大伙兒忍著臭味侵鼻，終於來到井底，只見井底空間窄仄，五個人連旋身都有困難。

萬天龍摸了摸井底的牆面，發現牆面立著一扇鐵閘門，萬天虎便拿出鐵鍬撬開鐵條，使勁撞開了門，忽地，一條深不見底的長形隧道在眾人眼前豁然開展。

「這井果然有蹊蹺，天虎哥，做得好，這邊走！」李玉才見了隧道，驚訝地說道。

李玉才拿著手電筒，興奮地領在前頭，走進長長隧道，腳下全是一層比一層厚的青苔，眾人只能緩緩地穩著步伐慢行。

一路上，李玉才單手扶著牆面前行，忽然覺得手上不太對勁，感覺像摸到了什麼東西，便停下腳步，側頭一看，竟發現左右牆壁都雕畫著看似古老且罕見的圖騰，令人奇怪的是，壁面上卻沒有潮濕的水痕和青苔，反而乾燥堅實，只是壁畫可能因年代久遠的緣故，斑駁的圖案只可依稀見其過往的輝煌。

眾人驚嘆地看著隧道裡的壁畫，萬天龍好似還在牆上發現一朵朵的紅花圖騰，不禁感動莫名，遙想著當年香花堂的先祖們，肩負重大使命，深入此地埋藏寶藏，仍不忘讓香花堂的徽號在此落地開花，一想至此，更激起了心中亟欲完成任務、堅守國寶的使命感。只可惜井底的光線不甚明亮，想再仔細一窺壁畫全貌是不太可能的，在這條隧道裡，全仰賴著一行人攜帶著的手電筒照明，能夠安然渡過這眼前吉凶未卜的險關，已是祖師爺保佑了！

此時，李玉才頸上的上清珠墜鍊，突然發出了微弱的訊號閃光，李玉才眨眨眼，奇異地看了一眼上清珠，疑惑地思索著，便搖搖頭甩開了奇怪的預感，繼續專注在眼前的藏寶密道，謹小慎微地向前探進。

一行人持續步行在紅毛井底的秘密隧道，隧道蜿蜒綿長，井中雖然昏暗，但仍有不知從何而來的新鮮空氣，讓一伙人在井中尚不覺窒悶。萬天虎一邊走著，不禁訝異地說道：

「真沒想到……這井裡面竟然還有這麼長的隧道！」

走在最後的萬天鷹，有點耐不住性子，疑惑地說道：

「大哥，這隧道到底是通往哪裡呀？我們已經走了快十分鐘了，怎樣還沒到盡頭？藏寶圖不是說……有個『地城』嗎，地下城到底在哪？真的是這裡嗎？」

「天鷹，別說話，忍著點，跟著走就是了！」萬天虎回道。

李玉才繼續走在最前方，突然間停下了腳步，驚動了後頭跟著的一伙人。

「怎麼了，大管家？」萬天龍探問道。

眾人拿起手電筒朝前一探，赫然發現眼前已經無路可走，卻有著兩扇看似厚重、如同宮殿式的浮雕鐵門。

李玉才向前扳動鐵門，試圖打開門鎖，卻打不開。萬天虎見狀，便上前幫忙，說道：

「大管家，這個讓我來！」

萬天虎和萬天鷹便拿出鐵鍬和鐵鉗，將鐵門的門鎖砸開。

萬天龍與李玉才合力推開左右兩扇鐵門，鐵門又沉又重，轉軸似乎還生鏽了，變得更難推動，正在全身出力的當頭，李玉才一個重心不穩，摔進門內，門內的地勢詭奇異常，竟是一片懸空。

不料，李玉才踩了個空，即將摔落，便緊急伸手拉住門坎，隻身懸吊在門邊，萬天鳳見狀，心一急，一個箭步飛撲向前，即時抓住李玉才的手，使勁往上拉，一邊喊著：

「小心！抓緊我！」

李玉才被萬天鳳和萬天龍合力拉起後，驚恐之餘，仍喘著氣息趴在門坎邊，試圖張望門後詭異的地勢。

此時，萬天鳳進前扶著李玉才，生怕他又不小心摔落，還貼心地關切道：

「你沒事吧？」

「我沒事，多謝你了！」

李玉才頓時感受到萬天鳳難得一見的溫柔，心中不由地暖了一陣，便對萬天鳳點了點頭，微笑著。

被萬天鳳扶著的李玉才，深覺多了一份安心，便再繼續朝門洞內探看，試圖尋找著什麼線索。

無奈手電筒的光度不足，照探得不夠清楚，李玉才低頭思考著，轉而在鐵門的浮雕門面上摸索，卻在門板上方發現一個造型奇特的門環，李玉才心思一動，緩緩將門環拉起，忽地，鐵門後深不可探的地洞中發出隆隆聲響，聽似有東西從壁中滾落而下，不一會兒，只見一顆顆的大圓珠子，從壁洞中滾落到四面牆壁上的透明燈罩，漸漸發出淺紫色的亮光，全然照亮了洞內景物。

萬天鷹被眼前的景象震懾住，看著一顆顆的明珠順著軌道滾落周圍，將門洞裡的一切，點綴得熠熠生輝，驚嘆道：

「這是……什麼東西？」

李玉才仔細瞧了瞧明珠，神情大驚，嘆服道：

「明宮的紫玉夜明珠！哇……用這種方式照明，就不會像燈燭或火把一樣產生煙霧、燻黑洞穴，還能保留了洞內的空氣，實在太聰明了！」

這「紫玉夜明珠」相傳是在上古時代，大禹治水時遺留下來的十二顆守護神器，專門鎮守山河之用，如今竟出現於此。李玉才震驚不已，沒想到傳說中明朝宮廷收藏此物的傳言竟是真實，必是當年國姓爺鄭成功想方設法從明廷大內獲取，眼見這一道道清瑩透亮、圓潤飽滿的紫彩光芒，李玉才頓感古物之精妙博大，果然深不可測。

此刻，有了紫玉夜明珠的光耀照明，眾人便朝鐵門後方原本黝黑的地洞望去。門內正下方原是個洞穴窪地，地深約莫十幾米，底部中央有一窟水潭，往側面一瞧，在鐵門後沿著洞窟壁面的兩側建有環形階梯，李玉才便領著眾人，沿著環形階梯小心翼翼地走到下方，卻發現洞中什麼都沒有，也不見別的出路。

萬天虎四處敲打著牆壁，頹然地說道：

「這裡只是一個洞穴，除了這潭死水，什麼都沒有啊！」

「地城呢？大管家，你不說有個地下城嗎？難道……就是這裡？」萬天鷹上上下下四處張看著，但這詭異的洞穴既摸不到機關，也沒有其他的指引物品，萬天鷹不禁質疑起李玉才，又問道：「大管家，你說現在該怎麼辦？」

「當時藏寶的人挖了那麼長的隧道通到這兒，沒道理什麼都沒有……」李玉才沉吟道。

李玉才不斷思索，在地下洞穴走了一圈，忽地，敏銳地注意到壁面上有不同於剛才一路行來的乾燥，反而有著水痕與潮濕的蘚苔，便抬頭好奇看著洞穴的頂端，臉頰突然被落下來的水滴滴到，嗒的一聲，李玉才突然被打醒似的，皺了皺眉，問道：

「天虎哥，你的衛星導航還能不能用，查查看我們頭上的位置是什麼地方？」

萬天虎點點頭，拿出衛星導航設備，查詢定點位置，說道：

「地圖顯示……我們正在『紅毛埤水庫』！」

「紅毛埤水庫？」萬天龍皺著眉說道。

「什麼？我們的頭上是水庫？難道……這裡是個水底洞？我們剛才走來的那條路，竟然是水底隧道？」萬天鷹驚訝地質疑著。

眾人面面相覷，啞口無言，似乎不太敢相信，自己就站在一個水底世界的深處。

大伙兒緩緩抬頭，仰望著頂壁，愣看著幾滴水從濕潤的壁面上，應聲落下，打在腳邊的水潭，滴答滴答的響音，迴盪在偌大的洞穴裡，回聲不絕，聽在眾人耳裡，卻像是一股股浪潮翻打在岸石上的驚聲駭響，腦海中各自浮現出對壁頂外的地表上，未知模樣的奇異幻想。

地下皇城

紅毛埤？究竟是為何處？

眾人對於身在水底深處的現實情境，震驚不已，瞬間啞聲呆目，腦海中狂潮般的疑問不斷浮現。

突然，萬天鳳打破了片刻的寂靜，持續仰望著洞穴壁頂，疑惑地問道：

「在水庫下方建水底洞？這個紅毛埤水庫究竟是什麼地方？」

李玉才思索一會兒，看著大伙解釋道：

「這個紅毛埤，也叫蘭潭……是當年荷蘭人在嘉義城東郊開鑿的一個水潭，是他們用來訓練水師的秘密基地，後來被日本人重新開發，改用來儲水灌溉，建成了水庫。在當時的十七世紀，這裡可是全臺灣最先進的水利工程！」

「難怪這裡到處都有水，這個水窟窿一定是從水庫的水滴落下來，經年累月積成的水潭！」萬天龍說道。

「煞費苦心建了這麼奇特的地方，一定有他的用意，這裡一定還有別的通路，只是我們沒發現！大家再費心找一找，看有沒有別的出口！」李玉才鼓勵著大家，大家重新振奮起來四處摸索。

萬天鳳沿著牆面摸尋，敲到了一面牆，高處和低處有著不同的聲響，心中不禁起疑，蹲下來在牆腳處用力敲了幾下，壁面竟然隱隱鬆動，便激動喊道：

「你們快來看，這面牆的後面好像是空心的！」

萬天虎聞聲趕來，用鐵鍬將牆面擊破，果然一敲即碎，後方竟出現一個洞口。

李玉才迅速趴在地上，舉燈往內照探，果然發現一條通往更下方的滑行地道。

「有了，果然還有通路！」

李玉才扭身鑽進洞，率先跳入，滑向下方，香花堂眾人一一緊跟在後。

眾人溜下長長的滑道，一路黑暗窄狹，伸手不見五指，只能靠著身體的觸感，試圖揣測周遭險峻的環境。

不一會兒，只聽得連續的碰撞聲響，眾人一個個摔落而下，差點疊撞在了一塊。

身懷武功的香花堂等人，在落地撞擊後，便迅捷地往別處翻滾，緩衝下滑的急速力道。

唯有李玉才跌坐在原地，輕揉著有點疼痛的肩背和臀部，雙手奮力支撐著，慢慢挺起上半身，撿拾掉在一旁的手電筒四處照探，光線在偌大的空間裡仍顯得微小薄弱。

李玉才不斷左右觀望，只看得清身體周邊的事物，隱約發現自己正坐在一個雅致的圓形高壇上，壇座是用大塊方磚砌成，壇上一片淨空，不見任何飾物，李玉才試圖挪動一下身體，卻不經意壓觸到了高壇正中央的某個小機關。

隨即，一聲巨響傳來，滑道口緩緩降下一塊厚實的石閘門，眼見滑梯的通道出口就要關上，萬天鷹緊張地大喊：

「糟了，洞要關上了！」

翻騰腳法最輕盈的萬天鷹，瞬間一個跳躍，朝著滑道口飛撲而去，亟欲阻擋石門，但卻慢了一步。

只聽得哐噹一聲，眾人愕然地看著來時的洞口已被石門封死，趕緊起身環顧四周。

李玉才以敏銳的洞察力，繞行在高壇邊緣查看，時而踮腳眺望，時而趴地掃視，忽地，一個奇特的物件吸引了他的目光。

李玉才偶然發現到高壇上有個稍較凸出的小磚塊，和周邊一片平整的磚地顯得格格不入，便伸手在小磚塊上摸了一圈之後，發覺磚塊並不是嵌死的，李玉才好奇地將磚塊使力按下，磚塊突然翻轉過來，另一層表層竟是一面金磚！

說時遲，那時快，就在磚塊翻轉的當下，天頂側邊的岩壁突然開了一個小洞，只見一絲陽光直射進來，不偏不倚，恰恰照在高壇凸出的金磚面上，一道光線反射，直射向暗藏在牆壁上的另一塊金磚，金磚光線又反射到對面牆的另一塊金磚，光線持續來回反射在環狀牆壁暗藏的許多金磚，頓時，室內光線通明，光耀如日，就像萬盞燈火同時亮起一般。

李玉才被磚面金光的猛然反射，嚇了一跳，倒退了好幾步，等回過神來，眼前卻是一片亮麗輝煌的半圓帳型洞窟。

香花堂一干人緩緩向前，集中到高壇中央，驚嘆著這幕前所未見的景象，有點不可思議。

萬天鳳則彎身搭手，扶起李玉才，問道：

「大管家，這是怎麼回事？」

李玉才搭著萬天鳳的臂膀起身，似乎還未完全反應過來，只是愣目望著四周，一時半會兒，怕是說不出話來。

此處空間比之前的水潭洞穴更要大器，天板最上方是個圓形的頂壁，壁上清楚地畫著八條飛龍環繞一圈，李玉才隨即想起青花奏摺裡的「八龍圖」，和這面壁畫的造型風格似有雷同，李玉才興奮不已，不自覺地抓著萬天鳳的手，喊道：

「你們快看，是奏摺裡的藏寶圖！這回總算沒有看錯，寶藏肯定就在此地了！」

李玉才似乎有點興奮過頭，眼神閃亮地凝視著壁畫，一手卻把萬天鳳抓得越發緊繃而毫無察覺。

萬天鳳忍著微疼，看著李玉才如此天真又專注的神情，心裡也充滿著細水涓流般的小雀躍，便對著李玉才欣然一笑。

「難道……這裡就是『地下城』？怎麼看上去一點也不像個城？」萬天龍在一旁，不禁疑惑道。

萬天龍的一句疑問，打斷了李玉才沉浸在藏寶圖裡的思緒。

「……地下城？」

醒過神來的李玉才，觀望了洞窟一圈，也覺得萬天龍的質疑有些道理，便轉身走下高壇，繞在環狀的圍牆邊，仔細摸尋著，赫然發現牆上似有玄機，沒想到，遠望只是一面石牆，現在走近一看，牆上竟然滿滿都是無比精美的石刻壁雕。

「天龍哥，你們快來，這裡有東西！」

眾人繞著環形牆觀看，發現這些壁雕果然好手藝，但也只知其工法絕倫，卻看不出當中的所以然。

此時，李玉才頓然察覺出壁雕的內容，驚覺到牆面刻的全是中國歷代都城的宮殿，壁雕上方還刻畫著宮殿的來歷，但字跡多已模糊。不過學識精深的李玉才，一眼便看出其中奧妙，便繞著壁面，一邊驚嘆地說道：

「哇！這是……這是秦朝的咸陽宮！這個……是漢朝的未央宮……還有……曹操的銅雀臺……唐朝的大明宮……宋朝的汴梁城……明代的紫禁城……這……這全是中國歷代王朝的宮殿皇城！」

「歷代的皇城？大管家，這什麼意思呀？」萬天虎問道。

「我懂了……誰說『地下城』就一定真要蓋一座城，你們看，全中國的皇城都在這了，不就是名副其實的『地城』嗎！」李玉才似有領悟地分析著。

「歷朝都城，一個都不少……果然是地下城啊！」萬天鷹驚喜地自語道。

「大管家，你真厲害，連這都讓你給看出來了！既然是地城……那麼傳國玉璽想必就藏在這了！」萬天龍說道。

萬天鳳來到一面空白的牆邊，提醒著李玉才前來查看，說道：

「咦……這面牆怎麼是空白的，什麼東西都沒有？」

李玉才好奇地撫摸著空白的牆面，摸到了牆面上鑲有一塊不太起眼的浮雕，仔細觀察，發現浮雕的圖案似曾相似，浮雕中間還有一條細孔，有如鑰匙開啟的洞口，便自言自語道：

「這個浮雕……這……圖案好像在哪兒見過？」

「嘿，這不就是我們香花堂的『紅花鏢』嗎？」萬天鷹湊前一看，說道。

「對呀，就是香花堂的『紅花鏢』！看來這是一個隱藏的機關，天龍哥……」李玉才示意著萬天龍開啟機關。

萬天龍伸手摸索著浮雕，便從腰袋中抽出一支紅花鏢，緩緩插進浮雕洞口，用力旋轉一圈，洞內果然有異動，發出轟轟聲響。

眾人肅然戒備，環視四方，轉頭一看，在高壇的中心點，緩緩升起一根大圓石柱，圓柱頂面的周圍還有許多小孔。

突然間，一排小孔噴湧出細小的水花，有如滾滾泉水不斷湧出，在圓柱邊緣的凹槽積成一個小環池，有如護城河般，完整地圈住了圓柱。萬天鳳一見，便興奮喊道：

「大管家，這個是不是藏寶圖說的……『地城湧泉』？」

忽地，喀咚一聲，圓柱突然停止上升，柱面上逐漸浮出一個輝煌耀眼的石雕錦盒，眾人好奇地往高壇聚攏。

萬天鷹一看到石盒，也大聲驚呼道：

「大哥！你看！是寶藏……是寶藏啊！」

世紀珍寶

環聚在充滿王者之氣的地下皇城，金光閃耀，燦眼奪目，一道道光芒不時地穿梭照射在眾人身上。

李玉才頓然感覺到，此刻便像是身在如夢似幻的天境裡，處處是驚奇！

而現在，眼前又冒出一方石雕錦盒，內心的激動就像在戰場上聽聞鼓聲齊響，亟欲奔踏衝陣、策馬嘶鳴般的亢奮。

香花堂的守護者們，心中想必也是無比的興奮，想著走往高壇的這幾步路，竟是等待數百年的苦日歲月，何嘗不令人感慨。

眾人圍靠在圓柱邊，看著石雕錦盒，似乎又有點「近物情怯」。

只見萬天虎忍不住地伸手欲拿起石雕盒，但怎麼出力卻都拿不起來，萬天虎可是香花堂裡手勁最強的力士，如今一個小小的錦盒，竟然無法拿起。

機靈敏銳的李玉才側身一看，發現盒子和石柱是一體成型的，盒蓋緊緊相連在石盒上，細緻的工藝幾乎看不出有任何縫隙，低頭仔細一瞧，竟發現石蓋上也有個紅花鏢的凹面圖形，說道：

「你們看……又是紅花鏢！」

萬天鳳隨即抽出一支紅花鏢，交給李玉才，說道：

「大管家，你來吧！」

李玉才小心翼翼地把紅花鏢擺進凹槽，旋轉一圈，直到凹槽已不能再轉動，石盒便停頓靜止了一兩秒。

正在眾人屏息擔心著怎麼沒有動靜的時候，石盒緩緩地往另一個方向轉動了起來，盒蓋也隨之開啟，隱隱透著一股微光。

在微光散射中，眾人驚現盒內果然擺放著一枚溫潤且富有光澤的精美印璽。

大伙兒驚奇地感受著這神奇的一幕，目不轉睛地盯著石盒內的這枚「復國寶藏」，五味雜陳的思緒不禁油然生起。

想起這幾日來，經歷了生離死別的痛苦、絞盡腦汁的解謎、耗竭心神的逃亡，而如今，香花堂代代立誓要守護的寶物就近在眼前，萬天龍也禁不住眼眶濕潤，內心激動不已。

良久之後，李玉才率先打破了這肅穆莊嚴的氣氛，說道：

「傳國玉璽……終於……終於找到你了！」

「三百多年，終於又重見天日了！這就是我們……我們香花堂……幾百年來守護的寶藏啊！」萬天龍似乎哽咽地嘆道。

萬天鳳看著眼前的玉璽，想起一路來的波折，不禁嘆服著：

「香花堂的祖先果然聰明，佈置了這些機關，就算別人闖得進來，手上沒有紅花鏢，恐怕也取不出寶藏！」

眾人正驚嘆、感動之時，不覺外頭的天色已是正午，石壁頂端原來有一小洞，日正當中的太陽光線閃耀地直射在玉璽之上，只見玉璽緩緩冒出了一絲絲的青煙。李玉才不禁伸手觸摸著，驚嘆道：

「『滄海月明珠有淚，藍田日暖玉生煙』……果然是天下至寶！」

李玉才又拿出一條手巾，小心地包覆著玉璽，將玉璽反轉過來，看著印面字樣，說道：

「『受命于天，既壽永昌』……真的是李斯親筆的鳥蟲篆書，天下獨有！」

「兩千多年來，不知多少帝王將相，為它生、為它死……」萬天龍含著淚水說道。

「沒想到兩千年後，竟然還有人對它起非分之想，還害了那麼多無辜的人，流了那麼多不該流的血……」萬天虎喃喃說道。

「放心吧！只要我們香花堂還在世上一天，絕不會讓這種事情再發生！」萬天鷹堅定地說道。

李玉才點點頭，仔細地把玉璽用布巾包覆著，緊緊綁上，收到背袋裡，交給身旁的萬天鳳，說道：

「那就交給你們……讓香花堂繼續完成使命吧！」

萬天鳳伸手接過玉璽，便緊握著李玉才的手，滿懷感激的心意、和無法克制而流露於表的愛意，眼眸深邃地望去，兩人四目相對，似乎正用眼神在交流，多少千言萬語就在這一剎那，狂湧在心間。片刻，只聽得萬天鳳以柔情的語氣，溫婉地回了一句：

「玉才……謝謝你……」

正當兩人心靈交流的時刻，萬天虎卻突然問道：

「那我們現在該怎麼辦？」

「我們當然要趕快想辦法出去啊！」萬天龍回道。

「怎麼出去呀，隧道口都已經被封死了！」萬天鷹推了推適才赫然降下的石門，石門紋風不動。

李玉才趕緊撇開凝視萬天鳳的眼神，靦腆地微笑一下，便轉而仰頭看著壁頂，思考了一會兒，說道：

「在水庫底下還能有陽光照得進來，我想……這裡應該是水庫和山頭的交接地帶，如果附近有陸地，就一定有通往外面的通道，肯定還有出路的！」

「好，那我們就跟著陽光的方向走！」萬天龍說道。

眾人點點頭，萬天虎和萬天鷹率先爬向高處，幸好這洞穴的壁面尚堪攀爬，李玉才等人隨後跟著爬上，到壁頂探勘出路。

此時，在嘉義城的上空，彭少安領頭的直升機飛梭而過，持續鎖定李玉才的上清珠訊號，一路跟監，飛到紅毛埤水庫的堤岸上空，特勤幹員突然喊道：

「隊長，訊號在這裡停住了，他們應該就在這附近！十點鐘方向……八百公尺！」

彭少安隨即下達命令，也接通了無線電通知其後的特種部隊，說道：

「走，跟過去！就是那個山坡！」

江坤倚在窗邊，拿出望遠鏡，觀察直升機下的山坡地，只見一條蜿蜒的公路旁，蔓延著一大片青青草坡，而公路的另一側，是一個大型水庫，在豔陽的照耀下，波光瀲灩，風景優美宜人。

突然，靠近公路處的山坡，有一塊土石牆緩緩翻轉開來，正是李玉才等人已成功找到了暗藏的出路。

只見李玉才領著香花堂從山洞口爬了出來，觀察著附近的地勢與水庫的方向，跟在後頭的萬天鳳，揹著一個鼓鼓的布袋，正是傳國玉璽，李玉才伸手牽起萬天鳳，幫著拉上坡地，便轉身試圖尋找一條合適的出路，準備領著大家走下山坡。

但這一切，全被在遠處上空的江坤，透過望遠鏡看得一清二楚，就連萬天鳳身後的布袋，也被江坤即時鎖定。

江坤在直升機上一邊暗中觀察，一邊喊道：

「有了，看到了！玉才，是玉才，還有香花堂！看來……寶藏他們已經拿到手了！」

彭少安也急忙拿起望遠鏡，觀看李玉才等人的狀況，隨即打開對講機吩咐道：

「所有人員注意，目標出現，鎖定左前方的樹叢！我要你們到後山埋伏，等候命令！」

江坤眼神不住地轉動，似乎又在思索著什麼詭計，便說道：

「飛近一點，降落在前面的草地，待會我先去找玉才，問清楚是不是拿到了寶藏，你們再動手，千萬不能讓他們起戒心，都聽好了，沒我的命令，所有人都不許輕舉妄動！」

「是，收到！」

特勤幹員們紛紛準備著槍彈，一股殺氣頓然騰起。忽地，聽見有人問道：

「那……江局長，我們怎麼知道何時要行動？」

「看我動作，等我拿到東西，只要手勢一下，你們就衝上去抓人！」江坤回道。

彭少安聽了，便一臉奸笑著，拿起對講機，說道：

「所有人注意！所有人注意！我們這次的任務是……成功搶奪寶藏後，就地解決所有目標！」

第十章 劫

手足情殤

「噠噠噠……噠噠噠……」

一陣螺旋槳的速轉聲，在紅毛埤水庫上空呼嘯而過，像是一把把銳利的大刀正在瘋狂削砍，聽上去實在令人膽寒！

只見江坤的直升機已緩緩靠近山坡地，準備降落。

李玉才聞聲尋覓，抬頭一看，發現江坤正靠在直升機窗邊朝著他揮手，李玉才很是驚喜，便開心地說道：

「是江坤！還有特勤隊的人！文物局和國安局的人都來了，這下你們可以放心了，只要把寶藏先交給政府保管，牡丹幫他們就休想再打寶藏的主意了！」

萬天虎走在後頭，高度戒備著，盯著直升機說道：

「他們……該不是來抓我們的吧？」

「天虎哥你放心，我會和江局長解釋，香花堂的所做所為都是情有可原的，只要告訴他事情的原因，他一定會理解的！」

心地純潔的李玉才一臉天真地解釋道，殊不知死神的魔爪正陰險地伸向了自己。

萬天龍則站定在李玉才身後，仰望著直升機，似有疑惑，便自言自語道：

「怪了，他們怎麼知道我們在這兒？」

不一會兒，直升機降落停妥，江坤、彭少安和國安局的幹員們陸續下了機。

江坤暗中取了一把短槍塞在背後腰間，緩緩走向李玉才。

李玉才則將身上的灰塵泥土拍掉，邊跑邊帶著興奮的神情，也奔上前迎接江坤。

兩人距離還有十幾步之遠，江坤便先喊道：

「玉才！你沒事吧？香花堂的人有沒有把你怎麼樣？」

「我沒事！坤哥，你冷靜聽我說，其實……其實香花堂是無辜的，他們是逼不得已才這麼做的，回頭我慢慢再跟你解釋！」

「他們是無辜的？玉才，你在說什麼？你不會是被他們利用了吧！」江坤故意站定，挑眉說道。

「坤哥你不用擔心，真相我已經查明了，我說的都是真的！如果他們心存不良，怎麼可能會乖乖地站在我身後，難道等著特勤隊去抓他們嗎？總之我會再跟你解釋清楚的！你快叫國安局的人先退下吧！」

江坤示意國安局的人馬暫時止住腳步，再作勢瞄了一眼李玉才身後的香花堂，香花堂等人看起來灰頭土臉，雖仍一臉戒備，不過看似是沒有其他動作，便說道：

「好……玉才，我相信你！寶藏的事，有消息了嗎？」

李玉才完全放鬆戒備，兩人越走越近，直至面對面，李玉才握著江坤的手，興奮說道：

「坤哥，你絕對想不到我發現了什麼，原來復國寶藏就是傳國玉璽……傳國玉璽啊，就是傳說中的那個傳國玉璽啊！而且就藏在嘉義，想不到吧！」

「什麼？竟然是傳國玉璽？你們找到寶藏了？」江坤假意地驚訝問道。

「嗯！坤哥，給您瞧瞧！天鳳……」李玉才點點頭，示意著萬天鳳。

萬天鳳頓了一下，有所遲疑，但見大哥萬天龍只是神情嚴肅，並沒有阻擋的意思，便將背袋交給了李玉才。

李玉才把背袋打開，朗朗日光下，玉璽更是散發出了溫潤柔和的光芒。

江坤一見玉璽，不禁心醉神馳，彭少安也跟在後方探頭看望著袋中的寶物。

李玉才兀自興奮地說道：

「兩千多年前的傳國玉璽，如假包換！」

江坤沉吟了幾秒，確認物件之後，側過臉朝著旁邊的彭少安暗中示意。

一直戒備中的萬天虎注意到了江坤的神情，心中一凜，同時，萬天龍也察覺到身後的草叢有些許動靜，氣氛詭譎異常。

萬天虎伸手按住腰中的鐵鎚，提醒著萬天龍說道：

「大哥，好像不對勁！」

「有埋伏！我們中計了！」萬天龍見勢不妙，大喊道。

萬天龍上前搶了幾步，欲從李玉才和江坤手中搶回裝有傳國玉璽的背袋。

江坤見狀，隨即劈手將背袋奪走，並迅速從背後抽出短槍，用槍把重擊了李玉才，李玉才反應不及，臉頰瞬間被划裂，濺出了鮮血，轉身倒下。

萬天龍看著江坤的舉動，怒不可遏，準備拿出身上的武器欲回擊，彭少安卻早先一步指揮喊道：

「快，給我上！把他們全抓起來！」

就在同一個時間，後山樹叢突然跳出許多荷槍實彈的特種兵，手持機槍迅速地將香花堂和李玉才團團包圍。

一切來得太突然，香花堂看到為數眾多的特種兵們，手腳俐落，舉著一堆重機槍械直指在腦門前，啞然不知所措，便頹然停下了反擊的動作。

李玉才驚愕地蹲跪著，忍著疼痛，看向江坤說道：

「坤哥，你……你這是幹什麼？」

江坤連看都不看李玉才一眼，手裡牢牢地捏著裝有傳國玉璽的背袋，喝道：

「綁起來！」

特種兵迅速圍上，粗魯地拖著香花堂和李玉才等人，綁在叢林旁的樹幹上。

李玉才雙手被反縛著，身體被繩索固定得疼痛異常，但心內滿是困惑、慌亂，便再問道：

「坤哥你幹嘛？這到底怎麼回事？」

江坤停頓了幾秒鐘，緩緩回頭，正色看著李玉才回道：

「怎麼回事？李玉才……事到如今，就和你打開天窗說亮話，也不枉我們相識一場。」說著話，便從口袋撩出事前準備好的牡丹花繡巾。

繡巾上一朵紅豔的牡丹花圖騰抖飛在李玉才面前，李玉才眼睛不禁瞪大，一股血氣衝上腦門，心下頹喪又震驚地說道：

「你……你是牡丹幫的人……？」

被綁在樹幹上的香花堂眾人也不敢置信，他們竟然親手將辛苦找到的珍寶，交付給了他們亟欲躲避的賊敵。

萬天鷹禁不住全身的顫抖，憤怒地喊道：

「你……你們就是牡丹幫？」

「哼，懶得跟你們解釋！」江坤不屑回道。

李玉才搖著頭，眼神盯著江坤說道：

「不……不可能，坤哥……你不是，你不是的！你不會這麼做的，你不會這麼做的！守護國家文物不是你一輩子的夢想嗎？」

「哼……夢想？別傻了，李玉才，夢想能值多少錢？」

江坤坦然回視著李玉才，李玉才發現到江坤的眼神是既陌生又遙遠，過去所有一起共事的畫面歷歷在目。

但如今想來，似乎都隔著一層隱隱的保護色，也許江坤一直都利用著國家文物局長的身分，不知暗中和牡丹幫或者其他更多的違法組織，從事不為人知的暗黑勾當，只是李玉才一心重情重義，過度地信任了江坤，卻從沒察覺有異。

江坤一步步走近李玉才，帶著詭異的微笑看著他，不發一語，只是輕輕地把牡丹花繡巾一點一點地塞進李玉才的夾鍊口袋，緊緊封住，轉身後，突然甩動背袋，囂張地用玉璽重重敲了李玉才的頭部，隨即又打開背袋，翻檢了玉璽，渾然不在意李玉才頭部已汩汩流出鮮血。萬天龍不忍，便脫口大喊道：

「大管家！」

「喲，果然堅硬無比，這枚玉璽真的是貴重非凡啊！」

江坤一副坦然自在、輕佻無禮的模樣，原來從前那道貌岸然、故作穩重的形象不過都是心機深沉的偽裝罷了。

李玉才忍痛抬起頭，血流了滿面，說道：

「江坤！你太卑鄙了……你根本不配做這個局長，你這麼做對得起國家嗎？對得起你自己的良心嗎？我不管你是為了什麼，我李玉才是不會讓你得逞的！當年就不應該讓你當上這個局長！」

聽了李玉才說到不該讓自己當上局長的這番話，一直都自覺矮李玉才一等的江坤，惱怒地說道：

「閉嘴！李玉才，你看看你現在的樣子，死到臨頭了還不清醒……別說我不給你機會，我再來幫你清醒清醒，讓你死個明白！」

江坤又走到李玉才面前，重重地打了兩大巴掌，李玉才嘴角流血，但仍憤然抬起頭來。

江坤正對上李玉才充滿血絲的眼睛，說道：

「怎麼樣，清醒點了沒？還沒……？」江坤又重重地毆打李玉才好幾拳，李玉才疼痛不已，卻半聲不吭。

香花堂等人見狀，於心不忍，激奮地群起喊道：

「江坤，你住手！」

「玉才……玉才……」萬天鳳心疼著急，哭喊著李玉才的名字。

「江坤……你這個小人，快住手！」萬天虎更加氣憤，浮起了青筋喊道。

江坤回頭，斜睨著已全然無反擊之力的香花堂，說道：

「不用著急，待會就輪到你們了！」

萬天龍努力掙脫著，手上都被綁繩摩擦，沁出了鮮血，仍對著江坤和彭少安喊道：

「你……你們連自己的國家都能出賣，還有良心嗎？」

「哼！都這個樣子了，你們還想逞英雄？」彭少安一派閒適地回應道。

「有種就把我們放了，來單挑啊，我一定讓你們生不如死！」萬天鷹一臉怒氣地喊著。

只見彭少安一揮手，特種兵立刻舉起機槍槍托，重擊紛紛咆哮怒罵著的香花堂等人。

彭少安來回盯著香花堂，繼續說道：

「還想讓我們生不如死？你們自己都快沒戲唱了！哼！說什麼天地同心，今天……我就要讓你們天地會頂不了天，立不成地，你們就等著看著……香花堂正式成為歷史吧！」

江坤突然轉頭，又看向李玉才，鄭重地說道：

「玉才……不管如何，我還是得跟你說一聲……謝了！要是沒有你，我們恐怕永遠也找不到復國寶藏，永別了，老朋友！」

江坤向彭少安點頭示意，彭少安一揮手，特勤幹員和特種兵們，迅速將機槍換成手持動作，分別圍到李玉才和香花堂等人面前，扳動彈匣，準備執行行刑式的槍決。

江坤從容地轉身離去，彭少安便朝著特勤幹員們高舉手勢。

生死交關之際，萬天龍等人內心悲憤，漲紅著臉瞪著遠走的江坤。

萬天鳳仰頭朝天，眼角泛出了淚水，緊咬著下唇，還不忘撇頭看了一眼李玉才。

萬天虎和萬天鷹則狂怒地持續謾罵著，嘴角邊還帶著鮮血。

李玉才臉上印著乾涸的血漬，傷口也兀自沁著血，卻仍掩蓋不了發怒的神色和失望的眼神。

眾人始終掙扎著綁繩，想要逃脫，但卻頹然地發覺無能為力。

鶴鳴峰坡

正午的炎炎日光下，紅毛埤水庫閃爍著粼粼波光，另一側的青翠草坡，也在豔陽的照射下，每一株草都彷彿綴灑了金粉。

此刻的空氣窒悶凝結，看似平靜的畫面，即將有一場腥風血雨浩蕩展開。

彭少安高舉手勢，幹員和特種兵們手持槍械朝前瞄準，側轉著頭等待彭少安的最後指令。

所有人都屏息以待的當頭，香花堂眾人的怒罵聲依然綿綿不絕。

就在這瞬息之間，倏地傳出咻咻聲響，好幾支飛箭從後山樹叢迅猛射出，成排手持重裝武器的槍手們，一個個中箭倒下。

說時遲，那時快，山坡樹叢間騰躍出一群身穿素服的武術高手，縱跳在香花堂的前後左右，帶頭的正是蒼鶴武館的方永厲。

一旁，手持短刃的余曉川，呼喊著後方一大群武館弟兄們衝上前！

只見武師們使出渾身解數，趁著槍手們驚魂未定之際予以痛擊。

變幻無常的縱鶴拳法，穿梭在樹叢之間，看上去恰似一群餓鶴，展翅山林之中，震臂啄食，撲擊著貪饞已久的獵物。

李玉才挺著疼痛的身軀，知覺到眼前的驟變，緩緩抬頭，卻看到了曉川在他面前擔憂的眼神。

「曉川……？」

曉川確認了一下李玉才的傷勢，不禁紅了眼眶，用短刃割開綁繩，替李玉才鬆綁之後，也趕緊鬆脫香花堂眾人的繩索。

香花堂眾人迅速地活動筋骨，便加入混亂的打鬥戰局，跟著一起對付敵手們。

曉川扶著李玉才，哽咽說道：

「玉才哥……你流了好多血……他們下手竟然這麼狠……」

李玉才也攀扶著曉川，好不容易站穩後，便好奇地問道：

「曉川，你怎麼來了？」

「我在文物局意外發現局長和牡丹幫的陰謀，知道他們要對你們下毒手，沒辦法，只好去蒼鶴武館搬救兵！」曉川答道。

「陰謀？到底有什麼陰謀？」

「原來這整件事的幕後黑手就是副總統莫立達！」

「什麼?副總統?」李玉才訝異地失聲叫道。

「嗯,他們掌控了文物局和國安局的國家資源,秘密勾結來歷不明的非法組織,私自盜賣國寶,賺取傭金!」曉川肯定地告訴李玉才。

「裡通外國……盜賣國寶……」

「沒錯,雖然我不知道他們背後真正的目的,但可以肯定的是,他們馬上就要和買家進行交易了,所以絕不能讓他們搶走傳國玉璽!這也就是為什麼我們當初被限期七天破案的原因,我們都被江坤和莫立達給利用了!」

李玉才看向不遠處的一團混戰,既憤怒又慨嘆,利字當前,友情和忠義竟變得一文不值,生命原來可以被如此輕易踐踏。

只見武師們和香花堂,竭力地與敵手們拚搏,但是這些效忠命令的國家幹員和軍隊們,又何嘗不是被當局者利用的棋子呢?

一旁,方永厲耍著短棍,虎虎生風地擊退對手,幾番惡鬥之後,被逼到了萬天龍身邊,兩人四目對視,將軍府和香花堂的百年冤家又再次碰上,頓時不知彼此究竟是敵還是友?方永厲率先喊著:

「萬大哥,別想那麼多了,現在我們是同一國的!以前的那些恩恩怨怨……晚點再說吧！」

方永厲說著，將一把大刀拋給萬天龍，萬天龍接刀後，兩人一同殺出重圍，痛擊敵人。

彭少安一見局勢突被逆轉，情況不利，趕緊從直升機上拖出重型武力裝備，吩咐手下們展開更強大的火力反擊，雙方陷入苦戰。

李玉才和曉川在方永厲的掩護下，衝出了重圍，卻正看到江坤拎著裝有玉璽的背袋，還有幾位幹員陪伴在側，緊急往紅毛埤水庫旁的堤岸大道奔逃。

李玉才和曉川見狀，正要往前追去，身後卻突然傳出轟隆巨響，原來是彭少安火力盡出，擲出了爆破彈，攻擊香花堂和方永厲等武師們，爆破威力驚人，震盪到了堤岸邊，李玉才和曉川都被猛然襲來的震盪力轟倒。

李玉才扑倒後，奮力起身，著急地回頭，卻發現方永厲和香花堂等人已被轟擊摔落、吐血中傷，便著急痛心地大喊道：

「永厲……天龍哥……天鳳……」

香花堂眾人不及回話，彭少安又下令手下們對著堤岸和山坡，用猛烈的火力掃射攻擊。眾人忍著爆破後的傷勢閃躲，找尋掩護，槍林彈雨中，李玉才隔空喊道：

「永厲……天龍哥……你們沒事吧？」

「大管家，別管我們了，江坤往堤防邊跑了，快搶回寶藏要緊！」萬天龍大喊著。

李玉才注意到成群的特勤幹員，正拖著機槍上坡，擔憂地喊道：

「天龍哥，他們火力太強大了，你們快想辦法逃出來！」

萬天龍躲在堤岸邊的一堵圍牆後，環顧四周，注意到樹叢邊處掩著幾個裝滿槍支彈藥的箱子，正是特種兵用來補給的火力裝備，萬天龍遲疑了一會兒，回頭對著方永厲說話：

「兄弟，我有件事想求你幫忙！」

方永厲在側，按著左肩中彈的傷口，忍痛喊道：

「有什麼事儘管說吧！」

「請你帶著我的弟兄們衝出重圍，替我為香花堂完成使命！」萬天龍一臉堅定地說。

方永厲注意到他話語中的決絕，回頭盯著萬天龍問道：

「那你呢？」

「對方火力太強了，必須分散他們的注意力，總得有人做誘餌，掩護你們逃出去！」

「這……這太危險了！不行！」方永厲說道。

萬天龍搖搖頭，堅毅地繼續說道：

「這是唯一能夠突破重圍的辦法！你看到那邊的箱子沒有，那是他們全部的彈藥庫，待會我會衝向那裡，拿走彈藥箱，引開他們注意，你們趕緊從側邊下山，去找大管家會合，追上江坤，搶回玉璽！」

香花堂的另外三位伙伴在一旁圍牆邊，聽到了萬天龍的說話，萬天鷹便哭喊道：

「大哥……不行！我們絕不會丟下你的！」

萬天龍轉向香花堂眾人，語重心長地說道：

「天虎、天鳳，別忘了我們香花堂的使命！天鷹，你放心……大哥一定會讓他們『生不如死』的！」

萬天龍奮力蹲下，預備縱躍而出，再回頭看一眼方永厲，說道：

「永厲兄弟……就拜託你了！……快走吧！」

萬天龍交待完話，隨即隻身騰躍出去，悄悄地跳到彈藥箱旁，拿出許多手榴彈，牽成一串，拉起箱子，穿越樹叢，奮力衝往堤岸另一側下坡，刻意引開彭少安和特種兵們。

彭少安注意到萬天龍反常的舉止，驚喊道：

「快！搶回彈藥！」

特種兵們隨即調轉火力，追上萬天龍。

就在此時，方永厲領著武師們和香花堂趁機離開堤岸，來到了水庫旁的公路上，朝著李玉才、曉川而來。

「玉才哥！你看，他們下來了！」曉川喊道。

李玉才看到了方永厲等人，便鬆了一口氣，說道：

「太好了，永厲！天……天龍哥呢？」

方永厲沉默了一會兒，黯然回道：

「他為了掩護我們，隻身把火力引開，他讓我們快先去追江坤！」

「怎麼會？天龍哥……不行，我們得去救他！」李玉才驚愕地說道。

方永厲心下明白萬天龍此招的凶險，但更明白萬天龍的苦心，便拉住李玉才，說道：

「玉才，別看了，再不追就來不及了！」

方永厲拽著李玉才，急急地追往江坤逃逸的方向。一行人正跑向堤岸大道，發現江坤和一些幹員正坐上備用轎車，準備逃離。

萬天虎和萬天鷹剛要追上去，忽然聽見後方有一陣陣的吶喊聲，李玉才掙脫方永厲的手，回頭眺望，見到彭少安正喊著：「快！快去給我追回來！」

李玉才著急地尋找萬天龍的身影，看見萬天龍正拉著彈藥箱下了山坡，彭少安帶著槍手們在後頭持槍追趕。

「天龍哥……」李玉才悲痛地喊道。

「大哥……大哥！」萬天鷹和萬天虎也不禁停下腳步，悽愴地喊道。

方永厲扣住李玉才的手，另一手也拉住萬天鷹，說道：

「我們得趕緊走了……沒時間了……」

一行人忍著眼淚，繼續追往堤岸大道，但都留心聽著後頭的萬天龍孤軍奮戰的搏鬥聲。

剎那間，幾聲槍響，勾住了眾人的腳步，李玉才等人不禁再次回頭。

槍聲猛烈地持續著，遠方的萬天龍踏著迅猛的步伐，竄逃在樹叢和彈雨之間。

但見一道一道的血痕飛濺，可想萬天龍身上已中了不少槍傷，李玉才的眼淚奪眶而出，喊道：

「天龍哥……」

眼見追在後方的彭少安和槍手們持續開槍，萬天龍身上接連中彈。

萬天虎、萬天鷹和萬天鳳早已滿臉縱橫的淚水，心裡明白大哥正經歷著難以言喻的悲痛犧牲。

萬天鳳分別緊握住兩位兄弟的手，三人隨即堅定而痛苦地往前奔跑。

萬天鷹一邊嚎啕著，內心無比悲憤，更是賣力地前進追趕江坤。

古道劫兇

已過正午的陽光，卻眩目異常，槍彈的響聲轟然盈耳，堤岸公路的柏油地面也熱氣蒸騰。

李玉才已感覺不到全身的傷痛，彷彿空空如也地愣在公路上，突然間，眼前的畫面，頓時讓李玉才又回到了現實。

行進間，李玉才不斷回頭探望，發現萬天龍挺著中槍的身軀，渾身是血的身影，拖著一長串的手榴彈，奮力在山坡地上慢行。

就在這瞬間，彈火轟鳴聲同時戛然停止，只聽得有位特種兵喊道：

「彭隊長，沒子彈了！」

「上彈藥啊，繼續給我打！」彭少安暴怒地喊道。

「隊長……彈藥都在箱裡！」特種兵指著前方說道。

彭少安怒氣騰騰，轉頭對士兵喊話：

「那就快去給我搶回來啊！」

彭少安一回頭，驀然驚見萬天龍渾身是血，不知何時已站在自己面前，身上還拖著一大串手榴彈，肩膀鬆垮，低垂著頭，顯見身體已經全無力氣，只靠著一口硬氣撐著，眼神炯炯怒視著彭少安，從滿嘴是血的牙中擠出一句話，說道：

「彭隊長，你要的彈藥……送來了！」

說完話，彭少安還驚魂未定，萬天龍迅速拋出一圈成串的手榴彈，把眾槍手圍起來，奮力躍起，使出蘊藏一股氣流的手刀，順勢劃開一顆手榴彈的拉把，牽動了一整串的榴彈，快速地接連爆破，幾聲轟然巨響，連整個水庫的水面都跟著翻騰動盪。

只見一陣濃煙密布，萬天龍、彭少安和整群的特種部隊們，全都消失在煙霧中，命喪在一整圈的爆火之下，同歸於盡。

李玉才眼睜睜地目睹一切，便痛哭失聲大喊：

「天龍哥！」

香花堂聽見了爆破聲，也聽到了李玉才的哭喊聲，心下明白敬愛的大哥已然永遠地離開了他們，悲慟不已。

萬天龍過往的嚴厲與慈祥、謹慎與堅毅，一幕幕在香花堂眾人的心中閃現著。

方永厲也看著眼前震撼的一幕，難以忘記萬天龍最後那溫和、報以信任的眼神，猛一回神後，便叫喚著李玉才：

「玉才……別看了，走了！快走了！我們不能負了萬大哥的苦心啊！」

曉川遙望前方，發現到江坤的車輛已駛向堤岸大道的尾端，開往嘉義城區的北方，便急喊道：

「玉才哥……快！江坤快逃走了！」

萬天虎、萬天鷹和萬天鳳只能忍痛抹著眼淚，硬是拉上心情尚未平復的李玉才，沿著堤岸大道繼續追趕。

眼見江坤越逃越遠，方永厲四處尋找改抄捷徑的可能路線，猛一轉頭，赫然發現幾輛沒拔掉鑰匙的重型機車停在岸邊，原來這條長而蜿蜒的堤岸大道可是眾多重機愛好者的樂園，但不知這些機車的主人是不是在水庫邊釣魚、還是跑去欣賞風景？此刻也無暇顧及其他，方永厲迅速地跳上機車，向眾人示意後，大伙隨後也各自啟動了機車，相載奔馳在堤岸大道上，緊追著江坤的車輛疾行追去。

江坤車上的特勤幹員們從後照鏡看到了李玉才已追趕上來，便喊道：

「局長……有人追上來了！」

江坤回頭看，正對上萬天鷹惡狠狠的眼睛，不禁擰緊眉頭：

「你們手上有槍沒有？」

「有！」眾幹員答道。

「那就把他們給我解決了！」江坤回身坐好，抱緊放在膝上的傳國玉璽背袋，吩咐道：「開快點！幾輛破機車都快追上我們了！快點！」

隨後，車上的幹員們，紛紛探出頭轉身朝後，猛開了幾槍。

萬天虎左右來回側身，躲過了子彈，萬天鳳在後座見狀，便向緊握把桿的萬天虎喊一聲：「二哥……」

萬天虎隨即知道萬天鳳的用意，雙腳一個巧勁下壓，機車似乎被灌了真氣一般，晃頓了一下，在一個緊急過彎處使下盤更加穩住，足以讓萬天鳳在後座隨意施展，而不致歪倒。就在機車奔馳的行進間，萬天鳳一個飛身騰躍，側身一轉，抽出一支支的紅花鏢破空而去，精準地射歪了特勤幹員們的槍管。

特勤幹員被飛鏢迅猛的勁道震麻了手掌，嚇得連忙縮頭，退回車內更換槍械。

萬天虎見狀，絲毫沒有減速，繼續頂著狂風奔馳著，不放棄追趕。

在急駛不停、東彎西轉的流線車道，萬天鳳也連接出招，雙腳夾住機車側邊彎下腰，幾乎快貼到地面，萬天虎再次使勁穩住車身，萬天鳳便瞄準江坤的轎車再射出飛鏢，連續幾鏢釘住了車子的輪胎，轎車行駛的速度減緩了許多，香花堂和江坤之間的距離也越來越近。

追擊間，眾人不知不覺已來到距離紅毛埤水庫不遠處、靠近嘉義東北郊丘陵邊最大的古蹟公園。

發現車胎被破壞，車身晃動地更厲害，根本無法前行，江坤心裡著急，遠遠看到園區深處一棟高聳建築，便緊急叫道：

「停車！停車！你們留在這掩護我！」

幹員們停下車，盡責地持槍圍成一排擋在江坤身後，江坤自己倒是抱著玉璽跑進了古蹟園區，慌忙地穿越公園綠地，為了切向捷徑，還無視古物的存在，踏踩在清朝的百年炮臺上騰躍而過，衝進了丘陵上一條前往日本神社的參道，直奔園區盡頭，眼見一座有如千年神木造型的巨塔就在跟前，塔身下方鑲嵌著金光閃亮的刻文：「射日塔」。江坤仰頭，望了一眼射日塔中央劈開的一線天造景，想趁著李玉才還沒追上，躲進此處，或能藏身，便毫不猶豫轉往樓梯，直衝塔頂。

不久，李玉才等人也趕到了古蹟公園，卻見特勤幹員們阻擋在前方。萬天虎迅速跳下車，喊道：

「天鳳，快掩護大管家他們先走，這裡交給我和五弟應付，快走！」

萬天虎和萬天鷹一個箭步衝上前，擺出拳架陣勢，準備對付圍成一排的幹員們。

李玉才和方永厲等人便在萬天鳳的掩護下，成功越過阻礙，發現園區裡不見江坤蹤影。

「人呢？江坤跑哪去了？」眾人疑惑道。

「他不可能跑遠的！」萬天鳳估計道。

李玉才迅速環顧四周，見到很多古蹟和古建物，當然也瞄到了後方高聳的「射日塔」，李玉才心想江坤那表面自我處張、暗地裡卻膽小慎微的性格，勢必會找個地方躲起來，他銳利的眼神掃過周遭的石碑林、清朝的砲臺和孔子廟，還有日本神社的建築群，思忖一會，不知為何，便憑著一股直覺就直奔射日塔而去，想是那座塔身如千年神木般、華麗而誇張的外表，和江坤的偽裝性格頗為契合吧！

「跟我來……」

眾人緊隨著李玉才，繞道直奔射日塔，迅速衝進塔內，踏上梯道，逐個樓層追了上去。而此時，江坤也已經跑到塔頂，發現竟是一個露天花園，他站在樓頂邊緣，探頭俯視，發現已無路可逃，便停下腳步。

不久，李玉才等人隨即追上了塔頂，只見四面有著開闊的景致，花團錦簇，綠意盎然，恰似一座小花園，引頸眺望，整個嘉義城似乎都在腳底下，遠方白雲蕩蕩，晴空朗朗，蓊鬱的蒼巒山色綿亙在射日塔周圍。李玉才一步步地逼近江坤，喊道：

「江坤！你逃不了了！」

江坤向外張望了一下射日塔的高度，卻冷不防地轉過身來，掏出短槍猛然射擊，李玉才閃躲不及，被子彈擦中左臂，疼痛不已，傾身跪倒，萬天鳳及時扶住李玉才，曉川在一旁則哭了出來，喊道：

「玉才哥！」

「我沒事，快想辦法……搶回玉璽！」李玉才跪在地，咬著牙啞聲說道。

方永厲和萬天鳳緊盯著江坤的一舉一動，李玉才也奮力挺起身子，在曉川的攙扶下，挪了幾步走向前。

江坤見狀，心一橫，便站在樓頂邊緣，伸出玉璽背袋，懸在半空，喊道：

「別過來，否則我就把寶藏扔下去！誰也別想拿到！」

「江坤你住手！」萬天鳳喊道。

「坤哥……收手吧！別再錯下去了！」李玉才輕聲說道。

「快放我走！否則誰也別想拿到寶藏！」江坤喊道。

眼見江坤的步伐越來越靠近頂樓邊緣，搖搖晃晃，顯得非常危險，眾人見了更不敢輕舉妄動，恰似一把刀懸在心上。

「江坤，只要你把東西交出來，什麼都好商量！」方永厲試圖緩和著說道。

「局長，別做傻事啊！」曉川也跟著勸說。

「江坤，千萬不要亂來，那可是傳國玉璽！」萬天鳳緊張地喊道。

「你們都閉嘴！別說那些沒用的，什麼傳國玉璽……什麼古蹟文物……被你們拿去擺在玻璃窗裡隨意人看，不還只是一塊破石頭而已，你們誰也別想！」

江坤狂妄地喊著，還瘋狂地朝地板連開數槍，大伙兒被嚇得倒退好幾步。

萬天鳳微側著身，悄悄摸著腰間束帶，欲拿紅花鏢，卻發現鏢已用盡。

李玉才撐不住疼痛，跪倒在旁，偶然低頭看到鞋底還藏著萬天鳳留給自己的最後一支紅花鏢，一旁的萬天鳳也發現了，兩人心有靈犀，以眼神示意，李玉才暗中伸手拿取紅花鏢。

此時，江坤已逐漸失去理智，高舉著槍，發狂似地喊著：

「我知道，我已經無路可走了……但就是死，也要拉上你們當個墊背，為我陪葬！」

說完話，江坤仰著頭，晃著身子，奮力拋起玉璽。

就在這一瞬間，李玉才和萬天鳳算準時機，同步起身，李玉才抽出紅花鏢，順勢拋出。萬天鳳一個轉身接鏢，雙腳騰起旋力射出，眼見一朵集悲憤與仇恨於一身的豔紅花兒，直向江坤胸前破風飛去。

但此同時，江坤卻不知怎地，在情急恍惚中，毫無目標，不經意地朝前射發了一槍，子彈與飛鏢在空中交錯而過。

金鏢紅花，力無虛發，紅花鏢果然不偏不倚，切切實實地命中江坤的心臟。

但那一發突如其來的子彈，在眾人毫無防範之際，也即將射到萬天鳳的面前。

李玉才一聽槍聲，便下意識地撐起上身，推開萬天鳳，擋在前頭，只見一束燒燙的火苗直入李玉才的胸中，李玉才應聲倒下。

此時，眼見江坤中鏢，一聲慘叫便傾身後倒，摔落射日塔，這下無人替他墊背，勢必命喪塔下了。

江坤雖然摔落身亡，但玉璽仍拋在空中，眼看也即將要跟著掉落。

就在這電光石火、髮引千鈞之際，方永厲一個鶴翅大展，飛撲向前，伸手抓緊玉璽背袋，半身垂掛在樓頂邊緣。

曉川在一旁見狀，也隨即撲上前去，抓住方永厲的後腳，靠著單手攀附在角柱邊，勉強支撐著。

方永厲緊抓著玉璽，用力甩往樓頂，倒地的萬天鳳伸手接住玉璽，緊緊抱在懷中。

方永厲和曉川奮力拉拔，爬回頂樓，看著萬天鳳懷裡的傳國玉璽，便鬆了一口氣，但轉頭一看，驚然發現李玉才已中彈倒下。

「玉才……玉才……」方永厲叫喊著。

眾人跑向李玉才身邊，只見李玉才手捂著中彈的胸口，身體不斷抽動，卻仍硬撐著力，勉強開口，語氣含糊地問道：

「玉璽……玉璽呢……？」

「玉璽拿到了，在這兒！」萬天鳳舉起玉璽說道，一手攬著李玉才的臂膀，微微顫抖著。

李玉才看了一眼玉璽，露出一絲微笑後，便全身鬆軟，氣息更漸微弱。

「玉才哥……你醒醒呀！你不能死……你不能死，醒醒呀，玉才哥……」曉川已忍不住地痛哭流涕叫喚著。

「玉才……玉才……你醒醒呀！」萬天鳳雙眸深深地看著李玉才，臉上淌著淚水，心中更悔恨著這一槍為何不是打在自己身上。

眾人著急呼喊，但李玉才卻意識漸弱、不為所動，萬天鳳和曉川在一旁仍繼續搖著李玉才的身軀，止不住的淚水狂湧而下。

李玉才則帶著安然的笑容，躺在塔頂的花園草圃上，仰視著萬里晴空，眼見幾片薄雲輕輕飄過，漸漸闔上了雙眼……

天下為公

暖陽普照，白雲飄飄，輕風徐暢，鳥語滿梢，在此春夏轉換之際，濃濃的盎然生意，終於降臨了臺北城。

「叮咚！叮咚！」

陽明山上，一座隱藏在樹林裡的古樸建築，門鈴突然響起，屋內傳來拖鞋的腳步聲，不一會兒，承載著風霜歲月的木門轉軸被緩緩扭開，一位老婦人前來應門，卻見門外站著一個面露緊張又害羞的年輕男子。

「請問……秦老師在嗎？」阿南輕聲問道。

「你……是哪裡找？」婦人回問。

「我是文物局的……喔不！我是李玉才教授的學弟，是他讓我來找秦老師，說有件非常緊急的事，想請他幫忙。」

「嗯……？好吧，先進屋再說吧！」婦人聽到李玉才這名字，眼神亮了一下，似乎頗為熟悉，遲疑了半會兒，才讓阿南進屋。

阿南口中的「秦老師」，便是李玉才的入門恩師——秦昊銘，在古文物界可是無人不知的大師級人物，曾經擔任過世界各地許多國家級博物館的監導職務，但如今早已退休在家，還榮任好幾屆的總統府國策顧問，專業資歷和道德聲望極高，就連現任總統想請他到府院開會諮詢，都得喊他一聲「秦老」。而阿南奉了曉川之命，讓他務必找上總統，親自報告王得祿墓被盜一案的真相，但總統豈是這麼容易見得上面的，在阿南早先四處奔波，處理完盜墓案的相關證據之後，把這棘手的任務擺在最後，左思右想，實在找不出辦法，這才迫不得已，決定冒充是李玉才的學弟，親自登門，藉李玉才的名號來套近乎，請求「秦老」江湖救急。

在這棟被老榕樹群環繞的退休宿舍裡，阿南待了大半個下午，好不容易把整起案件的始末、和暗地裡的陰謀全盤盡出，秦老聽完了故事，也看過了證據，除了氣憤之外，自然深明大義，尤其事關得意門生李玉才的生命安危，便答應了阿南的請求，願意帶上他去親自面見總統。阿南心裡興奮不已，辛苦奔波到這深山林裡，總算沒有白費，「秦老」無論在業界還是其他領域，都屬德高望重的前輩，這下請出秦老出馬，可謂事成大半了！

轉眼間，時辰已飛快地來到黃昏，赫然，一個急速的車輪行駛聲，驚飛了在行道樹上的成群鳥兒，只見一輛老式轎車直駛而過，迅捷地奔向凱達格蘭大道，半路中，卻發現總統府前的大道廣場上，氣氛熱鬧歡騰，現場早已擠滿成千上萬的群眾，他們正等著今晚競選造勢大會的最高潮，期待迎接自己所支持的總統參選人——莫立達副總統。

轎車鑽不進人群，只得繞道，好不容易來到總統府門口，在柵欄前停了下來，車門一開，只見阿南戴著一頂帥氣的棒球帽走下車，他趕緊攙扶著後座的秦昊銘老師，倆人站立在凱達格蘭大道的終點線，看著眼前開闊的馬路，大道兩側的綠蔭蓊蓊鬱鬱，萬人空巷的情景好不熱鬧，到處都是群眾的吶喊聲和五光十色的炫光，人手高舉的旗幟隨風飄揚，這一刻，眼前的黎民百姓，似乎一個比一個還充滿熱情，看了他們每個人專注的眼神，任誰都不會懷疑他們對這個國家的期望是如此高遠，怕的是，那無比激昂的狂吼，唯恐矇蓋了他們本該知道的更多真相。

而在阿南的身後，正是壯麗的總統府，矗立在臺北城的中心，正面是山字型的紅磚建築，綴有白色鑲邊裝飾，典雅大器，在昏黃的夕陽斜照下，有一半的建物背著陽光，光影強烈，亮與暗呈現衝突的對比，此番情景，似乎有些難得一見。阿南扶著秦老一邊走著，還不時看看手錶，心裡掛記著剛剛才接到曉川的電話，得知江坤局長死去的消息，阿南不禁黯然，努力振作精神後，舉步急急地走向總統府。

就在不久的兩個鐘頭後，總統府前不到半公里的馬路上，只見幾輛高級轎車緩緩駛往舊臺北府城東門的景福門，直向造勢現場的群眾而去，其中一輛廂型車內的主人，正是副總統莫立達，看上去神色自若，嘴角不時揚起隱隱的微笑，此時他全然不知外界的勢態早已風雲變色，尤其遠在南臺灣的嘉義，事先說好要被「一個不留」的所有知情人士，誰能料到竟變成他自己指派出去的那群手下，當然也包含江坤和彭少安在內。

莫立達的座車行駛到半路，即將在萬頭群眾的簇擁之前，突然見到幾輛車從一旁的支道轉彎迎面而來，迅疾地斜停在莫立達的車輛前方，擋住了去路，司機不得不急煞頓停，坐在車上的莫立達被搖頓了一下，不悅地問道：

「你……怎麼回事，車怎麼停了？」

「副總統，有人擋住了車隊！」隨扈恭謹地報告著。

「什麼？誰那麼大膽！」莫立達煩躁地問道。

莫立達搖下一點車窗，悄悄探頭，偷看前方幾輛擋路的轎車，只見對向的車子開了車門，走下了幾位西裝筆挺的官員，逕自走向自己的車窗前，卻被隨扈機警地伸手擋住，其中一位官員不動聲色，從容地拿出一張證件，喊道：

「副總統您好，不好意思，調查局偵辦處，我們懷疑您跟幾宗國家文物的走私案件有關，事關緊急，請您馬上跟我們走一趟！」

莫立達心中一凜，強自鎮定地說道：

「你們……你們沒搞錯吧？知道我是誰嗎？沒看到今天這兒是誰的場子，隨隨便便就要我跟你們走一趟？簡直胡來！」

莫立達話音還未落，幾聲刺耳的煞車聲突然傳來，又有好幾部車輛急駛在道旁，急煞而停，見車內走出一群不同單位的執勤人員，看到了副總統的轎車，一個接一個的官員圍攏在副總統的車窗前，連續地上前說道：

「副總統，廉政署蒐證科，我們目前接獲許多罪證確鑿的投訴資料，控告您私自收受來歷不明的高額資金，請你跟我們回去配合調查！」

「……法務部偵訊組，有人提供大量相關罪證，指控您利用職權，利誘部屬執行非法任務，並暗中私通境外組織，洩露國家機密，請您跟我們走一趟！」法務部人員說道。

「……國防部軍法司，有人指證控告您濫用特權，私自挪用國家軍事資源，非法組織武力裝備，請跟我們回去協助調查！」國防部人員也報告著說。

突然一群執法人員義正言辭地圍在面前，莫立達擺擺手，示意隨扈們退下，便自己下了車，在群眾的吶喊聲中，內心慌亂卻又強自沉著地說道：

「哼！你們……你們想造反啦！我可是副總統，就憑你們幾個，隨便說說就想胡亂抓人，你們有執法單位的正式搜捕令嗎？」

官員們面對副總統的強勢逼問，各自相覷不語，正想著要如何應對的時候，突然，後方有人大喊一聲：

「我有！」

只見阿南氣喘匆匆地跑出人群，坦然地站在副總統面前。

莫立達將眼前這位不知從哪冒出來的年輕人從頭看到尾，阿南依舊是一身打扮隨意的模樣，莫立達挑眉問道：

「你？你是哪個單位的？誰發給你的搜捕令？」

阿南豪氣地從身後亮出一張紙，舉在副總統眼前，各單位人員也好奇地湊近觀看，正是一張緊急簽發的「總統令」！

雖說這張「總統令」並非正式發布的公文，但在最下方斗大的總統親筆簽名和總統府章印，著實讓眾人目瞪口呆，莫立達一見到總統親書的命令狀，不禁瞠目結舌，暗自倒吞了一口口水，臉上閃現著頹唐的神色，腦袋瞬間一空，意外來的太突然，他還沒搞清楚事情到底哪裡出了差池，也無法想像在江坤那頭究竟發生了什麼，只是乾瞪著眼，空愣半晌。沒想到闖盪江湖、呼風喚雨了大半輩子，眼前只剩幾步之遙的造勢舞臺，就是自己走上人生巔峰的康莊大道，如今卻邁不出一腳半步，難道一世名譽真要栽在眼前這個不知名的毛小子手上？

阿南才不理會副總統此刻的紊亂思緒，嘴角一揚，便對著眾執法人員喊道：

「你們還愣著幹什麼，抓起來啊！」

各單位人員回過神，便衝上前逮捕，莫立達被反手壓制帶往調查局的座車，此刻，他竟意外地沒有反抗、也沒吭聲，只是心有不甘地被推進車內。

眾位執勤人員把車廂門一推關上後，成群地開車揚長而去。

只剩阿南一人隻身站在馬路中央，忽然冷靜下來，和前方凱達格蘭大道上依舊激昂不已的群眾們，形成強烈對比。阿南突然轉過身來，嘟著嘴親了一口手上的「總統令」，臉上現出一絲微笑。

暮色將沉，總統府前夾雜著舞臺的雷射燈光和淡然的霞光，渲染成七彩的橙橘色的、紫靛色的……各種顏色交織在天空中。

「呼……好一個魔幻時刻啊！」阿南總算鬆了一口氣，眼神穿越過成群的民眾，遙望著總統府行個敬禮，說道：「多謝了，總統大人！」

莫立達副總統被收押之後，還有太多事情要處理，等著調查全部的真相。

在事隔將近三個月後，由於證據頗為充足，莫立達因涉及太多違法情事，已正式被定罪收監，爭取總統之路注定無緣，但那個真正幕後的暗黑組織——牡丹幫，卻像一陣風似的，消失於無形之中，即使莫立達供出了他所知的一切資訊，執法單位也幾乎動員所有管道和力量，竟追查不到任何有關牡丹幫的線索，原本還看得到一點蛛絲馬跡的資料，感覺像是被突然銷毀不見一樣。不知他們是否早先一步探得消息，準備好了退路方案？或是牡丹幫真的神通廣大，能夠竊自潛入國家系統，為所欲為？亦或是此案牽涉甚廣，還有更多不為人知的隱情？實在無人知曉。但無疑地，絕對讓這起原本就夠複雜的國寶盜墓案，又添上一層更難解的謎團，衍生成一宗案外的懸案，太多令人不解的疑竇，似乎只能靜靜等待著重啟真相的那一日到來。

而就在此案告一段落之後，某個大清早，曉川陪著阿南守在外雙溪邊的故宮博物院門前。陽光照灑在宏偉莊嚴的故宮博物院，只見三名身著特色服裝的高級守衛人員，從院館門前的白玉階梯緩緩走出，正是萬天虎、萬天鳳、萬天鷹三人，逕走向正門牌樓前方的正殿廣場。

萬天鳳驚喜地看見牌樓前方站著兩名熟悉的身影，大聲招呼道：

「曉川……阿南……！」

「總算等到你們了！」曉川笑著迎上前去。

「沒辦法，為了寶藏入庫的事，實在忙得很呀！」萬天鳳回道。

「想不到等了三百多年，這個傳說中的復國寶藏，終於有了真正的落腳之地，這也不算辜負你們的使命！」曉川說道。

「是啊！現在寶藏找到了新家，那你們以後有什麼打算？」阿南好奇問道。

「我說過了，我們香花堂的使命是永遠不會變的！」萬天虎在一旁朗朗地說道。

阿南愣一下，不太明白，萬天鷹趕緊指著制服肩上的「勳章」解釋道：

「喏……你看……『護寶使者』，總統親命的！」

「護寶使者？」曉川、阿南齊聲疑惑地問道。

「總統特派的高級守衛，終身守護國家文物，尤其是……傳國玉璽！」萬天鷹解釋著。

「哇！一夕之間，你們變成國家英雄了耶！」曉川更開心地笑著說。

「多虧你們的幫忙，要是沒有你們，那群壞蛋不知道還要做出多少傷天害理的事？」萬天鳳說道。

「是呀，要不是你們兩位呀，我萬天虎這輩子也許真完成不了香花堂的使命了！你們倆……可真是我們香花堂的貴人呀！」萬天虎點點頭，誠摯地說著。

萬天虎話音剛落，突然一句洪亮的響聲，從階梯下方傳來：

「光說他們兩位，難道就忘了我了嗎？」

萬天鳳隱然注意到有個身影緩緩走近，心中一跳，想是李玉才也到了吧！聲音裡帶著笑意喊道：

「玉才！你……你怎麼來了？」

只見李玉才意氣風發，手提著一只古典皮箱，走上階梯，來到大伙跟前。

萬天鷹快人快語的喊道：「大管家！」幾個跨步，便上前緊緊擁抱住李玉才。

李玉才笑著拍拍萬天鷹，朝著萬天虎說道：

「天虎哥，都把我給忘啦？」

「哪兒的事！大管家，忘了誰，也不能忘了你呀！」萬天虎說道。

「可是，玉才哥，你不是說今天學校有事，不能來的嗎？」曉川問道。

李玉才挑著眉，一臉頑皮地說道：

「今天可是『傳國玉璽』入庫的大日子，這麼歷史性的一刻，再忙我也得來湊個熱鬧呀！」

阿南抬頭看向故宮正館的方向，有兩三個人正下著階梯，朝他們走來，阿南趕緊提醒著萬天虎等人：

「你們看，總統來了！」

只見總統拄著枴杖，在兩位隨扈的陪同下，笑著走到李玉才跟前，說道：

「這麼熱鬧呀，我們國家的大英雄，全都聚到一塊了！」

眾人不好意思地低著頭微微笑著，只有阿南挺起胸膛，享受著被稱讚英雄的難得時刻。

「這次真的非常感謝大家，為我們國家守住最寶貴的財產，也讓我發現……李教授果真是個青年才俊啊，我們國家需要的就是這種人才！如今，文物局長的位置還正空懸著，我想把文物局長的大位交給你，由你帶著大家繼續守護、發揚我們國家文物的精神，好嗎？」總統說著話，從胸前口袋拿出一張文物局長的任命書，親自遞給李玉才。

李玉才接過任命聘書，躊躇了一會兒，大夥兒圍著李玉才，正替他開心著。

但李玉才抬頭之後，直率的眼睛裡，卻給了總統另外的答案。

「入主國家文物局確實曾經是我的願望，不過……我發現我還是比較適合留在學校裡做研究，帶著學生一起認識文物，讓更多人發現古物的意義與價值，我想這樣，才能讓文物更長遠地被大家認識。總統的好意，玉才……心領了！」

李玉才說著話，便將文物局長的聘書推還給了總統。

總統訝異了一會兒，沉吟著說道：

「這……好吧，我尊重你的決定，不過如果你想改變心意，文物局的大門永遠為你敞開！」

「多謝總統！」李玉才帶著微笑趕緊回道。

總統拍拍李玉才，轉身前，問道：

「對了！我聽說你為了保護傳國玉璽，力抗群匪，還被子彈打中了心臟？那你……是怎麼起死回生的？」

李玉才看看大家，嘴角微微一笑，大伙兒回視著李玉才，心有靈犀，也笑了出來。

李玉才不禁回想起，在射日塔頂樓中彈倒地的當下，已痛到倒地不起，眾人焦急地圍著他，不斷呼喊的聲響似乎還縈繞在耳。

萬天鷹打破沉默，向總統說道：

「聽說那時永厲師傅和三姐都快急死啦！喔對，還有曉川，一直哭著說玉才哥不能死啊，玉才哥你不能死啊……」

萬天鷹模仿曉川說話，還故意帶著鼻音和哭腔，曉川禁不住白了他一眼。

萬天虎也接話，笑著說道：

「我也聽說永厲師傅都差點要對你做心肺復甦術了呢，一直捶著你的心口，企圖讓你醒來。又哭又喊的，哪知道……」

李玉才禁不住大笑了出來，說道：

「哪知道……他捶得我痛死了！不瞞總統，子彈的力道真的強勁，玉才絕不想再經歷第二次了，其實當時的那發子彈，不偏不倚正射中了江坤送給我的『上清珠項鍊』，這罕見又堅硬的寶物，保住了我的一命。說來，這顆上清珠……真的是禍、也是福呀！」

總統聽了個大概，對這些人經歷的冒險故事似懂非懂，但深深明白眼前都是膽識卓絕，有勇有謀，堅定忠誠的年輕人，不禁心下寬慰，說道：

「真的謝謝你們了，我代表國家再次感謝你們的勇敢，有緣再會了，各位英雄！」

總統拍了拍大家，隨即在隨扈的陪同下，步下了故宮的白玉階梯。

李玉才轉身，目送著總統緩緩地走遠，心裡回想起在射日塔的當時，待他醒轉後，緩緩睜開眼睛，對上的是萬天鳳那擔憂焦急、蓄滿淚水的眼神，而在另一側，是一直緊緊握住他雙手的曉川，那種感覺，真是難以形容的奇妙啊！

站在階梯上，看著總統搭車遠去，李玉才心中一暖，抬頭望向朗朗青天，呼出了一口長遠的氣息，一提氣，振奮地回頭，俏皮地看了一眼眾人，眾人被他的眼神瞧得莫名其妙。

「大管家，怎……怎麼啦？」萬天虎開口問道。

「玉才哥，你一直拿著這個箱子要做什麼？」阿南也出聲問道。

「我帶了個驚喜要送給你們！」李玉才笑著回道。

曉川興奮又好奇地湊到李玉才身邊，問道：

「驚喜?玉才哥，你又想搞什麼花樣?我們可不是你的學生呀，還要陪你去湖裡拉船嗎?」

李玉才擺擺手，神秘地打開皮箱，大家湊近一看，正是王得祿將軍的「金貝錦匣」!

「這是……金貝錦匣?」萬天虎驚訝地說道。

「這錦匣是我們香花堂找到的啊!有什麼好驚喜的?」萬天鷹跟著接話。

李玉才不發一語，打開錦匣後，用力地掰開匣蓋的背層，緩緩抽出一張看似年代久遠的破舊圖紙。萬天鳳懷疑地說道:

「玉才，這是……?」

「如果我沒猜錯，很有可能是……另一張藏寶圖!」李玉才說道。

「藏寶圖?」眾人瞪大眼睛，齊聲說道。

李玉才趕緊做個手勢，大伙兒壓低聲音討論著。

「怎麼還有另一張藏寶圖?難道……還有我們沒找到的寶藏?」萬天鷹疑惑地說道。

眾人不禁俯首，各自心有所想，懷疑地面面相覷之後，又不禁笑了出來。

萬天鳳看了一眼李玉才，問道:

「你……在想什麼?」

李玉才會心一笑，看了看大家的眼神，不發一語，卻轉身抬頭，看著故宮博物院正門外，那座仿古牌樓上的四個大字：「天下為公」！

大伙兒也同時跟著回頭遙望，個個充滿嚮往的眼神。

只見「天下為公」的牌樓後方，正是飽藏天下文物的故宮博物院，院內的一間展館裡，一只裝著「傳國玉璽」的水晶寶盒，折透著玉璽所發出閃耀的燦亮金光，穿越過屋瓦門窗，散射到外界的每個角落。

眾人跟著傳國玉璽的光芒仰首而望，似乎正準備迎接即將到來的另一個全新挑戰！

老臺灣

陳冠學

從關於臺灣數以萬計的片段中，牽起一條線，讓我們從最早最早，臺灣剛誕生的時候說起。透過作者寫下的文字，體會他對臺灣的迷戀與眷戀，和他一起遊覽這座美麗之島，從有史以來看到滄海桑田，聽他訴說先住民和移民在這座島上的奮鬥與拓荒，再一次，認識這座熟悉又陌生的美麗島嶼——臺灣。

臺灣史

陳鴻圖

臺灣，我們美麗的家園！原住民首先登上歷史舞臺，荷蘭人東來象徵臺灣進入了大航海時代，再經過鄭氏王朝和清政府的經營，奠下傳統文化的基礎，日本的殖民統治，對於臺灣步入現代化亦有所影響。也許您雖然生於斯，卻不大清楚她的故事，也許您已十分熟悉這塊土地上的一事一物，不論如何，本書都將帶給您新的體認。請一同貼近臺灣，讓我們為您介紹屬於臺灣的故事！

臺灣開發史

薛化元

無論是以漢人作為臺灣歷史發展的主軸，或是從臺灣於海洋時代踏上世界舞臺的視角來觀察，臺灣有文字記載的歷史時代，距今不過四百年左右。但若以臺灣島作為歷史研究的對象，臺灣史就非短短四百年所能涵蓋。本書以考古與原住民社會作為開端，迄於戰後臺灣的歷史發展。讀者透過本書，對於臺灣整體的歷史圖像，當有較全面性的認識。

國家圖書館出版品預行編目資料

天地劫／方也真著.－－初版一刷.－－臺北市：三民，2020

面；　公分－－(說書廊)

ISBN 978-957-14-6758-0（平裝）

857.7　　108020532

說書廊

天地劫

作　　者	方也真
責任編輯	王　彤
美術編輯	許瀞文
封面設計	李偉涵
扉頁設計	陳品瑄
發 行 人	劉振強
出 版 者	三民書局股份有限公司
地　　址	臺北市復興北路 386 號 (復北門市) 臺北市重慶南路一段 61 號 (重南門市)
電　　話	(02)25006600
網　　址	三民網路書店 https://www.sanmin.com.tw
出版日期	初版一刷 2020 年 1 月
書籍編號	S600410
I S B N	978-957-14-6758-0

鏡文學 MIRROR FICTION

本書由鏡文學股份有限公司授權三民書局股份有限公司發行繁體中文版，版權所有，未經書面同意，不得以任何方式翻印、仿製或轉載。

文化部 MINISTRY OF CULTURE REPUBLIC OF CHINA (TAIWAN)

本書獲文化部贊助創作

三民書局